금강에서 흐려라다

- 봄날,

김 기 동

겨울 만물상

책 머리에

寶山 金 鎭 嶽

산 하나를 두고 그 명칭이 여럿이다. 춘하추동 네 계절에 따라 그 아름다움이 다르다. 봄이 오면 온산이 새싹과 꽃이 피는 금강산(金剛山), 여름이 되면 계곡과 봉우리에 녹음이 욱어지는 봉래산(蓬萊山), 가을이 와서 만이천 봉이 곱게 단풍이 드는 풍악산(楓嶽山), 마침내 겨울이 다가와 앙상한 바위를 백설이 뒤덮은 개골산(皆骨山)이라 칭송한다. 불교의 영향이었으리라. 이 네 산을 총칭할 때는 '금강산'이라 한다. 금강산은 백두대간의 중턱을 차지하고 있는 우리 겨레의 영장(靈場)이요, 성산(聖山)이며, 신산(神山)이다. 그 봉우리, 골짜기, 샘, 못, 폭포가 모두 기기묘묘하고 웅장수려하여 실로 조물주의 대실수가 아니고는 탄생할 수 없는 명산이다. 금강산은 우리 민족의 앙모의 대상이며 성지이다.

금강의 웅장함과 미려함이 천상천하의에 짝이 없고 견줄 데가 없어서, 사람이 보거나 느끼거나 할 일이지 감히 필설로 형용할 수 없다. 형용할 수 없는 금강의 숭엄한 미에 심취한 유람객들은 감히 찬사를 아끼지 않고 시를 읊고 화필을 들기도 한다. 그 아름다움은 나라 안팎의 모든 관광객의 심금을 울린다. 송나라의 시성(詩聖) 소동파는 '고려나라에 태어나 금강산을 보는 것이 소원이라' 하였다. 서양 사람으로는 구한말 내한한 영국의 지리학자 이사벨 버드 비숍이 이 산을 보고 하느님이 예언한 '약속의 땅'이라고 극찬하였다. 또 금강산을 탐사한 스웨덴 왕세자 아돌프 구스

타프는 '하느님께서 천지를 창조하신 엿새 중에 마지막 하루는 오직 이 금강산을 창조하는데 보내셨을 것이다' 라고 감탄하였다. 금강 미관을 보고 감탄한 객이 어찌 하나 둘 뿐일까? 아지 못게라.

우리 국토에 자리한 금강산을 우리 겨레는 한결같이 기리고 우러러 받들 뿐 아니라 그 아름다움을 글로 쓰고 그림으로 그려서 남겨 놓았다. 천년도 더 먼 신라시대 향가에 금강산이 등장하였다. 고려시대에는 대학자 이제현, 이곡, 안축 등이 금강 기행시를 썼다. 조선시대에 이르면 대문객 김시습, 이율곡, 허균, 박제가 등이 금강산 유람기행시를 합작하였다. 이들은 《풍악행》과 《풍악기행》 등의 시가집을 남겼다. 금강산을 시로 노래한 기행시 뿐 아니라 산문으로 기록한 답사기도 허다하였다. 성현, 남효원, 이정구, 김창엽 등인데, 이들이 남긴 《금강산유기》, 《유금강산기》, 《금강록》 등이 유명하다. 금강을 노래한 천하명문은 정철의 〈관동별곡〉이고, 금강을 화필로 그린 천하명품은 김홍도와 정선의 '금강산도' 라 하겠다. 근대에 이르러서는 대문호 춘원과 육당이 저 유명한 《금강산유기》와 《금강예찬》을 썼다. 노산의 시조 〈금강에 살으리랏다〉가 인구에 회자되고, 요사이는 가곡 〈그리운 금강산〉이 가요무대를 장식하고 있다. 근대 화가로는 청전, 의재, 심전, 고암 등의 금강산 그림이 유명하다.

천상천하 제일명산 금강산을 유람한 객이 무릇 기하이뇨? 금강의 천태만상을 읊은 시가가 무릇 기하이뇨? 금강의 수려강산을 그린 그림이 무릇 기하이뇨? 금강의 만 이천 봉보다 하고 많을 것이다. 여기에 농인(農人) 김기동(金基東) 서백이 금강을 기리는 글을 쓰고 시를 짓고 그림을 그리고 사진을 찍어서 방대한 금강기행문을 더하게 되었다.

농인은 평생 서예에 정진하여 일가를 성취하였다. 전각에도 조예가 깊고 사군자전과 묵란전(墨蘭展)을 열기도 하고 시조 창작에 몰두하기도 하였다. 그는 《한국시조시인협회》, 《한국문인협회》 등의 회원이다. 농인 서백은 전각의 이론과 실제를 천착한 《전각의 이론과 기법》과 《천자문》 등의 방대한 저서도 있다. 시(詩), 서(書), 화(畵), 각(刻)에 능통하다고 해서 금강명산을 가벼이 찬양할 수 없다. 농인 서백처럼 국토를 사랑하는 마음이 간절하고, 금강을 기리는 충정이 감내할 수 없을 때, 이와 같은 방대한 금강예찬문이 탄생한다. 금강 가는 길이 열리자 농인 서백은 겨울과 봄에 걸쳐 금강영산을 두 차례 참관하였다. 이 책의 앞 쪽에 저자의 심정이 적나라하게 표출되고 있다. 고대하던 희망을 성취한 충격이 커서 시흥에 흠뻑 빠지기도 한다.

　　남녘의 사람들이 북녘의 천하명산 금강산으로 여행을 간다는 것이었다. 실제로 금강산은 한겨레의 영산이었다. 뿐만 아니라 배달 겨레인 한민족과 함께 한결같이 숭상해야만 하는 거룩한 민족의 성산이었다. 구천만 영혼의 고향이요 꿈에 그리던 겨레의 뫼부리였다. 애타게 찾아 해매던 수많은 겨레의 넋이 깃든 제단이었다. 그것도 잘려진 허리춤을 되게 틀어쥐고 근접도 못하게 했던 비운과 격정이 서린 한 숨의 산이었다. 이제는 모든 시름 접고 가슴 내밀고 버젓이 내 집 드나들 듯이 들이닥칠 것이다. 나는 감격했다. 그리고 읊조렸다.

　　　　내 어릴 적 그리던 꿈
　　　　금세 이룬 한 핏줄 만남
　　　　밤새도록 달 붙들고
　　　　목 놓아 울부짖고 싶어라.
　　　　살어리!
　　　　살어리랏다!
　　　　내 그리던 이 금강에! (제 2연)

　　농인 서백의 조국애와 국토애가 잘 나타나 있다. 금강산 사랑은 종교의

견지에 이르러 있다. 감정이 용솟음칠 때 시흥이 절로 난다. 그의 금강행은 소망이요 즐거움이기 때문에 쉬운 길 마다하고 개골산의 험난한 산행길을 택했다. 첫 발걸음은 구룡연 폭포를 오르면서 시작되었다. 금강의 명승지인 금강문과 비룡폭포를 관상하고 옥류담과 연주담을 탐방하였다. 마침내 구룡폭포의 어마어마한 물줄기를 보고 고대 이집트와 그리스 로마 신전의 열주를 연상한다. 만물상을 묘사한 문장이 경이롭다.

산악미가 적나라하게 드러난 최고의 가경이요, 공교로움의 또 다른 완벽한 표현이요, 조화미의 부족함 없는 완성이며, 다양한 바위와 봉우리로 이뤄진 개성미의 극치가 바로 만물상인 것이다.

이 금강산 여행기는 독자로 하여금 실제로 산행을 하면서 직접 보고 느끼는 흥취를 불러일으킨다. 농인 서백은 험준한 바위 덩어리와 산봉우리도 빠뜨리지 않았다. 삼선암, 귀면암, 칠층암, 절부암의 웅장함을 모두 묘파한다. 절부암을 그린 문장이 절묘하다.

가로로 세로로 아래로 위로 사선으로 흔들며 아래로 여러 날 달린 칼로 마구 흔들어 낸듯한 바위 주름살은 화사함의 극치가 아니고 무엇이랴?

글을 잘 쓰고, 글씨도 장하고, 그림도 즐기는 농인 서백에게 금강산이라는 커다란 대상을 만난 일은 천행이요 제격이라 하겠다. 그의 글은 그림이요, 그림이 곧 글이다. 만학천봉의 금강이 짝을 만났다고 하겠다. 농인 서백은 그 웅대한 산천을 말하면서도 유머를 구사하는 여유를 부린다. 구룡연폭포에서 마주친 북한 안내원과 수작이 우리를 즐겁게 한다.
"이 엿은 어디서 만든 것입니까?"
"이 예슨 금강산 죠변 마을에 사논 동무들이 직접 농사지오 만돈 거입네다."

"맛이 굉장히 좋습니다. 남측 것과는 비교가 되지 않습니다."

"종말 고로케 맛이 조쌉네까?"

"예 진짜예요."

유머는 만인의 공통언어다 .엿 하나를 얘깃거리로 삼아서 남북동포의 만단설화를 모두 말하고 있다. 우스갯소리 같아도 우리의 눈시울을 뜨겁게 한다. 이뿐이랴! 농인 서백이 쓴 이《금강에 살으리랏다》는 독자로 하여금 국토애를 진작시키고 조국애를 불러일으킨다. 육당과 춘원이 금강기행문을 세상에 내놓은 지 백 년이 지난 오늘날, 농인의 거대한 저작이 탄생하였다. 이 책이 펼쳐 보여주는 글이며, 글씨며, 그림이며, 사진이 모두 독자의 심금을 울려준다. 그 문장력의 근원은 어디서 왔는가? 농인 서백은 어린 중학교 시절에 '금강산을 보고 죽을 수 있을까?' 하는 갈망을 품었다. 고등학교 시절에는 국어책에 실려 있는 정비석 작가의 수필〈산정무한〉을 배우고, 스스로 이와 같은 명문을 쓰리라 다짐하였다. 농인 서백은 어렸을 적 꿈을 이제 이룬 셈이다.

己亥 新春 寶山淸居에서

寶山　金 鎭 嶽　識

엮는 글

　먼저 하늘을 우러러 하나님께 감사를 드렸다, 내가 금강산 기행문 《금강에 살으리랏다》 겨울 책, 봄 책 두 권을 이렇게 출간하게 해 주셨다고.

　글재주가 없어 늘 비재(非才)를 느끼며 살아가는 내가 금강산 기행문 《금강에 살으리랏다》 두 권의 원고를 탈고한 뒤에 나 스스로 놀랐다. 나를 아는 사람들 중에는 '그 사람 서예가 아니야? 글도 쓰나?' 라고 반신반의 하면서 매우 의아하게 생각하는 사람들이 많았다.

　나는 여행을 좋아한다, 여행을 너무 좋아해 고질병이 되었다는 뜻의 '천석고황(泉石膏肓) 연하고질(煙霞痼疾)' 이란 말이 있지 않은가? 나는 여행을 다녀온 후 얼마의 시간이 지나면 또 여행은 여행을 떠나고 싶어 하는 사람이다. 나는 여행에 단단히 중독된 사람이다. 그렇다 하더라도 여행은 언제나 나의 마음속에서 평형감을 유지시켜 주는 중요한 삶의 한 방편이 되었다.

　어릴 때 '나는 금강산을 보고 죽을 수 있을까' 라는 생각을 많이 했다, 천하제일의 명산을 볼 수 없어서 그렇게 생각했었나 보다. 그 때는 남과 북이 극한적 대치상태여서 통일의 가능성은 전혀 없어 보였다. 남·북 모두 여행은커녕 사진도 돌려볼 수 없는 반목의 정세가 계속 되던 시기였다. 실제로 민간인들이 남과 북을 자유롭게 여행한다는 것은 상상할 수도 없는 불가능한 일이었다.

　1998년 11월, 남북 화해의 분위기가 무르익으면서 《주/현대아산》이 주관

하는 금강산 여행의 길이 열렸다. 이것은 기적이었다. 꿈도 꿀 수 없었던 북녘 땅 금강산 여행이 현실로 다가온 것이다. 어느 누구도 예상 못했던 금강산 관광은 우리민족에게는 분명 기적이었다. 생각할 틈도 없이 별안간에 벌어진 급작스런 사건이었다. 우리 민족 분단의 역사 속에서 이렇게 놀랍고 갑작스런 일은 없었다. 남녘도 놀랐고, 북녘도 놀랐고, 전 세계가 다 놀랐다.

금강산처럼 그 산을 대상으로 삼아 여러 가지 예술 장르로 승화시킨 산은 없을 것이다. 글은 금강산 유람록으로, 시는 금강산 기행 한시로, 그림은 금강산도로, 가곡과 가요는 그리운 금강산을 노래로, 시조로, 현대시로 동요로 그 감동을 표현하였다. 표현의 다양성에 놀라지 않을 수 없다.

나는 우야곡절 끝에 2005년 겨울에, 그리고 2년 뒤 2007년 봄에, 두 번 금강산을 다녀왔다. 여행을 마치고 나는 생각했다. '이 시대 누군가는 지금 현재의 금강산의 참 모습과 남북 분단의 현실과 정세, 삼엄한 휴전선의 실상과 대립의 흔적, 금강산 기행의 역사와 의미 그리고 기막힌 이 여행의 소감과 감동을 기록으로 남겨야하지 않을까'라고.

금강산 절경의 사진과 영상과 그림은 많다. 그러나 글로 쓴 여행기는 거의 없다. 온 누리 으뜸인 금강산! 그 절승만의 얼을 담은 문자 기록을 남기자. 그리고 황홀한 절경을 가장 솔직한 가슴으로 그리고, 실제로 일어났던 상황을 자상하게 고백해 보자고 다짐하였다.

2005년 겨울 금강산 기행을 마치고 2년이 지났다. 겨울 개골산 여행이라서 다소 서운했었나 보다. '금강산의 진면목은 봄이 아닐까'라는 생각이 들어 아내와 함께 금강산 여행길에 올랐다.

동해선도로 남북출입사무소를 떠난 뒤 십 분쯤 달렸을까? 한 많고 사연 많은 휴전선 곧, 비무장지대가 나타났다. 분단의 상징 DMZ는 낭만이 아니었다. 처절한 절규였다. 휴전선, 이건 볼썽사납고, 저주스럽고, 흉측한 몰골이었다. 들어가지도 못하고, 나오지도 못하며, 지나가지도 못하고, 살아서도 안 되는 모순 덩어리의 땅이었다. 나와 아내는 숙연한 마음으로 분단의 휴전선 가운데 금을 무거운 마음으로 넘어갔다.

떠날 때 빗낱 듣는 듯했는데, 구룡연 계곡은 봄비로 촉촉이 젖어 있었다. 금강산 우경(雨景)을 제대로 감상할 수 있어 좋았다. 옥류담과 연주담은 비취의 물빛이 황홀하게 일렁거렸고, 비봉폭포와 구룡연폭포는 흰 옷자락을 늘어뜨리고, 환상의 빗줄기를 흩뿌리며 쏟아지고 있었다. 정말 장관이었다.

밤새 쉬지 않고 내리던 비는 그쳤고, 화창한 날씨가 되었다.

해금강은 금강산 만물상의 축소판이었다. 비록 규모는 작지만 화사하고 변화무쌍한 얼굴은 만물상보다 더 빛났다. 금강산을 그대로 바닷가에 옮겨 놓은 것이 분명했다. 해금강 해안 절벽은 황금빛으로 빛나는, 휘황한 적벽옥이 발광하는 형광의 암벽이었다. 해금강 물그림자는 번쩍이는 빛의 조화로 보는 이로 하여금 숨을 멎게 하고도 남았다.

삼일포는 바다와 평야 그리고 우뚝한 산이 어우러져 천혜의 비경을 이루는 곳이다. 험준한 금강준령이 뻗어내려 와 서른여섯 봉우리를 병풍처럼 곱게 둘린 정적 같이 평안한 호수 면이 너무나 아름다웠다. 사람들은 삼일포에서 마음을 다스리고, 새로운 힘을 얻고, 영혼에 평화와 넉넉함을 간직하고 떠나는 기도 도량이었다.

봄 금강은 새로운 빛이 넘쳐났다. 개골산과 금강산은 같은 산이 아니었다. 전혀 다른 산이었다. 왜 금강산의 이름이 네 계절마다 다른 이유를 알았다. 오월 하순은 신록의 계절로 새 잎을 피워 완전한 푸르름을 간직하는 때이다. 금강이란 이때의 아름다움이 금강석처럼 빛을 발하기 때문에 붙여진 이름이리라.

2년 전의 금강산 관광과 다른 점은 안내원들의 관광객들을 대하는 태도가 확연히 변했다는 점이었다. 이런 화해무드는 남북의 정세와 밀접한 연관이 있었다. 북측 감시원들과의 대화도 자연스럽고, 심지어 농담을 주고받을 정도로 다정한 분위기가 넘쳐났다. 아쉬운 2박 3일의 금강산 유람은 이렇게 막을 내렸다.

스승의 날 즈음에 은사님이신 보산 선생님께서 머리글을 보내주셨다. 힘든 것도 잊으시고 어리석은 제자의 졸문을 처음부터 끝까지 한 자 한 자 다 들어 주셨고 북 디자인까지 다 해주셨다. 어찌 그 은혜를 잊을 수 있겠는가? 선생님 한없는 감사를 드립니다.

이정수 사백은 우리나라를 대표하는 사진작가이다. 선생은 《주/현대아산》과 북측의 협조로 10년 가까이 금강산에 머물면서 금강의 사계절을 온몸으로 느끼고 담아내는 위대한 업적을 남겼다. 사진 자료가 빈약한 나는 어쩔 수 없이 이정수 사백을 찾아뵙고 필요한 사진 자료 제공을 요청하였다. 사백께서는 흔쾌히 허락하시고 모든 명품 사진 자료를 아낌없이 다 주셨다. 사백님께 마음 깊이 감사를 드립니다.

이 책이 나올 때까지 많은 사람들의 노고가 있었다. 제안은 바쁜 중에도 많은 섭외를 내일처럼 감당했고, 사진작가 여송, 충인, 화은당은 사진촬영에 많은 도움을 주었다. 특별히 마지막 교정을 맡아서 힘들게 고생한 송석과 청민 질우에게도 고마운 마음을 전한다. 역저 〈금강산 유람록〉을 보내 주어, 인용과 화제를 쓸 수 있도록 도움 준 이영숙 박사님께 감사를 드린다. 끝으로 언제나 내 책의 편집을 위해 고생하시는 원제현 실장님과 이화 송현정 선생께도 감사의 마음을 전한다.

2019년 6월 일

김 기 동

금강산 회고

사진작가 이 정 수

 농인 김기동 선생의 금강산 기행문집 《금강에 살으리랏다》 겨울 책, 봄 책 두 권의 출판을 진심으로 축하드립니다.
 금강산은 천하제일의 명산입니다. 예로부터 '금강산을 보지 않고는 천하의 산수를 논하지 말라' 는 말이 있듯이, 절승 금강산의 아름다움은 온 누리에 널리 알려져 있습니다. 중국의 대문호 소동파는 '고려 국에 태어나서 금강산 한 번 보는 것이 소원이다' 라고 금강산의 빼어난 경치를 극찬하였습니다. 이것은 금강산이 온 천하에서 가장 빼어난 절경임을 단적으로 표현한 말이라 생각됩니다.
 금강산은 계절에 따라 이름이 다릅니다. 봄에는 금강산, 여름엔 봉래산, 가을에는 풍악산, 겨울에는 개골산이라고 부릅니다. 북측에서는 개골산을 눈이 많이 온다하여 '설봉산' 이라고 부릅니다. 산 중에서 계절에 따라 이름이 다른 산은 금강산이 유일합니다. 네 가지나 되는 이름 그대로 금강산은 천 가지의 얼굴을 가지고 있고, 만 가지의 표정을 자랑하고 있습니다.
 금강산은 북한의 행정구역상으로 고성군, 금강군, 통천군의 3개 군에 걸쳐 있으며, 그 면적이 160㎢에 이르는 큰 산입니다.
 나는 금강산을 수십 번 다녀도 금강산은 한 번도 같은 모습을 보여준 적이 없었습니다. 그리고 일만 이천 봉 각각 다른 모습으로 장엄하게 솟아 있고, 굽이굽이 고개를 넘을 때마다 채광의 깊이에 따라 금강산은 만 가지 재주를 부리는 신령한 산입니다. 계곡은 계곡대로 아름답고, 봉우리는 봉우리마다 빼어나게 준수하며, 폭포와 금강송과 암자가 최상의 절조를 이루는 세계적인 명산입니다. 금강산은 명산이기에 많은 예술인들이 분야별로 수많은 작품을 남겼습니다. 글로는 남효온, 율곡, 송강 등의 유람록이 유명하고, 개화기에는 춘원과 육당이 금강산 유람기를 남겼습니다. 그림으로는 조선 후기 정선, 김홍도와 근대화가 변관식, 이상범 등의 화가들이 금강산의 아름다움을 그렸습니다.

수차례 금강산 탐방을 다녀온 서예가 농인 김기동 선생님도 시시각각 변모하는 금강산의 아름다움 곧, 대자연의 산악미 · 계곡미 · 색채미 · 골체미 등의 백미에 감동하여 열정적으로 글을 쓰고 산수를 그렸다고 생각합니다.

내가 2015년 이른 봄날 농인 김기동 선생을 처음 만났을 때, 선생은 나에게 금강산의 여러 명승지의 풍경 사진을 자기의 기행문집에 게재하면 어떻겠냐고 물었습니다. 나는 기행문을 쓰게 된 동기와 집필과정의 설명을 듣고, 이것저것 따질 것 없이 '한편으로는 이것도 영광이야'라고 생각하면서 흔쾌히 허락하였습니다.

금강산 관광이 중단된 지금, 기행문집《금강에 살으리랏다》겨울 책, 봄 책 두 권의 출판된 것은 매우 의미 있는 일이라 생각 됩니다. 농인 김기동 선생님의 금강산 기행문집이 성공리에 출판되어, 금강산의 아름다움이 세계 방방곡곡에 알려지기를 바라며, 많은 사람들이 읽고 소장하기를 기원합니다.

금강산은 우리 배달겨레 얼이며, 미래이며, 희망입니다. 그리고 금강산 관광은 평화와 화합과 번영의 지름길이 될 것입니다. 남북관계가 불원간에 회복되고, 하루 빨리 금강산 관광이 재개되며, 민족의 영산 금강산을 온 국민이 편안한 마음으로 다녀올 수 있는 그날을 속히 오기를 기원합니다.

감사합니다.

2019년 6월 일

금강에 살으리랏다 - 봄날, 금강산에 살으리 -

목차

야! 출발이다

다사로운 봄을 기다리는 마음으로, 그리움의 달력을 더듬어본다. 정해년(丁亥年), 그러니까 2007년은 '돼지의 해'로, 그 해 겨울은 유난히 추웠다. 봄은 올 생각조차 하지 않았다. 우수 지나 경칩이 지났는데도 아침저녁으로는 얼음이 얼 정도로 쌀쌀했다. 무서리가 흐릿한 회색빛으로 허옇게 내리는 날이 많았다. 내가 추위를 많이 타서 그랬을까? 아니면 이상기후라서 그랬을까? 날씨가 그러면 그럴수록 마음속으로는 봄이 더욱 애타게 기다려졌다. 임을 만나고픈 기다림으로 안절부절못하는 연인들처럼 애타게 이 계절을 그리워했다. 그토록 얄미운 봄은 내가 싫어서 억지로 더디나서려나 보다 생각했다. 그래도 아리따운 연인, 사월의 사랑은 더딜지라도 시나브로 우리 곁으로 다가서고 있었다.

20세기를 대표하는 시인, T. S. 엘리엇이 떠올랐다. 그는 그의 시《황무지》(1922년)에서 사월을 이해하기 힘들고 해석하기 어려운, 잔인한 달로 표현했다.

사월은 가장 잔인한 달, 죽은 땅에서 라일락을 키워내고
추억과 욕망을 뒤섞고, 잠든 뿌리를 봄비로 깨운다.
겨울은 오히려 따뜻했다. 〈이하생략〉

〈황동규 역〉

그는 사월을 재생의 계절에 생명을 상실하고, 텅 빈 사고 속에서 쓸모없는 추억으로, 고통만 주는 인정머리 없는 달로 단정했다. 그가 노래했던 사월은 왜 그토록 잔인한 달이었을까? 그는 여러 시각에서 이 시를 읽고 이해하기를 바랐나 보다.

동토의 무서운 억누름이 온 대지를 숨도 못 쉬게 만들었을지라도, 땅속에서는 새로운 생명의 탄생을 알리는 소리가 점점 뚜렷이 들려오고 있었다. 봄을 맞을 준비가 전혀 되어 있지 않았는데도, 또 사월은 잔인함을 간직한 채 다사론 오월의 봄으로 철 바꿀 채비를 하고 있었다.

여하튼 잔인했던 삼월·사월이 겨우 지나갔다. 이젠 사월이 아니었다. 언제나 그랬었던 것처럼 올 새해를 맞은 지 엊그제 같았는데, 사월을 지나 벌써 오월이 되었다. 그렇게 아등바등 억지를 부리면서 기다리던 사월이었고, 오월이 아니었던가? 이젠 기다릴 필요도 없이 저절로 내 곁으로 가까이 다가왔다.

여기저기 온갖 꽃들이 화사한 꽃잎을 활짝 펼치고 갖은 교태를 부리고 있었다. 훤화하기 이를 데 없는 그들이지만, 그러한 꽃들이 밉거나 보기 싫지가 않았다. 매화는 일찍이 꽃바람으로 남녘땅을 뒤흔들어 놓고는 서둘러 뒷동산에서 스러져 갔다. 해맑은 벚꽃도, 화사한 복사꽃도, 수더분한 배꽃도 벌써 지고 없었다. 현란한 철쭉도 탐 지게 피어선 지고, 접동새 또한 흐릿한 봄 밤 하늘에 애절한 울음을 숲에 남긴 채, 어디론지 홀로 떠나버렸다. 며칠 전까지 온산을 가득 메웠던 연두색 싹 꽃도 엊그제부터 푸른 새 잎으로 갈아입을 채비를 마쳤다. 나만이 오월의 봄 한가운데 있으면서 봄 마음을 잊고, 봄 지나는 줄을 모르는 철부지가 되어 있었다.

이제 오월의 한가운데, 보름만 지나면 녹음의 계절이 올 것이다. 오월을 보내기 전에 떠오르는 몇 가지 짧은 생각이 머리를 스치고 지나갔다. 통학열차를 타기 위해 긴 둑길을 함께 걸어가면서 이런저런 얘기를 나누던 대학 일학년, 그 때의 일들이 떠올랐다. 파란 보리밭이 얼룩얼룩한 밥보자기

너덜거리는 어지러운 베 조각처럼 알롱달롱 움직였다. 까마득하게 높은 하늘 위엔 종달새 지저귀는 노래 소리가 야단스럽고 귀가 따갑게 들려왔다. 들판 가득한 논밭 길을 철사처럼 휘어 놓는 아지랑이가 시오리 머언 먼 봄길 위에 아득하게 출렁거렸다. 이토록 봄은 너른 들판, 그곳에 숨어서 우리들을 은근히 기쁘게 기운을 북돋아 주고 있었다.

사람들은 오월을 '계절의 여왕'이라고들 말한다. 왜 그렇게 생각할까? 그것은 아마도 오월만이 가지고 있는 특별함, 곧 화사하고 밝은 햇살과, 티 없이 맑고 높고 푸른 하늘이 있기 때문이 아닐까? 나도 물론 오월을 좋아한다. 오월은 생각하면 할수록 완전한 계절이라는 생각을 지울 수가 없다. 올해도 어김없이 오월이 찾아왔다. 소리 소문도 없이 우리들 겨드랑이를 파고들었다. 오월이 오면, 해마다 똑 같은 노래를 다시 또 불러 본다.

오월이 왜 좋을까?

만물의 소생을 소리 없이 알리는
대지의 다소곳한 숨소리가 들려오고,
올해도 나를 반겨 어김없이 찾아오는
철 따라 달콤한 바람을 품어 나르는
오월의 화사한 얼굴,
그 누가 뭐라 해도 나는 오월이 좋다.

성큼 길어진 한 낮의 햇살
그 환한 별이 그리도 눈부신데,
한없이 늘어져 지루하기만 해도
봄날의 다사로운 속삭임은 언제나 좋고,
아무리 쳐다보아도

물리지 않는 그 푸르름과 밝음이 좋다.

우윳빛 솜털이 송송한 어린 아이의
고운 얼굴과 맑은 눈동자 같이,
먹구름 드리운 가슴을 시원하게 뚫어주는
깔끔하고 파란 하늘이 좋고,
마음껏 마신다 해도
투정하지 않고 들이대는 말갛게 씻긴 공기가 좋다.

길섶 가장자리에 이제 막 움튼 풀잎
솔래솔래 온갖 얘기 꽃 피우는 재잘거림,
마른 풀섶에 힘들게 싹 틔운
싹 꽃의 간지러운 몸짓이여!
봄 길에 피어오르는
아지랑이의 야들야들한 몸짓이 너무 좋다.

잔물결 잔잔하게 일렁이는 호숫가
갖가지 물풀들은 한 발을 봄물에 담그고,
물 댄 논배미 거울 빛으로 환하게 즐번한데
때를 가리지도 않고 아무 때나 찾아와,
종다리 읊조리는 건
내 고향의 노래여! 알아듣지 못해도 좋다.

이른 봄에만 살째기 드러내는 산나물,
텃밭에 모여 함께 피우는 봄 남새들의 향긋한 내음,
겨울을 참고 견딘 짤긋거리는 온갖 납작 채소들

정성껏 뜯어서 잊지 않고 늘 보내주는
정 듬뿍 누이가 있어
마음 속 그득 담긴 넉넉한 인정이 좋다.

뭐가 그리 좋다고 등을 툭툭 치며
함박웃음 환하게 웃어 주고,
궂은 일, 마른일 마다않고
거들어 주는 참 좋고, 든든한 이웃,
언제나 마음 터주는
일가친척의 넉넉한 피붙이 사랑이 좋다.

그래서 오월의 너른 마음이
그리도 좋은 것이다.
그 때의 오월의 눈부신 하늘빛을
그토록 기다리는 것이다.
그리워 나는 오늘도
그렇게 애타게 봄을 찾는다.

　그렇게도 좋은 오월이 지나가고 있었다. 5월 23일부터는 석탄일이 낀 연휴이기 때문에, 아내가 황금연휴를 잘 활용하자며, 금강산 여행을 은근히 권해왔다. 나는 금강산에 지지난 겨울에 갔다 왔지만, 아내와 함께 가는 것도 좋을 것 같아서 흔쾌히 허락했다. 이런 사연으로 두 번째 금강여행은 시작되었다.
　오늘은 5월 23일, 석탄일 연휴가 시작 되는 날이다. 처리할 일이 적지 않았다. 서둘러서 일을 마쳐야겠다고 생각하면서 점심을 미락원에서 얼큰한 알탕으로 때웠다. 속이 시원하고 개운했지만 배가 너무 불러왔다. 포만

봄날 금강산 만물상

감보다 더부룩함에 가까운 불쾌한 느낌이었다.

디지털 카메라 조작을 할 줄 몰라 바삐 서둘러 롯데백화점 판매 코너로 갔다. 오후에 금강산 출발이 기다리는 터라 왠지 불안했다. 컴퓨터를 잘 아는 공석은 어찌된 영문인지 휴대폰 신호를 여러 번 보내도 통 받지를 않는다. 답장도 없었다. 디지털 카메라의 메모리 스틱에 담긴 내용을 노트북 컴퓨터로 옮기려는데 아무리 생각해도 그 방법을 잘 모르겠다. 거의 컴맹 수준인 나는 재주가 없어 만석에게 의뢰할 수밖에 없었다. 만석은 기구가 없어 옮길 수 없다는 말만 퉁명스럽게 내뱉고, 바람에 날리는 초저녁 내처럼 자리를 떠나고 말았다.

점심을 마치고 백화점에 들러 소니 디지털 카메라 코너를 찾았다. 직원들의 대답이 썰렁했다. '부속을 구하려면 대리점으로 가세요.' 라고 말했다. 시간이 없어 어쩔 수 없이 곧바로 장로회신학대학교 강의 때문에 자리를 떴다. 강의실엔 민강 김도훈 교수, 얼마 전에 시작하신 수향 사미자 교수, 효목 박경수 교수 그리고 초운당 이은혜 교수 등 네 분이 오늘 서예 수업에 참여하였다. 체본을 써야 하는데 두서가 있을 리 없다. 다 쓰고 나니 시간이 네 시가 훌쩍 넘어 버렸다.

서둘러서 현대백화점 아래에 있는 소니 대리점으로 갔다. 사실 그 직원의 설명을 듣고 나니 그 작동법이 너무나 쉬웠다. 이제야 노트북 컴퓨터에 메모리 스틱을 직접 접촉할 수 있는 기능을 알게 되었다. 집에 와보니 아내는 모든 것을 준비해 놓고 기다리고 있었다. 나에게 핀잔도, 나무람도, 짜증도 마음대로 할 수 있는 유일한 여인이 아니던가? 그런데 오늘따라 밝은 얼굴로 대해 주었다. 준비물은 전날에 미리 준비하였기 때문에 큰 문제가 없어 곧바로 출발할 수 있었다.

예년보다 훨씬 늦게 찾아 온 봄이었다. 따사로운 햇살이 이제는 잦아져서 온기만이 먼 산에 서려있을 뿐이었다. 아내와는 여러 차례 해외여행을 다녀 봤지만, 왠지 오늘은 불안하고 야릇한 기분이 가슴에 가득 차왔다.

고향을 멀리 떠나는 이주민처럼 쓸쓸함마저 들었다.

　우리가 상일 인터체인지를 통과한 시간은 오후 5시였다. 아마 우리가 저녁 식사하기로 계획한 속초 동명항에 도착할 즈음은 8시가 훌쩍 넘을 것이 분명하리라. 양평을 지나 용문산에 이르는 도로 곁에는 이제 막 싹을 틔운 야들야들한 신록들뿐이었다. 여린 싹 꽃의 화사함을 한껏 뽐내고 있었다. 마음이 바빠서인지 몰라도 자꾸 규정 속도를 넘겼다. 그렇지만 금강산을 간다는 기분에 모든 것이 즐거웠다. 나의 이번 금강산 여행은 두 번째이다. 두 해 전, 그러니까 2005년 겨울에 다녀왔었다. 서울특별시교육위원회의 추천과, 최규완 교장 선생님의 천거로 처음 겨울 개골산에 다녀왔었다.

　아내와 함께 이런저런 얘기를 신나게 나누면서, 홍천을 지나 인제읍 외곽 도로에 접어들었다. 예전과 다르게 비좁았던 도로들이 4차선으로 곧게 쭉쭉 뻗어있있다. 아내는 빙어 낚시로 유명한 소양강에 왔다 간 것을 대단한 자랑거리로 여기고 너절하게, 그리고 큰 소리로 얘기하고 있었다. 직장 동료들과 빙어를 초고추장에 비벼 먹었다는 이야기며, 이 지역 특산품인 황태요리에 대해서도 흥분을 감추지 못하고 열변을 토했다. 예전에 내 친구 누구도 이와 비슷한 얘기로 나를 지루하게 만들지 않았던가? 하여간에 이러쿵저러쿵 쓰잘머리 없는 얘기를 나누며 차 속에서의 지루함을 덜어버릴 수가 있었다. 사방을 두리번거리면서 바라보는 동안, 우리의 승용차는 38선을 아무런 생각 없이, 그러려니 하며 통과하고 있었다.

　지금은 잊혀진 38선! 그러나 떠올리면 비참해지는 분단의 막힘선이요, 민족 비극의 참상이 서려 있는 곳이다. 그 운명의 북위 38° 선 위에 그어진 금이 38선이었다. 어찌 하여 원한의 선이 그토록 악랄한 가해자 일본에게는 생기지 않고, 피해자인 우리 민족에게만 생긴 것일까? 남북 분단이 된 지 벌써 60년이 넘었다. 그렇게 생긴 남북 분단의 현장, 38선은 6.25 전쟁 이후 수많은 사연과, 비극과, 눈물과, 한숨과, 응어리를 남긴 채 이름만

38선 푯말

휴전선으로 바뀌어, 오늘도 우리 배달겨레의 가슴팍을 틀어 옥죄고 있는 것이다. 이것이 우리 민족의 비통한 현실이요, 해결의 기미가 보이지 않는 숙제요, 피하지 못하는 저주스러운 운명인 것이다. 이젠 가슴속에 선연히 남아있던 슬픔도, 원망도 다 흐려지고 문드러져서, 삭아 없어져 버리고 말았다.

휴전선이 생기기 전에는 비교적 남북의 왕래가 쉬웠다고 한다. 그 후 사상의 대립으로 인하여 민족의 갈등은 깊어졌고, 드디어 6.25 전쟁이라는 돌이킬 수 없는 저주로 드러나고 말았다. 그 결과 몇 백만 명의 젊은이들의 생명이 포탄과 총탄에 산화되어 이 산하를 피로 물들이고 떠나갔다. 우리의 젊은이들은 물론 전 세계 열여섯 나라의 피 끓는 젊은 청춘들이 이데올로기의 갈등 속에 희생의 제물이 되어 쓰러져 갔던 것이다. 누구의 잘못인가? 누가 그런 몹쓸 짓을 했단 말인가? 이젠 그러한 물음의 답을 듣고 싶지도 않다. 물어볼 대상을 잊은 지 오래 되었다. 세월은 흐르는 강물처럼 그냥 흘러가고 있는 것이다. 말없이 도도히 흘러가는 저 강물은 아는지, 모르는지 그저 멈춤 없이 흐르고 있었다.

　서울에서 속초로 가려면 한계령이나 미시령, 아니면 진부령 고개 길을 넘어가야 한다. 먼저 한계령을 넘어 가려면 양양읍을 거쳐 가야 하기 때문에 돌아가는 꼴이 되어 시간이 많이 걸렸다. 그리고 미시령을 넘어서 가려면 길이 뱀처럼 구불거리는 사행(巳行) 길이어서 위험하기도 하고, 한계령보다 시간이 훨씬 많이 걸려 특별한 사정이 없으면 그 길을 선택하는 일은 거의 없었다. 그렇다고 진부령 고개 길을 넘어 가려면, 도로사정도 미시령보다 훨씬 좋지 않을 뿐만 아니라 운전하는 데도 어려움이 많아, 사람들은 대체로 이 길을 피하는 형편이었다. 그렇기 때문에 보통 사람들은 미시령과 진부령 고개 길보다는 2차선 도로이지만 운전하기 쉬운 한계령 고갯길 쪽을 많이 선호하였다.

　그러나 지금은 사정이 달라졌다. 금강산 관광으로 인하여 원래의 미시령 고갯길 한참 아래에 미시령 터널을 뚫어 놓았다. 사행도로를 직선 코스로 바꿔 놓았다. 한계령과의 갈림길 용대리를 지나면 곧장 울산바위 옆으로 빠져나오게 만들어 놓았다. 그 미시령 굴 때문에 시간이 엄청 단축되었다. 그토록 험한 길이었는데, 곧장 굴을 뚫어 서울에서 속초까지 걸리는 시간, 약 오십분 정도를 단축시켜 놓았다고 한다. 참으로 좋은 세상이 되었다.

　7시 30분이 다 되었는데도 밖은 아직 환했다. 설악의 어두운 그림자가 온 설악동을 검푸르게 드리우고, 막 푸르름을 발하기 시작한 나무들의 싱싱한 봄노래만이 지나가는 나그네의 마음에 상큼한 선율로 채워주고 있었다. 설악동은 왠지 고요했다. 내일이 석탄일인데도 연등하나 보이지 않고 침묵의 흐름만이 계속되고 있었다. 《신흥사》 쪽은 잘 모르지만, 이쪽 동명항 가는 길은 여느 날과 다름없는 일상의 흐름이 계속되고 있었다.

동명항(東溟港)에서

　요즈음 이정표는 예전과 확연히 달랐다. 운전자들에게 아주 편리하게 안내하고 있었다. 곳곳에, 여러 나라 문자로, 자세하게 쓰여 있어, 초행길이라도 길 찾아 가기가 그다지 어렵지 않게 되었다. 온 나라 방방곡곡을 손쉽게 찾아갈 수도 있다. 연한 녹색의 숲길은 터널처럼 뚫렸고, 산을 향한 오솔길은 곧게 뻗어 있었다. 봄 숲의 푸른 비늘이 부서져 흘러내리는 것만 같았다. 그것은 어린아이의 곱고 보드라운 솜털 뽀송뽀송한 덜 핀 손바닥이었다. 푸른 길이 거의 끝나갈 즈음에 슬며시 나타난 푯말이 보였다. 좌회전 표시 옆에 '동명항'이라는 이정표가 또렷하게 눈에 들어왔다. 밤바다가 소리 없이 눈앞에 숨어들 듯 나타났다. 어두운 밤물결이 엉큼하게 귓속말로 출렁대며 속삭이고 고 있었다. 바닷바람은 계곡의 산바람 보다 더 상큼했다. 검푸른 바다 바람이 온몸을 식혀 주었다. 목요일이어서인지, 멀리 떨어져서인지, 해변 길 너른 차도 위에는 멈춰선 차들이 듬성듬성 서 있었다.

　동명항 주차장에 가까스로 차를 세우고, 항구 횟집 상점으로 접어들었다. 호객하는 사람들이 줄을 지어 지나가는 행인들의 손을 마구 잡아끌어댔다. 우리도 예외는 아니었다. 잡히면 큰일 날 것 같아 호객꾼들을 피해 앞으로 나아갔다. 인기 아이돌 가수와 젊은 여자 탤런트가 부럽지 않았다. 매일 이렇게 관심을 받았으면 좋겠다.

한곳에 이르니, '동해안횟집'이라고 붉은 글씨로 새겨진 횟집의 간판이 눈에 반짝이며 들어왔다. 조리하는 아주머니의 설명이 재미있다. '우럭, 광어, 오징어, 청어, 놀래미 모두 합쳐 한소쿠리에 3만원'이라고 항구가 떠나가게 울부짖듯이 고함치고, 고래고래 소리를 질러댔다. 우리는 싱싱하게 생긴 우럭의 팔딱거림을 보고 약간의 믿음이 생겼다. 감칠맛이 있을 것 같아 동해안 횟집에서 회를 먹고, 식사까지 하기로 결정했다.

　한참 후에 회가 접시에 곱게 담겨 나왔다. 바다 쪽 작은 걸개로 된 창밖으로 엉켜 있는 어선들의 어지럽게 흔들거림이 보였다. 빨랫줄처럼 축 쳐진 헝클어진 전기선 다발이 꼬여져 커다란 꽈배기 튀김처럼 복잡하게 보였다. 그 사이로 부두의 방파제를 넘실대는 파도는 흥겨운 사교춤을 추듯 박자에 맞추어 일정하게 일렁이고 있었다. 검은 밤 바닷가의 물속은 어둡고 흐릿한 불빛에도 불구하고 눈부시게 그 속을 들어 내 보이고 있었다. 작은 고기들의 쏜살같이 움직이는 번쩍거림도 보였다. 보석 같은 밤바다, 깊고 오묘한 빛이었다. 저 마다의 기쁜 모습을 숨긴 채, 수줍음 머금고 살짝살짝 보여주고 있었다.

　활어를 샀는데도, 야채 값은 따로 받는다. 푸성귀를 한 소쿠리에 담아주고, 거기에다 돈을 받는 것이 우습고 재미있었다. 찌갯거리는 덤으로 거저 주는 것이 아니었다. 그렇게 생각해 보니 그다지 저렴한 것도 아니었다. 다만 싱싱한 생선을 바다를 보면서 먹는다는 현장감 외에는 그다지 좋은 줄을 모르겠다. 아내는 계속해서 축축하고 지저분하다며 불평을 늘어놓았다. 이렇든 저렇든 거기서 우리는 저녁밥 든든히 먹고, 디저트까지 해결하고, 횟집을 나섰다. 그리고 고성군 화진포《통일전망대》옆에 있는 현대아산 휴게소 근처로 향했다.

　칠흑 같은 밤중에 해안선을 따라 송곳으로 찌르듯 빠르게 서둘러 올라갔다. 화진포라는 말만 듣고 가서 그런지 길을 잘못 들고 말았다. 금강산 콘도에 가서 길안내를 받고, 휴게소의 위치를 알아두고 인근 모텔로 갔다.

동명항 어시장

밤 12시가 넘어서인지 방이 별로 없었다. 값도 비싼 편이었다. 나는 가볍게 샤워하고 잠자리에 들었다. 그러나 잠이 오질 않는다. 왜일까? 그 문제는 간단히 풀렸다. 내일 휴게소에 모일 시간이 새벽 6시 30분이어서 시간에 맞춰 깨어날 것이 걱정스러워서 그랬던 것이다. 신경이 예민한 나는 작은 변화에도 잠을 못 이루는 일이 많았다. 아내도 나처럼 잠이 오질 않는다며 뒤척이고 있었다. 한 시간 단위로 깨어서 시계를 살펴보지 않으면 안되었다.

날이 훤해 깜짝 놀라 눈을 떠보니 6시 5분 전이었다. 서둘러서 부랴부랴 세수하고 차 있는 곳으로 나왔다. 내 차에 막 시동을 걸고 있노라니 아내의 외마디 목소리가 들렸다. 황급히 2층으로 올라갔다. 큰일 날 뻔했다.

방 열쇠를 가지러 가다가 화장실 앞에서 넘어졌다는 것이다. 엉덩이가 너무 아프다며 갖은 인상을 다 쓴다. 나는 화가 났다. '바보가 아닌 바에야 아무 데서나 넘어지는 당신이 너무 답답해' 하고 소리를 꽥 지르고, 방문이 떨어지게 쾅 닫은 뒤 속상한 상태로 차에 올랐다. 그 뒤로 아내는 계속해서 엉덩뼈가 아프다며 투정을 부리듯 고통을 나에게 호소했다.

휴전선(休戰線)에 이르다

　화진포에 있는 금강산 휴게소에 6시 20분 쯤 도착했다. 많은 관광버스가 즐비하게 늘어서 있었다. 주차장은 단일코스, 일박이일 코스, 이박삼일 코스로 나누어져 있었다. 일정에 따라 차례대로 주차시키고 있었다. 우리는 일박이일 코스 주차장에 차를 세우고, 아침식사로 황태 해장국을 시켰다. 조반을 먹었다느니보다는 해치웠다는 편이 더 정확한 표현이리라. 여하튼 서둘러 마무리하고 광장으로 나왔다.

　셔틀버스를 막 타려고 하는데, 아내가 우리네 여권과 같은 관광증명서와 신분 확인서를 발급받아야 한다며 사무실로 가자고 했다. 황급하게 달려갔다. 직원들이 마구 떠들어댄다. 7시 30분에 북으로 넘어 가기 때문에 빨리 서둘러 행동하라고 야단이다. 떠날 시간이 다 되었다. 10분도 채 남지 않았다. 관광증명서 발급에 대한 사전 안내도 없다가, 왜 이제 와서 갑자기 그렇게 서두르는가? '그렇다면 뭣 하러 이렇게 일찍 오라고 해서 분주하게 만드느냐' 며 아내는 그냥 지나치지 않고 짚고 넘어갔다. 평소의 습관적 준비성으로 비롯된 성품이려니 생각하며, 속으로 쓴웃음을 피식 웃고 넘어 가기로 했다.

　키 작은 셔틀버스는 계속해서 금강산 동해선도로 남북출입사무소까지 관광객들을 연신 바쁘게 실어 나르고 있었다. 우리는 10여 분 후에 동해선도로 남북출입사무소에 도착했다. 나는 깜짝 놀랐다. 새로 지은 건물은 유리벽으로 되어 있어 눈이 휘황하게 빛났다. 시원하고 깔끔하며 건사한 현대식 건물이었다. 나는 전혀 다른 세계에 와 있다는 생각이 들었다.

2년 전 겨울에 이곳에 왔다갔던 기억이 전혀 떠오르지 않았다. 건물 안에 들어가서야 그 때의 그 일들이 떠올랐다. 생소한 사무실, 초라하게 보이는 외부 시설물, 분주한 직원들의 움직임, 왠지 불안한 듯한 표정의 나이 많이 들어 보이는 관광객들, 한겨울의 을씨년스러운 창밖의 풍경, 추위가 싫은 듯 움츠리고 떨며 지저귀는 겨울 산새들, 이 모두가 첫 경험의 허접한 추억이었다.

오늘 수속하는 장소는 현대식 건물일 뿐만 아니라, 국제적인 출입국 통관절차를 처리하는 데 전혀 손색이 없을 정도로 잘 지은 건물이었다. 유명한 국제공항 청사처럼 말끔하고 세련되어 보였다. 주차장도 넓고 대기실로 가는 통로도 시원하고, 풍성한 느낌이 들었다. 대기실에서 기다리고 있노라니 어제 일기예보 생각이 났다. 곧 바로 아내와 함께 일층 쇼핑센터로 갔다. 우비며, 껌이며, 군것질용 스낵 몇 가지를 산 뒤 자리로 돌아왔다.

대기실 벽은 온통 금강산의 사계절 절경 사진으로 가득 메워져 있었다. 초대형 사진들이었다. 사진작가는 남측에서 활동하는 유명한 이정수 선생이었다. 10년 가까이 금강산의 구석구석을 이 잡듯이 헤쳐가며, 봄·여름·가을·겨울의 비경을 직접 카메라에 담아, 작품을 만들어 놓은, 정말 멋진 명품 사진들이었다. 끝없이 이어지는 만물상 연봉들과, 머리카락을 쭈뼛거리게 하며 불타오르는 집선연봉이 순진한 사내 가슴을 출렁거리게 했고 그것도 모자라 다시 들쑤셔 놓고 있었다.

사진 속엔 금강 계곡이 있고, 빛바랜 옛 설화가 숨겨 있었다. 오색단풍 화사한 화폭 속엔 《선녀와 나무꾼》의 낭만적 설화가 깃들어 있고, 굽이굽이 돌아가는 상팔담 계곡들은 소상하게 그들만의 얘기를 이어가고 있었다. 멀리서는 속 깊은 연인의 마음을 감싸듯이 웅자를 자랑하며, 밋밋한 표정으로 살포시 웃어주는 비로봉 상상두가 정겹게 다가왔다. 다른 사진 속에는 여덟 마리의 용을 붙안고, 천 길 낭떠러지를 구름이 되어 떨어지는 구룡(九龍)의 웅자가 있었고, 그 하강이 빚는 상상할 수 없는 굉음이 천둥소리로 들리고 있었다. 하늘로부터 늘어져 천사들을 휘두른 긴 치마폭 같은 구룡연 폭포, 그야말로 선계의 거룩한 모습이었다. 어느 것 하나 모자람이 없는, 감동을 일으키기에 너무나도 마땅한 명장면들이었다. 이렇듯 열 댓 점의 사진을 커다란 액자에 담아 실재의 실물과 방불한 개인 사진전을 펼치고 있었다. 이것은 금강을 진정으로 느낄 수 있는 감동적 사건이었다.

한참을 둘러보는 동안 출국심사장으로 가라는 안내방송이 들려왔다. 출국심사장에는 약 육백여 명의 금강산 관광객들이 여러 줄로 서서 빼곡이 건물을 가득 채우고 있었다. 장내는 무척 소란스러웠다. 내가 볼 때, 젊은이는 별로 보이지 않았다. 나이 많이 드신 노인들이 더 많아 보였다. 나와 아내가 여기에서는 비교적 젊은 편이었으니 말이다. 건문 검색은 그다지 복잡하지 않고, 간단한 통행증 확인과 신분증 확인 정도로 출국 심사는 모두 끝이 났다.

검문 검색을 다 마치고 다시 버스에 올랐다. 우리가 타고 가야 할 버스의 이름은 '곰탱이'였다. 남측 가이드가 붙여준 재미있는 이름이었다. 버스기사는 키 크고 뚱뚱한 편이지만 인물만은 핸섬하게 생겼다. 곧 이어 가이드가 우리 버스에 다시 올라왔다. 이런저런 말을 하면서 제 이름은 '인물짱'인데, '몸짱'이라 불러 달라며, 손님들에게 관심을 끌려고 무척 애쓰고 있었다. 아마도 이것은 처음 보는 관광객들과 친해지고 싶은 마음에서 우러난 행동이리라. 목소리도 인물도 훤칠한 편인데, 말씨는 나처럼 비교적 빠른 편이었다. 이토록 여행을 재미있게 이끌어 가려는 가이드의 숨은 노력이 좋아 보였다. 친밀감과 허물없는 관계를 맺고자 하는 그의 애쓰는 모습에 나는 박수를 보냈다.

이 버스에 타고 있는 사람들은 거의 모두 금강산이 처음인 모양이었다.

동해선도로남북출입사무소 정문

아내부터 북녘 땅은 처음이니, 남들이야 오죽하겠는가? 이처럼 우리와 같은 분단의 국가에서는 그 경계선, 곧 국경선을 넘는다는 것은 그들에게 이상야릇한 느낌이 든다는 것은 당연한 일일 것이다. 유심히 바라보는 아내에게 왼쪽에 앉으라 했다. 왜냐하면 아내가 비무장지대를 정확히 보고 싶어 했기 때문이었다. 그 분단 현장을 조금이라도 더 느낄 수 있는 곳은 왼쪽 창가였다. 오른쪽 동해바다보다 왼쪽의 비무장지대가 더 나을 것 같아서 그렇게 말했던 것이다. 열세 대의 버스는 서서히, 아니 조심스럽게 발걸음을 내딛고 있었다. 혼례 식장에 들어서는 신부처럼 사뿐거리며, 땅이 꺼질 듯이 발을 옮기고 있었다.

　십 분쯤 달렸을까? 한 많고, 사연 많은 그 휴전선이 나타났다. 비무장지대였다. 영어 약자로는 'DMZ(디엠제트, demilitarized zone)' 라고 부른다. 우리들이 잘 알고 있는 휴전선의 총길이는 150마일이다. 그리고 동해와 서해의 해안선 각각 2.5 마일씩을 연장하여 155마일에 이르고 있다. 휴전선의 폭은 한가운데 나눔 선을 중심으로 북방한계선 2㎞, 남방한계선 2㎞ 합하여 그 폭이 4㎞나 된다. 십리의 폭으로 155마일, 곧 248㎞의 길이가 배달민족 한겨레의 한숨선이며, 분단선인, 그 유명한 휴전선인 것이다.

우리들이 알고 있는 휴전선이란 금을 그어놓은 선이 아니라, 띠와 같은 분계(分界)지역임을 우리들은 잘 알고 있다. 이 곳 휴전선에 이르기 전 일정한 지역은 철저한 민간인 통제가 이뤄지는 데, 이곳을 우리들은 '민간인통제선' 이라고 부른다. 줄여서 '민통선' 이라고 부르기도 한다. 이곳에서는 정부가 허락한 정해진 농민들만 살고 있다. 영농도 가능하지만, 일반인들의 이동은 삼엄하게 경계하고 통제하고 있다. 민통선 안에 있는 마을은 몇 안되는데, 그 대표적인 마을이 '자유마을' 이다. 우리들은 어려서부터 교과서에서 배워 잘 알고 있다.

우리가 금강산을 가려면 휴전선을 지나야 하는 데, 휴전선을 이루는 '선(線)' 의 내용을 알면 휴전선의 성격을 쉽게 파악할 수 있을 것이다. 남과 북이 각각 2㎞씩을 무장하지 않고 순수의 자연 상태로 놔두고, 직접 접촉하지 못하게 만들어 놓은 것이 휴전선이다. 다만 한가운데 선만은 양측 다 넘어갈 수도, 넘어 올 수도 없다. 말로는 '비무장지대' 라고 부르지만 이 세상에서 최고의 긴장감이 감도는 곳이 이곳 휴전선이 아니던가? 이 곳 한반도의 휴전선보다 더 팽팽한 긴장감과 삼엄한 경계가 이뤄지는 곳이 또 있을까? 말 그대로 전쟁을 쉬고 있는 중인데, 임시로 금을 긋고, 잠시 싸움을 멈춘 상태가 휴전선인 것이다.

휴전선의 한 가운데 분계선 안은 주인 없이 너무나 오랜 세월이 흘러서인지, 수풀이 꽉 쩔어 들어갈 수가 없다. 밖은 요란한데 그 속은 제 마음대로 우거져있었다. 그 수풀 속에는 정적만이 깃든 아주 처연한 분위기만 드러내고 있었다. 모두가 숨죽이고 있었다. 높다란 나무 위엔 이름 모를 산새가 오후의 햇살을 받아 검은빛으로 웅숭그리고 앉아있고, 지나치는 우리를 경계하듯 두리번거리고 있었다. 모든 것을 다 알고 있는 듯, 그곳을 떠나지 않고 물끄러미 바라보고 있었다. 지치지도 않은 지, 어제처럼 오늘도, 오늘처럼 앞날도, 그리고 그 다음 올 날 앞에 또 다른 앞날이 올지라도 그렇게 날마다 하릴없이 기다리고 있었다. 맘대로 오가는 저 산새야말로 바람만 쉬어가는 이 비무장 지대의 진정한 주인이었다. 터줏대감 행세를 톡톡히 하고 있었다.

휴전선, 이건 지독한 흉물이었다. 볼썽사납고, 저주스럽고, 흉측한 몰골이었다. 들어가지도 못하고, 나오지도 못하며, 지나가지도 못하고, 살아서도 안되는 모순 덩어리의 땅이었다. 하루라도 빨리 걷어내야 할 겨레의 추잡한 누더기인 것이다.

두 눈 부릅뜨고 서로 잡아먹을 기세로 달려드는 웬수 사이가 오늘의 남과 북의 현실이 아니던가? 그러면서도 남측·북측 모두 입으로만 떠들어대는 가증스러운 궤변이 무엇인지 아는가? 한 피붙이 배달겨레가 되뇌는 말 가운데 가장 가증스러운 말이 무엇인지 아는가? 그것은 바로 '한겨레', '우리 민족', '배달겨레', '한 민족', '한 핏줄' 그리고 '우리의 소원은 통일'이라는 말이다. 아무 생각 없이 맹목적으로 불러대고 있는 말이다. 공허한 헛소리가 아니고 무엇이란 말인가? 수백만 명의 희생과 한 나라를 몰락시킬 천문학적인 재산의 손실을 가져온 6.25 전쟁을 잠시 멈추고 있는 휴전 상태에서 의미없는 예쁜 말로만 외쳐 본들 휴전선이 없어지겠는가? 왕래가 자유롭게 이뤄지겠는가? 평화적으로 통일이 이뤄지겠는가? 메아리 없는 외침일 뿐이었다.

가이드의 말처럼 휴전선 150 마일 전체에 걸쳐 세워졌던 휴전의 흔적, 나무 말뚝이 다 삭아 문드러진 채로 쓰러질 듯이 꽂혀 있었다. 내 팔뚝 굵기의 거무튀튀한 사각 말뚝, 새 빨갛게 녹슬어 검붉게 삭아진 못 몇 개가 박혀 있었다. 이 썩은 나무토막이, 그 엄청난 비극을 일으킨, 민족의 한이

구구절절이 배어있는 나눔의 현장의 표식이었단 말인가? 그토록 무거운 짐을 이 다 썩어 부스러져 가는 작은 각목으로 막아 낼 수 있었을까? 내가 보기에는 가당치않아 보였다. 기가 막혔다. 말을 이어갈 수가 없었다. 어린 아이가 발길로 툭 차도 쓰러져버릴 이 작은 나무토막이 오천년을 이어온 배달겨레 한민족의 분단을 감당하고 있다는 것이다. 이 분단의 말뚝도 155 마일 휴전선 전체에서 많이 없어지고, 겨우 몇 백 개 정도만 남아있다고 한다. 분단의 핵심이자 실랑이의 고갱이인 이 썩은 나무 말뚝 몇 개가 팔천만 민족의 모든 것을 막고 있다니, 가슴이 검게 타들어 갔다. 자동차로 십 분쯤이면 넘나들 수 있는 이 곳 휴전선이 우리민족의 가장 큰 가시요, 저주며, 꼭 풀어야할 숙제요, 반드시 해결해야 할 지상 최대의 목표인 것이다.

무엇이 우리를 이처럼 바보가 되게 하였는가? 그 흔한 이데올로기의 문제인가? 아니면 그 알량한 자존심인가? 그것도 아니면 과거 동족 전쟁의 원한 때문인가? 우리가 지금은 남과 북으로 나뉘어 살고 있지만, 한겨레는 원래 둘이 아니었다. 오직 하나였다. 한 핏줄로 이어져온 배달겨레였다. 그래서 우리는 하나가 되어야만 한다. 둘로 살아서는 아무런 의미가 없다. 이유를 물을 필요도, 답할 필요도 없다. 굳이 궁색한 변명을 늘어놓는다면, '우리 겨레는 한 탯줄에서 시작했고, 섞이지 않은 순결한 피가 겨레의 몸속에 흐르고 있고, 일 만년 이상 한 곳에서 이어 살아온 배달의 한겨레이기 때문' 이라는 말 뿐일 것이다.

과학적으로도 증명된 사실이 있다. 그것은 전 세계에 흩어져 살고 있는 우리 배달겨레 9천만의 한민족 피 속에는 공통으로 동일한 디엔에이(DNA)가 있다는 사실이다. 실제로 전 세계의 국가 가운데, 육천만 명 내외가 하나의 민족을 이루고 살면서, 순수혈통을 유지하며 내려오는 겨레 공동체는 몇 안 된다고 한다. 우리 한겨레를 비롯한 몇몇의 민족만이 한피붙이로서 그 순수성을 유지하며, 민족 문화와 민속 예술을 계승하고 발전

DMZ 동쪽 끝 동해안
(멀리 보이는 두 봉우리가 낙타봉)

시키면서 살아가고 있다고 한다. 그래서 우리 겨레는 마땅히 하나로 합쳐
져야만 하는 것이다.

　나의 시선은 다시 휴전선으로 옮겨갔다. 언뜻 보아도 비무장지대의 산
천은 기가 죽어 있었다. 풀과 나무도 활기가 전혀 없었고, 그저 고요하기
만 했다. 줄다리기 경기에서 당기는 줄의 한가운데를 '힘의 균형'이라 말
하는데, 여기가 바로 그 대칭점이었다. 긴장감이 팽팽하게 부딪치는 이곳
에는 공기도 오랜 세월 가둬서인지, 정적만을 품고 온 산하를 흐리게 덮고
있었다. 가끔 지나가는 철새만이 이 마른 고목에 가까운 나뭇가지 위에서
걱정 없이 쉬고 있었다. 나는 이러한 생각이 떠올랐다. '저 새는 내 마음
과 같을까?', 아니면 '내 마음을 알까?' 지지난 해에 왔을 때 느꼈던 그
감정이 다시 일었다.

깊은 명상에 잠겨있던 내가 다시 눈을 떴을 때에는 버스가 휴전선을 이미 넘어 북쪽으로 1㎞ 지점을 지나가고 있었다. 부질없는 생각을 했구나 하면서 휑한 가슴만 연거푸 가볍게 쓸어내렸다. 해안선 쪽의 야트막한 산 위에는 해송이 가득한데, 그들을 흔드는 해풍은 지치지도 않은지 계속 불어재치고 있었다.

해변의 완만한 사구의 경사를 따라 길게 널어진 흰 파도는 하늘보고 웃는 소처럼 밝고 환하게 번쩍거리고 있었다. 부서지는 흰 물거품과 파도 소리, 그들은 끊임없이 모래 해변을 반복하여 긁어대고 있었다. 갯바람에 발맞춰 춤사위를 펼치는 소나무가 얹힌 바위섬들, 그토록 화려한 비무장지대의 십 리 길 바닷가는 우리들의 마음을 송두리째 사로잡고 있었다. 아무런 생각 없이 바라보면 그저 평온하고 고요한 해변이었다. 하지만 조금만 생각을 고쳐먹으면 끝없는 사연의 소용돌이에 빠져 드는, 참으로 복잡하게 얽히고설킨 실타래와 같은 곳이 이곳 휴전선이었다.

이곳 휴전선에서는 남과 북의 구분이 확연히 드러났다. 전봇대와 경계선 철망만 해도 그렇다. 군사분계선을 사이에 두고 남방한계선에 속한 길가의 분리대는 녹색의 철제로 되어 있고, 정교하고 깔끔하고 세련되어 보기에도 좋았다. 북측의 경계선 분리대는 회색빛 스테인리스로 되어 있고, 철망도 임시로 만들어 놓은 듯했다. 땅은 하나인데, 그 속에 담긴 사정은 표현하기도 힘들 정도로 달랐다. 왜 이렇게 겉과 속이 완전히 다른 극과 극의 대립만이 보이고 있는 것일까?

이제 우리는 휴전선 한가운데의 분계선을 넘어, 북방한계선 끝자락에 이르렀다. 우리 모두는 북녘 땅에 서 있는 것이다. 묘한 감정의 기류가 차안에 흐르고 있었다. 남방한계선 넘어 가운데 분계선을 지나, 북방한계선 근처까지는 나무가 더부룩하게 우거진 열대우림 같은 수풀이 계속 이어지고 있었다. 뭉게구름처럼 송송거리는 어두컴컴한 수풀무더기가 여기저기 떼 뭉쳐 있었다. 그 곁에 한가롭게 지줄대는 여울이 전인미답의 신비를 안고 철부지인 채로 거침없이 동해바다를 향해 내달리고 있었다.

북방한계선 근처는 나무가 거의 없는 민둥산이었다. 은폐물을 없애려는 목적인지, 아니면 연료 사정이 좋지 않아 땔감으로 잘라 사용해서인지, 쓸만한 나무가 전혀 없는 까까중 머리였다. 사실 이곳은 비무장지대 근처이며, 군인들만이 왕래하는 철저한 통제구역인 군사지역이었다. 민간인 접근 금지구역이라서 통제선 안에는 사람의 자취는커녕 개미새끼 한 마리 얼씬거리지 않는 침묵의 공간이요, 적막의 울타리였다. 나는 잠시 골똘히 생각해 보았다. 그리고 금방 깨달았다. 이 분계선 근처 사방으로 둘러보아도 사람의 그림자라곤 전혀 보이지 않는 것은 이곳이 민간인 불가침의 공간이라는 사실이기 때문이었다.

북방한계선 철책선을 넘어서자마자 근처는 잡목의 잔가지마저도 거의 없는 밋밋한 구릉이 노적가리처럼 거듭 포개져 이어지고 있었다. 군데군데 땔감을 찾는 부인들인지, 약초를 찾는 남자들인지 구분 못할 사람들이 아무것도 보이지 않는 산허리를 허둥대고 있었다. 군인 복장으로 보였지만, 너무나 초라한 차림으로 잔가지를 긁어모으는 듯했다.

비무장지대를 넘기가 무섭게 산과, 절벽과, 바위의 절리가 예사롭지 않았다. 느린 속도로 한 이십 분 쯤 내리막길을 내려가자, 북측 출입국관리사무소가 불쑥 튀어 나타났다. 환영의 노래 가락이 야단이었다. 남북행사할 때마다 그들이 들려주는 '반갑습니다' 라는 유행가가 계속해서 귀청이 떠나가게 들려왔다. 이토록 요란한 환대 뒤에 아무런 감정의 기복이 없는, 늘 한결같은 관계였으면 얼마나 좋을까?

낙타봉과 감호(鑒湖)의 추억

감호 바로 옆 길가는 연한 봄 풀밭이었다. 그 너머로 흐릿하게 금강산 자락에 이어진 바닷가 끝 모래펄이 보였다. 감호 검푸른 물에 꼬리를 살짝 들이댄 낙타봉은 남측에서 가다 보면 맨 처음 만나는 금강산의 한 봉우리였다. 감호에 비친 낙타봉과 허리가 뫼처럼 솟은 쌍봉낙타와는 뭣이 다를까? 금강산은 어느 한 귀퉁이일지라도 슬며시 바라보면 바위 하나, 절벽한 자락에도 수많은 사연이 담겨 있었다. 과장이겠지만 신비한 사연과 주변 구석구석을 맴도는 전설이 깔려 있고, 눈물과 웃음이 뒤섞인 설화와 민담이 처처에 그득그득 널려있었다. 이것이야말로 금강산이 자랑하는 또 다른 얼굴이 아닐까? 굳이 만물상을 거론할 필요도 없다. 시작부터 기형이요, 기괴함의 연속이었다. 기상천외의 모습을 띤 산자락이 시작되었다간 사라지고, 자취를 감추었다간 다시 나타나기를 반복하고 있었다.

휴전선 근처 금강산의 표정은 큰 나무가 전혀 없는, 키 작은 나무들만이 금방 이발하고 나서는 옛적 중·고등학생들 머리처럼 번들번들하게 빛났다. 그래서 더 울퉁불퉁한 바위와 기형 기질의 절리가 더 도드라져 보이는지도 모르겠다. 금강산의 초입이어서인지는 몰라도 본색을 드러내지 않는 타향 사람처럼 촌스럽고, 정리가 덜된 어색한 시골 모습들이었다.

하차 명령을 기다리면서 우리들은 북측 출입국관리사무소 주변의 북한 환경을 살펴보고 있었다. 논 가운데 오두막집처럼 허접하게 지어서 초라

통일전망대 전경

한 분위기였다. 변변한 기둥이나 장식대 하나 없이 간략하게 만들어 지은
소박한 간이 벽돌집이었다. 그렇지만 옹기종기 모여선 그 도란거림이 정
겹게 들렸다. 잠시 후 우리 일행은 가이드의 하차 통보가 떨어지기가 무섭
게 차에서 내렸다. 갑갑했던 참에 잘 되었다는 생각이 들었고 가슴이 시원
해짐을 느꼈다.

　길섶엔 올 봄에 새로 싹을 틔운 민들레 홀씨 가족들이 귀여운 연록의 손
바닥을 하늘로 쳐들고 간지럽게 넙적 잎을 연신 흔들어대고 있었다. 철조
망 너머로 비친 감호의 고운 물빛이 갓 시집온 새악시 쪽빛 치마폭보다 더

파랗게 보였다. 불그죽죽한 낯빛으로 살며시 미소 지으며, 종종걸음을 내딛는 수줍음 탄 산처녀의 삼단머리처럼 감호의 잔물결은 그렇게 정 듬뿍 끌안고 흔들리고 있었다.

이른 봄날 넉넉한 오후, 걱정 근심 없는 시간, 전설의 감호의 수면 위로 살랑 바람이 스치고 지나쳤다. 순간 평화로운 곤 물결이 가야금 산조 가락이 되어 꿈속을 거닐 듯 스르렁거렸다. 낙타봉 옆에 있는 다리 밑에도 감호가 거울이 되어 꿈결처럼 구름이 몽실몽실 떠오고 있었다. 그다지 너른 호수는 아니었지만 낙타봉의 그림자를 온통으로 가두어놓기에는 조금도 부족함이 없었다.

정비가 덜되어서인가 보다. 호수 주변은 잡초가 무성한 채로 거의 방치되다시피 늘어져 있었지만, 그것은 도리어 자연스럽게 보였다. 낙타봉과 이어진 산 밑은 풀 잔디 파아란 작은 새싹들이 뭉그적거리며 피어나고 있었다. 새봄을 맞는 새 식구들을 누군가에게 고이 알리고 있었다.

감호의 비친 낙타봉은 고요로 치장을 했나 보다. 굴속에서 듣는 물방울의 떨리는 울림처럼 적요했다. 숨이 막힐 정도로 고요한 정적의 시간은 숨죽인 채 흐르고 있었다. 일단 사람의 족적은 보이지 않았다. 다만 이곳 북녘 땅, 경비를 서는 북한 인민군들만 정처 없이 망부석처럼 서 있을 뿐이었다. 인적이 전혀 없는 산중에 투명한 고요의 시간이 적막 속으로 흐르고 있었다. 산 밑 오른쪽 호수 끝에는 군인들의 막사처럼 보이는 흰 벽의 건물들이 소박하게 서 있고, 연병장 같은 곳에서는 군인들이 띄엄띄엄 드나들고 있었다. 울타리는 생나무로 둘러놓았고 키 큰 미루나무가 이제 막 움튼 이파리를 마구 부딪치며 흔들어대고 있었다. 열 명쯤 되어 보이는 군인들이 주먹을 눈 끝까지 치켜 올려 가면서 힘차게 행군하고 있었다. 그들은 회색 빛 막사로 사라지듯 들어갔다.

거의 스무 해 전의 일로 기억 된다. 일신여상 학생들을 인솔하고 설악산에 수학여행 간 일이 있었다. 우리 학생들은 여학생들이어서 등산하는 것을 좋아하지 않았다. 그 이유야 잘은 모르겠지만 동적인 것보다는 정적인 것을 더 좋아하는 여학생들 특유의 취향 때문이었을 것이다.

그 때 수학여행 일정 가운데 첫날 일정은 비선대·와선대 코스였다. 먼저 울산바위와 그 아래 흔들바위를 둘러보고, 맑은 계곡의 물 흐름이 아름답고 빼어난 비선대와 와선대를 들른 뒤 되돌아오는, 설악산 등산로 중에서 가장 편하게 오를 수 있는 코스였다. 다음날 갈 동해안 코스는 여러 곳을 들르는 복잡한 여로였다. 양양의 《낙산사》《의상대》, 강릉 홍장의 고사가 깃든 《경포대》와 경포 해수욕장, 한국의 여인상으로 대변되는 신사임당과 율곡 선생의 《오죽헌》, 아흔아홉 간 집 《선교장》 등을 돌아보는 여정이었다. 그리고 마지막 날에는 아침에 《청간정》에 올라 망망대해를 바라보며 호연지기를 기르고 난 뒤에, 《통일전망대》를 들러 북녘 땅을 먼발치에서 바라보며 통일의 염원을 다지는 일정이었다.

그 때 수학여행 중에서 《통일전망대》에 올랐던 일이 생생하게 떠올랐다. 엊그제 일어났던 일처럼 또렷하게 떠올랐다.

우리 수학여행단은 여행의 막바지에 들렀던 간성의 《청간정》을 다 돌아보고, 민간인 통제선을 넘어갔다. 이어서 쉬엄쉬엄 휴전선 안에 있는 야트막한 봉우리에 세워진 《통일전망대》에 올랐다. 주변 분위기가 서늘했다. 살벌한 기운이 내 속옷 안으로 숨어들었다. 예사롭지 않은 기세가 주위를 감돌고 있었다. 내가 선 이 자리가 휴전선 안쪽이고, 그리고 그 무시무시한 자리로 들어왔다는 기미를 금세 알아차릴 수가 있었다.

평화가 존재할 틈이 없는 외로운 휴전선 위의 망대, 그 곳은 고도(孤島)였다. 여기는 극도의 대치상황이 빚어낸 결과, 그러니까 씨름 선수가 샅바를 팔목에 감아 비틀어 잡고 탱탱하게 당기는, 빳빳하기만 한 살벌한 기운 감도는 무쇠 줄 같은 곳이었다. 우리들은 소리 없이 우리네 목을 칭칭 휘어 감치는 불안정한 평화가 잠시 동안 이어지고 있다는 것을 금세 느낄 수 있었다.

낙타봉(구선봉이라고도 부른다)

　서로 당기는 밧줄의 긴장이 지나치면 언젠가는 끊어질 것이다. 줄의 탄
성도 한계가 있는 것 아닌가? 언제까지 유지시켜 주겠는가? 긴장으로만
유지되는 평화가 얼마나 오래 버틸 수 있을까? 이렇게 삼엄하게 대치하고
있다는 사실을 체득한다면 통일이 무서워 피할 사람도 있을 것이다. 이것
이 통일의 염원보다 더 무섭다는 통일 기피 현상인 것이다.
　《통일전망대》에서는 주변 포병대대에서 빌려온 관측 장비인 포대경을
망원경으로 사용하여 멀리 북녘 땅을 바라볼 수가 있었다. 흐리멍덩한 눈
속으로 화면이 좌우로 잽싸게 움직였다. 아득히 멀리 낙타봉이 흐릿하게
나타났다. 말이 낙타봉이지 사실 밋밋한 동내 앞산쯤으로 밖에 보이질 않

았다. 산 중턱에 박힌 바위 돌을 빼놓고는 별반 차이가 없었다. 다른 사람이 '사자봉'이라 말해도 이의를 달거나 뭐라 말할 사람은 없었을 것이다. 나는 그 날 그토록 흐리마리하게 아름다운 금강산을 난생 처음 보았다. 첫선치고는 보잘 것 없는 맹맹한 만남이었다.

《통일전망대》에서 망원경을 통하여 북녘 땅 금강산의 한 자락 낙타봉과 감호를 보았다는 것은 신비한 체험이었다. 나는 북녘 땅을 훔쳐보면서 느꼈다. 흐릿한 낙타 등 모양의 낙타봉은 긴 허리를 꾸부정하게 늘어뜨린 채 봄 아지랑이 넘어로 흔들리고 있었다. 그리고 바로 앞에 물 낯빛이 흐릿하게 번뜩이는 감호가 보였다. 사실 호수라고 안내원이 말해서 호수이지, 실제로는 잘 모르겠다. 호수인지, 물 댄 들판인지, 아침 안개 드리운 밭뙤기인지 전혀 알 수 없었다. 아무튼 낙타봉과 감호는 금강산에 이르는 초입에 있어 제일 먼저 진귀한 손님을 맞아주고 있었다.

한 핏줄의 겨레가 원수가 되어 대치하고 있는 현 시국의 냉전 상황이 교육을 위한 《통일전망대》를 만들게 하였다. 분단의 비극을 또 한 번 느끼게 하고, 재확인하는 매우 용렬하고 어설픈 행동으로 보였다. 이건 순전히 내 생각일 뿐이었다.

그 때 동경과 불안 속에서 무엇인지도 모르고 흐릿한 영상으로 보았던 낙타봉을 바로 앞에서 바라보노라니 감회가 깊을 수밖에 없었다. 그 때는 감호가 물인지 들판인지 모를 불분명한 영상이었는데, 이젠 버스에서 내린 도로 바로 곁에서 바라보고 있노라니, 어찌 옛 생각이 일지 않겠는가? 손에 닿을 듯한 감호의 맑은 물, 두 팔로 안을 듯이 가까이 보이는 낙타봉, 마치 커다란 바윗돌을 누가 꽂아놓은 듯한 기암괴석으로 덮인 낙타봉 능선은 참으로 멋진 정장을 차려 입은 신사였다. 사실 금강산을 다 보고나면 낙타봉은 산으로 보이지도 않겠지만 일단 여기서는 낙타봉도 금강의 한 자락이라는 인식 때문에 매우 아름답게 보였다.

우리들이 서서 기다리는 북측 출입국관리사무소는 긴 둑 밑에 자리하고 있었다. 긴 둑에는 무장한 군인들이 일정한 간격으로 우리들의 이탈방지와 주민과의 대화감시를 위해 눈동자를 이리저리 굴리면서 우리들의 일거수일투족(一擧手一投足)을 감시하듯이 살피고 있었다. 가이드는 긴장된 눈빛으로 우리가 도착하여 출입국 검문을 받을 때 몇 가지 주의할 점을 알려 주었다. 규정 이하 카메라 소지여부, 쓸데없는 질문과 대답 금지, 불필요한 행동, 검사원의 질문에 겸손한 태도 유지 등을 주문하였다. 나는 카메라가 2대가 있었는데 디지털 카메라는 통과되었고 필름 카메라는 줌 기능이 있어 꽤 오래토록 검색하였다. 결국 큰 문제없이 나와 아내는 통과되어 북측 출입국관리사무소를 빠져나왔다.

온정리(溫井里) 도착

　남측에서 올라온 버스들은 친정집 찾아가는 며느리처럼 돌아갔다. 마당엔 북녘 땅에서만 운행하는, 《주/현대아산》에서 마련한 버스가 대기하고 있었다. 느낌도 섬뜩한 검색대를 통과하고 나니, '이제 금강산에 제대로 왔나보다' 라는 생각에 안도의 한숨을 길게 내뱉을 수 있었다.

　오월의 한복판에 서있는 나와 아내는 이른 봄날의 절정에서 기막힌 여행을 시작하고 있었다. 길가 철조망 너머로 금강산 주변 농토가 넓게 펼쳐져 있었다. 희끄무레한 구름이 잔뜩 낀 하늘은 자꾸 어두워져만 갔다. 참았던 봄비가 한두 방울씩 떨어지기 시작하더니 빗방울 듣는 소리가 여기저기서 번다하게 들려왔다. 스무 명 내외의 북측 농부들이 칙칙한 국방색 작업복을 걸쳐 입고 밭이랑 한 쪽 어두침침한 솔숲 곁 논 바닥에 서서 무엇인가 대화를 나누고 있는 듯 보였다. 또 다른 쪽에서는 잠시 쉬면서 시간을 보내고 있는 지 빗낱 듣는 줄도 모르고 우두커니 앉아 있고, 빗방울을 피하여 나무 밑에 앉아 담배를 태우며 잡담하는 농부들도 보였다. 이제 봄비는 본격적으로 내릴 채비를 하고 있었다. 온 들녘은 촉촉한 검은 빛을 띤 채, 여유로운 분위기 속으로 빠져 들어가고 있었다.

　우리 일행은 점점 더 금강산에 가까운 지역으로 다가갔다. 우중충한 지붕으로 덮인 여러 마을이 나타났다. 이곳의 가옥의 형태는 일정하고 획일적이었다. 자연스러움과 순수, 다양성과 화사함의 극치인 금강산의 이미

온정리

지와는 전혀 어울리지 않았다. 이질적인 느낌이 더 많아서일까? 자유로운 어울림이 아닌 인위적으로 짜 맞춘 초라한 인공의 마을로 보였다. '김철 농장'이라는 푯말이 흐릿하게 보이고, 그 너머로 비를 맞으며 일하는 농부들이 군데군데 보였다. 금강산 안 쪽. 그러니까 온정리가 가까워 올수록 아름드리 큰 소나무도 보였다. 채소밭에는 갓 뿌린 씨앗들의 새싹이 돋아

나, 연한 녹색의 물결을 이루고 있었다. 새파란 잎사귀를 쏘옥 밀어올리고 방실대는 그 나풀거림이 귀여웠다.

버스가 기운차게 온정리에 도착하였다. 온정리는 천연의 온천물이 샘처럼 솟아 나와서 붙여진 이름이다. 피부병과 관절염에 효험이 있다고 소문 난 금강산 온천은 예로부터 환자라면 누구나 한번 쯤 와보고 싶은 곳이었다. 특효가 있어서인지 많은 사람들이 불치병을 치료하기 위하여 불원천리 이곳 금강산 온천을 많이들 찾았다고 한다. 실재로 조선 왕조 제7대 왕이었던 세조도 악성 피부병으로 고통을 받고 있었는데, 오랜 시간 동안 이곳 온정리에 머물면서 온천치료를 받았다고 한다. 그는 온천물을 마시기도 하고, 맞기도 하면서 그 온천물의 효능을 직접 체험하고 나서 돌아갔다고 한다.

점심때가 가까워서 그런지 시장기가 돌았다. 이곳 금강산 온정리에는 엄청나게 큰 상가 건물인 《온정각》이 양쪽으로 길게 늘어서 있었다. 건물의 구조나, 진열된 상품이나, 식당의 메뉴나 서울의 여느 상가와 다를 바 없었다. 《온정각》 주변은 말끔하고, 널찍하고, 풍성하고, 여유로웠다. 식당도 많았고, 당연히 음식의 가지 수도 헤아릴 수 없이 많았다. 쇼핑센터도 물건들로 넘쳐나고 있었다. 다만 우리가 서울에서 구하고자 하는 고급 브랜드의 명품들은 그다지 많지 않았다. 하지만 남측 여느 쇼핑센터와 견줘도 손색이 없을 만큼 잘 정돈되어 있었다.

봄이 되면 금강산 지역은 비가 자주 내린다고 한다. 오늘도 봄비치곤 많이 내렸다. 비가 많이 오면 금강천은 금세 급류로 변해 한강이 되고, 가득 가득 넘쳐흘렀다. 금강천 맑은 물은 너울거리면서 여유롭게 흐를 수가 없었다. 주변이 온통으로 바위투성이기 때문에 도망치듯이 동해로 잽싸게 흘러들어 갔다. 물고기가 살 수 있는 여느 냇물과는 사뭇 달랐다. 물이 고이고, 썩을 틈이 없었다. 그래서 언제나 청정한 일급수의 수질을 유지하고 있는 것이다.

금강산의 맑은 산세는 물맛 좋기로 이름난 금강생수를 만들어냈다. 오염 되지 않았으니 물이 맑을 따름이고, 깔끔한 계곡을 훑고 흘러 왔으니 물맛이 좋을 수밖에. 금강산 생수의 물맛은 마셔보면 금세 알 수 있었다. 계곡 물을 떠 마실 수가 없어, 시원한 생수 물 한통을 사서 마셔보았다. 말할 수 없는 청량감이 입안에 가득 넘쳤다. 목마름을 단박에 시원하게 해갈해 주는 효험을 금방 느낄 수가 있었다.

우리들이 까다롭게 따지는 생수의 물맛은 극히 미묘한 데서 결정된다. 과학적인 수치를 디밀지 않아도 한번 맛보면 금방 알 수 있다. 여하튼 금강산 생수는 마시면 마실수록 더욱 개운함과 상큼함을 배가시켜 주었다. 입속만 시원한 것이 아니고, 뱃속까지 시원함은 물론 머릿속까지 쇄락해 짐을 느끼게 했다. 그리고 우리 몸의 모든 모자람을 한 순간에 해결해 주는 신통력이 있는 것이 분명했다.

옛날 금강산에는 상수도가 없었다고 한다. 흐르는 물을 동이에 퍼다 먹었고, 우물을 파고 약수처럼 길어서 식수로 사용하였다고 한다. 그러던 것이 남측 관광객들이 들어오면서부터 생활용수는 냇물 대신 상수도로 바뀌었다. 그리고 마시는 물은 생수공장에서 제조되는 금강생수로 대체되었다.

온정리 부근의 마을은 그다지 많은 편이 아니었다. 큰 마을도 없었다.

농토를 관리하는 몇몇 동리가 있을 뿐이었다. 온정리 주변 주민들은 금강산 호텔을 비롯하여 콘도, 선상호텔, 컨테이너 숙소 등에서 묶고 있는 관광객들의 식재료를 위해 과일, 채소, 생수, 양념 등을 공급하여 주었다. 납품하는 물품의 종류도 상당히 많다고 한다. 온정리 주변 주민들은 배추, 무, 상추, 당근, 땅콩, 파, 마늘, 메밀, 보리, 쌀, 부추, 엿 등을 직접 재배하거나 조제해서 현대아산 쪽으로 넘겨주었다. 《주/현대아산》은 그것들을 요리용 재료로 활용하고 물건 값을 북측 관리에게 지불하는 방식으로 유통이 이뤄지고 있었다. 거의 다 직거래 형식이었다. 다는 아니었지만 자급자족하던 여러 곡물과 돼지고기를 비롯한 쇠고기, 닭고기, 염소고기까지도 남측의 진귀한 손님들을 위해 호텔 측으로 납품되었다. 금강산 관광은 북녘 주민들에게 새로운 일터를 만들어 주고 있었다. 그 결과 어느 정도의 물질적 여유로움도 주고 있다고 가이드는 설명해 주었다.

빗속의 구룡연(九龍淵) 계곡

버스는 온정리에 도착하는 순서대로 주차하고 있었다. 초등학교 시절 줄서기 할 때 '앞으로 나란히'를 하듯, 반듯하게 줄 맞춰 서있었다. 휴전선을 넘어서면서 내리기 시작한 가랑비는 속옷을 적실 단계를 이미 넘어섰다. 이제는 아까보다 굵은 빗줄기가 되어 주룩주룩 내리고 있었다. 버스 안에서 가이드는 온정리에서 내리지 않고, 약 2㎞ 더 올라가서 구룡연 코스 입구에서 내린다는 것과, 모든 짐을 가지고 내리라는 것, 내려온 뒤에는 출발점인 이곳으로 반드시 되돌아 와야 한다는 것 등을 귀에 쏙쏙 들어오게, 그리고 야무지게 설명해 주었다.

비 내리는 산길은 새벽안개 짙게 깔린 굽은 길처럼 몽롱하게 흐려있었다. 봄비 속에 산안개 드리운 환상적인 분위기를 연출하고 있었다. 크레파스를 칠한 도화지 속 그림처럼 고왔다. 스치고 지나갈 때마다 따라오는 안개가 내 뒤 좇았다. 산길 찾아 나선 길손의 자켓 위를 흔들면서 어지럽게 흐르고 있었다.

나와 아내는 동해선도로 남북출입사무소에서 구한 비옷을 서둘러 입고, 빈틈없이 잡도리를 단단히 하고 차에서 내렸다. 모든 사람들은 선택의 여지가 없이 구룡연 코스로 올라가고 있었다. 오랫동안 다니던 길을 일상적으로 가듯, 무언의 행진을 계속하고 있었다. 비가 주룩주룩 내려서 더 그랬을 것이다. 두 해 전에 왔을 때에는 겨울이어서 금강 솔을 빼고는 푸르름이 전혀 없었다. 지금은 완전히 딴판이었다. 온통으로 푸른 색 뿐이었다. 새싹의 연두 빛 밖에 없었다. 처음 가는 등산 코스처럼 내 머리 속엔 아무런 느낌도, 기억도 떠오르지 않았다.

이제 산길은 끈적거리고 미끄러운 상태를 넘어, 누런 흙탕물을 계곡으로 쏟아 붓듯이 흘려보내고 있었다. 눈을 들어 산마루를 쳐다보았다. 신록의 금강 계곡은 누가 봐도 진정 보석다발이었다. 봄비에 젖어 진한 녹색으로 온통 변한 골짜기 위로, 은은하게 파란 빛을 띤 연무가 산등성이 허리춤를 살째기 가리고 있었다. 층을 이룬 산자락은 흐릿하게 흐르는 벽옥의 띠였다. 그토록 고운 빛깔을 어디서 찾아 볼 수가 있을까? 네 계절 가운데 이 때 잠깐 스치듯이 보여주는 귀한 봄 선물이 신록이 아니던가? 신록은 곧 연한 녹색으로 변하는데, 그 은은한 푸르름이 아름다운 요즈음을 '연록의 계절' 이라고 말한다.

연록의 잎사귀는 진정 계절의 진객이었다. 축복의 빛을 우리에게 값없이 그리고 마음껏 퍼부어 주었다. 연록이야말로 환희와 행복을 주는 값진 자연의 선물이었다. 금강 계곡의 연록은 나의 눈을 말끔하게 씻어주고, 나의 가슴을 상쾌하게 변화시키고, 나의 몸을 거뜬하게 세워 주고, 나의 영혼을 행복 속에 젖어들게 하였다. 연록은 신비한 능력이 있나보다.

어느새 나의 눈은 시원해졌다. 충혈된 나의 눈은 해맑은 눈동자로 변해 있었다. 봄비가 내리고 있는 산비탈인데도 신록의 그 푸르름은 더 곱게 보였다. 화면을 더 부드럽게 하려고 물감을 곱게 칠한 위에 손바닥으로 살살 비벼놓은 것처럼 고왔다. 가파른 산비탈은 이미 거대한 푸른 헝겊의 춤사위로 변해 가고 있었다.

여느 등산로를 걷듯이 나와 아내는 서두르지 않고 시나브로 올라가기 시작했다. 신록으로 우거진 구룡연 계곡은 어둑할 정도로 하늘을 가리고 숲 터널을 만들어 놓았다. 봄비 내리는 금강 숲속은 우리를 더욱 봄의 서정으로 몰아가고 있었다. 갑자기 하늘이 툭 터지면서 넓은 계곡이 드러났

비 내리는 목란관

다. 계곡물은 그다지 많지 않았다. 골짜기 한가운데만 좁게 흐르고 있었
다. 집채만한 굵직한 바위들이 즐번하게 온 계곡을 채우고 있었다. 여울은
허연 속살을 드러내 놓고 자랑이라도 하듯 가슴을 풀어헤치고, 가가대소
(呵呵大笑)로 웃음을 웃고 있었다.

목란교 난간에 기대고 서서 위쪽 골짜기를 바라보았다. 흐릿한 운무가
숨죽이고 흐르고 있었다. 선경이 따로 없었다. 구별된 이곳 구룡연 계곡이
바로 그 선계였다.

만약에 이 계곡을 그림으로 그린다면 단순하게 그릴 수 있을 것 같다. 냇
가를 꽉 메운 바위들은 희게, 양 옆의 미인송 군락은 파랗게, 정면을 가득

채운 운무 덮인 봉우리들은 은회색으로, 희뿌연 비에 젖은 하늘은 푸르스름하게 칠하고, 얼룩얼룩 층지게 대충 그리면 산수화 한 폭을 그릴 수 있을 것 같았다. 물론 내 생각이지만.

《목란관》은 터를 잘 잡았다. 올라가기도 전에 벌써 손님들로 가득 넘쳐나고 있었다. 등산 시작인데도 벌써 거나하게 취한 사람들도 여럿 보였다. 저 사람들은 왜 금강산에 왔을까? 금강산 조깝데기술 마시려고 왔을까? 금강산 식후경을 먼저 즐기고 있는 것일까? 참으로 답답하게 보였다. 《목란관》은 겨울엔 우중충했지만 이 봄에는 밝고 환했다. 분위기가 이렇게 다를까? 잠시 야외용 의자에 엉덩이를 슬쩍 붙이고 앉았다. 아내도 따라 앉았다. 약 십여 분이 지났다. 사람들은 계속 밀려 들어왔다. 우린 오래 눌러 앉아 있을 수가 없었다. 나와 아내는 벌떡 일어섰다. 그리고 《목란관》을 지체 없이 떠났다. 이제 초입인데 갈 길이 멀지 않은가?

하얀 집 《목란관》은 원통형의 이층집이었다. 말끔히 잘 지어져 운치가 있었다. 주변의 빛깔은 물론 경관과도 썩 잘 어울렸다. 북녘에서는 봄의 전령 모란을 '목란(木蘭)'이라고 부른다고 한다. 나는 궁금해서 예쁜 목소리의 주인공 북측 여자 안내원에게 물었다.

"제가 아는 이 꽃은 '목련(木蓮)'인데 왜 '목란(木蘭)'이라고 부릅니까?"

"그거야 김일성 수령님께소 고롷게 부르게 하여쌈네다."

같은 민족이라면 다른 건 몰라도 말은 같아야 한다. 같은 꽃, 같은 생각을 놓고서 서로 다르게 부르고 있는 것, 그것이 문제였다. 앞으로 통일이 되면 꽤 많은 후유증을 앓게 될 것이 분명했다. 나와 아내는 내려오는 길에 들러서 요기하기로 하고 서둘러서 자리를 일어섰다.

수림대(樹林帶)와 앙지대(仰止臺)

　　푸른 숲길은 언제나 나에게 편안함을 주었다. 그렇게 끝없이 펼쳐진 녹색물결이 물리지 않아서 좋았다. 맑고 신선한 산 공기의 싱그러움이 내 가슴을 넓혀 주어 좋았다. 넘실넘실 꽉 찬 수풀 지대가 계속되고 있었다. 특별히 구룡연에 이르는 골짜기 길 가운데 《목란관》을 지나서 펼쳐진 수목의 바다는 금강산 어떤 계곡길보다 아름다운 골짜기 모습이었다. 눈앞엔 온통으로 푸른빛이었다. 울울창창한 나무들뿐이었다. 이보다 고운 터는 어디에도 없을 것이다.

　　온 하늘을 은은하게 덮고 있는 회색 빛 구름 낀 하늘은 금세 터질 듯 말 듯 우리 모두를 애타게 했다. 느릿느릿 궁시렁대는 가랑비 소리에 오락가락 어수선하게 휘둘리고 있었다. 맑은 계곡물 흐르는 소리는 저 흐린 하늘 끝으로 뻗쳐올라 노랫가락이 되어, 이봄 구름 위로 넘쳐나고 있었다. 지천으로 늘어선 골짜기의 돌멩이들은 요란한 냇물과 어우러져 흰 거품을 정신없이 토해내고 있었다. 그것은 옛날 정들었던 벗네들을 만나, 서로 부둥켜 얼싸안고, 자지러지듯 재잘거리며 노닐고 있는 모습과 다를 것이 없었다.

　　온 산은 이미 가득 핀 새싹 꽃잎으로 눈이 시릴 지경으로 말끔하게 빛났다. 연한 싹 꽃의 꽃내음은 진한 허브 향보다 더 진했다. 가지런히 포개놓은 솜털 가득한 정든 입새는 가느다란 새 가지에 기대고 방긋이 웃음 짖고 있었다. 귀가 막힐 정도로 빼어나게 여리고 고왔다. 갓 틔운 새싹이 마른 가지에 얹혀 층을 이루고 실바람에 출렁거렸다. 모든 봉우리에 가득 차려 놓은, 파란 이파리 잔치 상은 젊디젊은 푸른 빛을 한아름 끌안고 미소 짓고 있었다.

벼랑 가장자리에 슬며시 기대서서 맞아주는 선돌들, 그 환한 낯빛이 살가워서 좋았다. 다사로운 정감을 전하며 다가와선 아무런 말없이 맘속으로만 빵긋대며 지나치고 있었다. 속 비우고 웃어주는 그 거동만큼은 숨김 없이 대해 주는 선한 모습이었다. 밝게 웃으며 우리를 환영하고 있는 것이 분명했다.

촉촉한 이른 봄비에 젖은 나무줄기는 이미 검은 천으로 칭칭 감고 제 몸을 가리고 있었다. 고개를 꼿꼿하게 고초 세웠던 잔가지의 잎 날개는 어디에 숨겨두었는지 보이지 않았다. 다만 욕심 사납게 빗물을 받아서인지 축축 처져 힘겨운 모습이었다.

옆에서 같이 걷고 있는 옥류천의 노래 소리는 맑고 청아했다. 골짜기를 공명시키며 멀리 세존봉 꼭대기까지 밀려갔다가 메아리로 되돌아오기를 반복하고 있었다. 여린 잎 위에 빗방울 듣는 소리는 선로명주(仙露明珠)의 신비한 운율이었다. 투명한 유리구슬에 비친 흐린 안개마저 은근히 빛났다. 그리고 가락에 맞춰서 입새 위에 떨어지는 가는 빗소리는 작은북 소리처럼 정겨웠다.

아내와 함께 산길을 걸어 본 지가 언제런가? 기억조차 없다. 켜켜이 묶은 옛이야기로부터 얼마 전 다투었던 이야기까지 다 끄집어 내놓고, 비판에 비판을 거듭하면서 올라갔다. 누군가의 흠과 잘못을 친한 사람과 함께 말한다는 것은 얼마나 고소하고 재미난 일이던가? 남녀노소, 동서고금을 막론하고 이런 수다는 막을 길이 없을 것이다. 누군가 막아야 하는 데, 막지 않아서 그런지 끝이 없이 실타래처럼 풀려서 나왔다. 입과 귀가 한참 더러워진 뒤에서야 우리 내외의 깨소금 같은 얘기 보따리는 겨우 멈출 수 있었다.

사실 수림대는 구룡연 계곡만 있는 진경은 아니었다. 금강산 어느 곳을 가더라도 더 곱고, 더 깊고, 더 짙고, 더 푸른 숲들이 많이 있었다. 하지만 이곳 구룡연 코스의 수풀을 수림대라고 부추겨서 부르는 이유는 계곡이 낮으면서 구불구불하고 길기 때문이며, 수풀이 출렁거리듯 많이 우거져서 산 빛이 가득했기 때문이다. 특별히 옥빛 계곡물과 조화롭게 잘 어우러져, 바위 투성이인 다른 계곡들과 구별되기 때문이 아닐까? 실제로 가을이 오면, 내금강의 단풍을 앞설 정도의 고운 가을빛이 이곳 구룡연 계곡의 단풍이라고 가이드는 귀띔해 주었다.

비단결 같은 수림대를 막 지나자, 앙지교가 우리를 맞는다. 아치형 다리로 이 계곡에 걸맞게 놓여 있었다. 작지는 않았다. 건너 뛸 듯이 걸친 품세가 우아하게 보였다. 양 옆의 경사면은 푸른 봄으로 뒤덮인 채, 거의 수직에 가깝게 서 있었다. 꼿꼿하게 전후좌우를 막아서인지는 몰라도 하늘 쪽 한 곳만 빠끔히 터졌다. 그러니 어쩌겠나? 우러러 볼 수밖에 없지를 않은가.

구룡연 계곡의 수림대

앙지교에서 180미터쯤 올라가면 앙지대가 나온다. 평평한 너럭바위 위에 사람들이 모여 서있다. 평범한 바위였다. 나도 그 위에 올라섰다. 아무것도 보이지 않았다. 아니 볼 것이 없었다. 우리가 서있는 이 바위가 '앙지대'란다. 그러면 왜 '앙지대'라고 부르고 있는 것일까? 나는 궁금해서 정수리 부근 머리를 극적거리고 있었다. 지나가던 연세가 많은 할아버지 한 분이 컬컬한 목소리로 자상하게 설명해 주셨다. '이곳에 다다라서 눈을 들어 바라보면 아무것도 볼 수가 없어. 오직 하늘 한 곳밖에 보이지 않

아. 사방이 수직에 가까운 절벽으로 막혀 있어서 가던길 멈추고 머리를 뒤로 젖히고 위를 향하여 올려다 볼 때, 비로소 하늘만 볼 수 있게 돼.' 반말투였지만 친근감 어린 말씀이었다. 이런저런 말을 듣고 나서야, 나는 이곳이 우리를 '앙(仰)' 자를 써서 '앙지대(仰止臺)' 라고 부른다는 사실을 알 수 있었다.

앙지교 근처의 수목들은 우렁차리만치 빽빽하였다. 이른 봄 신록의 계절인데도 하늘을 바라보기가 쉽지 않았다. 이곳의 수종은 거의 다 활엽수여서 나무 그늘 밑으로 응달의 굴이 뚫려 있었다. 그 굴 통으로 멀리까지 볼 수는 있지만 아무리 머리를 들고 보아도 수풀 밖에는 보이는 것이 전혀 없었다. 그렇기 때문에 앙지교 다리 위에 이르러서야 겨우 하늘을 바라볼 수가 있었던 것이다. 그것도 빼꼼히 하늘을 겨우 볼 수 밖에 없었다. 웬 숲이 이렇게 정글처럼 빽빽하게 꽉 차 있을까? 그 까닭을 알 길이 없어 궁금하기만 했다. 우리 모두는 이곳을 수중(樹衆) 곧, '숲의 무리' 라고 불러야 할까 보다. 아니면 '숲의 울' 이라고 부르든지 말이다.

삼록수(蔘鹿水)

이런저런 사연을 말 못하고 멀리까지 밋밋하게 펼쳐지지만 그래도 아기자기한 설화가 많은 구룡연 계곡이었다. 그래서 골짜기의 물은 사연을 품고 사시사철 멈출 틈이 없이 흘러내리고 있나 보다. 세존봉 쪽에서 흐르기 시작한 골물은 나무꾼의 전설이 서려있는 상팔담을 거쳐 구룡연폭포에서 억센 마음의 다짐을 하고 구룡연으로 힘지게 흘러 떨어졌다. 정신 못 차리게 달려 내려온 후, 비봉폭포와 합세하여 은사류를 들러서 연주담, 옥류담을 어르고 흘러갔다. 다시 금강문을 거쳐 삼록수를 부드럽게 추스르고 마지막 앙지교를 살짝 스치고 내달았다. 《목란관》 앞을 휘돌아 와서는 사연도 많은 신계천을 이루고 제법 너른 내가 되어, 동녘 망망대해로 유유히 흘러들어 갔다.

고요한 산행 길에 사람들의 소리로 야단이다. 와자지껄 떠드는 소리에 정신이 번쩍 들었다. 손과 손에 그릇이나 컵 따위를 모두 들고 서있었다. 샘물을 떠 마시는 것이 아니라 돌바닥을 긁어대고 있었다. 나는 한 젊은 아주머니에게 물었다.

"여기가 어디죠? 지금 무엇들 하세요?"

"여기는 산삼과 녹용이 땅 속에서 녹아 흘러나오는 약수예요."

"웬 땅 속에서 녹용이 나오고 산삼이 나온다는 거요?"

"글쎄 나도 잘 몰라요. 옛날 김일성 주석이 여기에 와서 이 약수를 마시

고 지어 준 이름이랍니다. 녹용과 산삼이 녹아 있을 뿐만 아니라, 물맛도
좋고 몸에 좋은 각종 미네랄과 광물질이 아주 풍부하게 포함되어 있어 불
치의 질병도 낳는다고 하여 붙여진 이름이랍니다."

나는 그 말이 맞는지 아니면 틀리는지 알 수가 없었다. 믿거나 말거나지
만 몸에 좋은 성분이 많이 들어있는 것은 분명한가 보다. 사실을 확인할
길은 없지만 나는 그렇게 느꼈다.

좁은 바위 틈 사이로 쨀쨀거리면서 흘러내리는 삼록수 약수는 금강산
관광 중에서 유일하게 떠 마실 수 있는 계곡 약수 물이었다. 삼록수 약수
터 이외에 어떤 곳에서도 물을 떠 마실 수는 없었다. 더욱이 계곡물로 손
을 씻거나 발을 담가서는 결코 안 되었다. 예전에 초창기에 남측 관광객들
이 설마하고 남측 여느 계곡에서 하던 버릇을 이 곳 금강산 계곡에서 했다
고 한다. 세수도 하고 비누로 얼굴도 닦고 발을 담그고 흔들면서 물장구를
치면서 낭만을 즐기다가 들켜 된통으로 혼났다고 한다. 더구나 벌금을 십
만 원씩 물고 반성문을 스무 장씩 쓰고 나서야 겨우 풀려났다고 한다. 그
연대책임으로 모든 관광객들은 그 자리에서 멈춰 서서 그들 범법자들(?)
이 반성문을 제출하고 돌아올 때까지 기다려야 했던 것이다. 그러니 '삼
록수'야말로 마음껏 마실 수 있는 유일한 약수이기에 관광객들은 배터지
게 실컷 마셨던 것이다. 이건 이제껏 당했던 울분을 풀 수 있는 좋은 기회
라고 생각하였기 때문이리라. 그래서 약수터 삼록수에서는 사람들이 번다
하였고, 동이 난 약수를 한 방울이라도 더 마시려고 바닥을 박박 긁어댔던
것이다. 참으로 쓸쓸한 진풍경이 아닐 수 없었다.

한참 후에 약수가 제법 모여졌다. 나는 반 컵 쯤 떠서 허리를 뒤로 젖히
고 거창하게 폼을 잡고 마셨다. 시원한 약수가 목줄 대롱을 적시면서 타고
내려갔다. 금세 온몸의 찌뿌둥한 기운이 모두 사라지고 상쾌한 기분으로
바뀌는 느낌을 받을 수 있었다. 바위틈에서 흘러나오는 물이 산삼과 녹용
을 녹인 물이라니 어찌 한 컵으로 만족할 수 있을까? 나도 몇 컵을 더 마

옥류동 연주담 (삼록수가 근처에 있음)

시고서야 발길을 옮길 수 있었다.

　삼록수는 인삼 '삼(蔘)자', 사슴 '록(鹿)자'를 써서 '삼록수(蔘鹿水)'라
고 부른다. 요즈음 산삼과 녹용이라면 그것이 어디서 나왔건, 어떤 경로를
따라서 왔건 간에 수단과 방법을 가리지 않고 먹는 우리네가 아니던가? 근
자에는 산삼이 왜 이렇게 많고 흔한지, 심마니들의 손끝에서 뒤바뀌는 것

은 아닌지, 확인하지 않고서야 어찌 그 내막을 알리요? 그렇긴 저렇긴 마시면 효험이 있다고 하니 믿고 마실 수밖에 다른 방법이 없었다. 그것이 산삼이든 인삼이든 녹용이든 녹각이든 간에 따질 필요가 없었다. 그냥 그리 알고 시원하게 마시면 되었다.

십 년 전 중국 장가계를 우리 친구들과 같이 부부동반으로 다녀온 일이 있었다. 정상에서 북측 상인들이 파는 산삼과 버금간다는 장뇌삼을 세 뿌리를 사서 먹은 일이 있었다. 값도 싸거니와 동포를 돕는다는 숭고한 겨레 사랑의 일념으로 몽땅 사서 호텔에 돌아왔다. 수도 물에 깨끗이 씻어 아내에게 한 뿌리도 주지 않고 냅다 다 먹었다. 기분은 좋았다. 정말 몸보신이 되는 것 같았다. 그러나 다음날 점심때부터 뱃속이 부글거리며 아파서 견딜 수가 없었다. 나의 이런 모습을 보고 금주 형은 '명현(瞑眩)현상' 이라며 농담 반 진담 반 나를 위로해 주었다. 그 날 이후 나는 나흘 동안 밥 한 톨 삼킬 수가 없었고, 시도 때도 없이 쏟아지는 설사로 체면은 완전히 묵사발이 되고 말았다. 그 때 죽을 뻔했던 기억이 지금도 새롭다. 여행의 즐거움은커녕 괴롭고 억울하고, 남에게 피해만 끼치는 여행이어서 그런지, 마음에 상처가 컸던 사실을 지금도 생생하게 기억하고 있다.

약수 삼록수는 염려 반 의심 반이었지만, 걱정을 붙들어 매고 실컷 마셨다. 몸에 분명 좋을 것이라는 믿음이 생겨서인지 옛날 장가계에서의 괴로운 추억은 모두 잊고 마셨다. 삼록수의 효험이랄까 실제로 그런 생각은 금세 잊혀졌다. 아득히 먼 옛이야기쯤으로 여겨졌다. 그리고 맘속 어딘가에 슬며시 묻히고 말았다.

금강문(金剛門)

　구룡연 계곡에 놓인 다리들은 앙지교처럼 아치형이 많다. 무지개 모양을 본떠 계곡의 분위기와 서로 잘 어울렸다. 여러 개의 계단을 올라 다리 한 가운데 서서 올라온 길을 돌아보았다. 왼쪽으로 《목란관》이 보이고, 그 넘어 푸른 숲이 뭉게구름처럼 포개져 있는 계곡이 보였다. 오른쪽에 펼쳐진 풍경은 거친 바위와 절벽이 숨 막히게 겹쳐 진 벼랑길이었다. 하지만 아직도 바위산의 웅혼한 위용은 또렷이 보이지 않았다. 저만치 멀찍이 떨어져서 흐릿하게 보일 뿐이었다.

　이십 분쯤 올랐을까. 갑자기 길이 끊기고 커다란 바위가 우리의 앞길을 가로 막는다. 넓적한 바위에 크게 새겨진 붉은 글씨가 보였다. 금강문이었다. 봄비에 촉촉이 젖은 금강문이 나타난 것이다. 이곳을 통과해야 금강산을 제대로 볼 수 있다는 암시를 주고 있는 금강문! 그 통과의례가 정말 우리에게 그 의미 이상으로 많은 느낌을 받을 수 있을까? 알 수 없는 일이요, 그냥 미지수일 뿐이었다.

　비를 맞고 서있는 금강문은 흐릿했다. 몇 걸음을 걸었다. 어렴풋이 보이던 금강문은 바로 앞에 이르러서야 뚜렷이 보였다. 물방울 듣는 문 속은 고요했다. 비옷에 고인 빗물을 흔들어 털고 몸을 디밀듯 문 안으로 들어갔다. 숙였던 고개를 들었다. 문밖 저 너머로 파란 세상이 선명하게 눈에 들어왔다. 돌 문틀의 어두운 회색빛이 문밖을 더 밝게 상승 작용하여 주변보

금강문

다 더 환하게 보였다. 마치 망원경으로 보는 것처럼 풍경이 동그랗고 선명하게 보였다. 산안개 덮인 연록의 화려함, 그 몽롱함이 하늘까지 이어져 있었나 보다. 비에 젖은 끝없는 봄빛에 눈이 부실 지경으로 고왔다. 은근한 산안개를 품은 암갈색 나무줄기와 가지는 촉촉이 젖어 검은 묵선으로 진하게 그어져 있었다. 한낮인데도 계곡 구석은 흐리기만 했다. 문을 나와서 고개를 젖히고 하늘을 우러러 보았다. 환한 연두 빛 신록이 초원의 빛처럼 환하게 다가서고 있었다. 산안개는 모든 봉우리 꼭대기를 통째로 삼키듯 뒤덮고, 숨죽이며 고요히 어디론가 흘러가고 있었다.

금강문에 얽힌 전설을 아내에게 한참 동안 설명해 주었다. 물론 믿거나 말거나이지만, 전설이 주는 의미나 느낌보다는 전설이 있다는 것 자체에 의미를 두는 것은 아닐까? 전설이 있다는 것은 그 곳이 다른 곳보다 구별된 그 어떤 각별한 얘깃거리가 있다는 의미일 것이다. 그러니까 일상적인 것보다 구별된 형상이거나, 특이한 분위기가 있다거나, 아니면 특출한 아름다움이 있는 곳이어야 전설의 존재 이유가 되는 것이다.

요즈음처럼 자연과학, 컴퓨터, 인터넷 정보 등이 발달한 세상에 누가 이런 전설을 믿을까? 전설을 귀여운 꼬마 장난감 인형의 얘기처럼 여기거나, 다 자란 뒤에 안 산타클로스 할아버지의 성탄절 선물 정도로 생각하는 것은 아닐까? 웬만한 사실적 뒷받침이 있는 것도 심심풀이의 노리개로 여기는 세상이 아닌가?

너나없이 가지고 다니는 휴대폰은 새로운 '폰 문화'를 탄생시켰다. 오늘날 가장 귀중한 물건이 핸드폰이요, 그 속에 담긴 내용이 가장 정확하다고 믿는 최고의 보물이 되었다. 폰 문화는 모든 분야의 지식과 상식, 새로운 정보와 모든 문제해결 방법까지 즉시 확인하고 소통할 수 있는 자료를 제공해 주고 있다. 심지어 광활한 우주의 숨겨진 비밀과 전자 현미경으로만 알 수 있고 볼 수 있는 최첨단의 미생물들의 세계까지도 문자판 몇 번 두드리면 상세한 정보를 다 알려주는 핸드폰 만능의 세상을 만들었다. 그런 핸드폰을 가지고 다니는 세상에 누가 금강산의 전설을 믿겠는가? 전설이 있다고 믿는 것 자체가 현대판 전설일 것이다. 그러나 우리는 전설을 신뢰의 수준으로 믿는 것이 아니다. 그 시대의 산물로서 인정하고, 문학적인 가치로서 평가하고, 무미건조함을 없애기 위한 수단으로써 의미를 부여하고 있는 것이다. 경외감의 대체물로써 값어치를 높이기 위한 방편으로써, 전설의 존재 그 자체에 대한 부가가치의 의미가 있는 것이다.

금강문, 그것은 큰 돌 몇 개를 어긋 맞춰서 만들어진, 사람들이 드나들 만한 문짝 같은 틈일 뿐이었다. 현대의 건축술로는 단순하고 별것 아닌 작은 소규모의 공작물일 뿐이었다. 그러나 왜 이곳에 그런 바위들이 모여 통로가 되게 했을까? 밋밋한 산길에 길 막고 서있는 통로, 그것이 바로 구별된 사건이었다. 이것이 전설의 강력한 창작동기가 되었던 것은 아닐까?

　우리들처럼 지극히 현대화 된 사회에서 살아가는 사람들에겐 새롭고 자극적인 그럴듯한 전설을 필요로 하고 있다. 모든 전설은 처음 지어진 상태로 영원히 고정되는 것은 아니다. 미묘하게 감상을 가감하여 풀어가기도 하고, 멋진 사연과 사건을 덧입혀 각색되기도 한다. 원래의 모습에서 상당히 멀어진 상태로 변형에 변형을 거듭해 가는 것 또한 사실이다. 세월이 흐름에 따라 상상을 초월하는 기발한 아이디어가 과장되게 더해지고, 공상과학에 가까운 허구와 허상이 효과를 위해 원용되고 혼용되어 오늘의 그럴듯한 전설이 되었던 것이다.

　이야기만 듣고 살아갔던 시대에는 설화가 의사소통의 주된 역할을 담당했었다. 많은 전설, 민담, 신화는 기정사실이 되었다. 그것은 대를 이어가면서 구전되고 살이 붙어 재미있게 포장된 할머니의 전유물인 얘기 보따리가 되었다. 인생살이의 경험이 가장 풍부한 할머니만이 가지고 있는 불가침의 권세였다. 끝없이 풀리는 둥근 실타래처럼 전설은 그렇게 어린 우리들의 마음을 이리저리 굴리며 재미나게 해 주었다. 할머니의 옛날 얘기는 너무 우스꽝스러워 우리들의 가느다란 개미허리를 더욱 꼬부라지게 하였다. 그리고 까맣게 탄 팔뚝에 소름 끼칠 정도로 으스스한 무서움에 사로잡히게 했다. 양푼 비빔밥의 참기름과 깨소금처럼 짜릿한 고소함이 함께 뒤섞이면서 멋들어진 이야기로 켜켜이 엮여서 이엄 이엄 내려오고 있는 것이다. 수 백 번 들어 훤히 그 전개 과정을 잘 알면서도 그 재미는 꿀맛 이상이었다. 듣고 또 들어도 물리지 않았다. 참말로 재미나는 옛날 옛날 한 옛날의 호랑이 담배 먹던 시절의 이야기들이었다.

　아내는 아픈 허리에 두 손을 대고 느릿한 걸음으로 힘겹게 걸어 오르고 있었다. 주변 경치를 구경할 여유가 없었나 보다. 나는 쏴 부치듯이 핀잔을 주면서 말했다.

　"당신은 내가 구룡연폭포를 보고 올 때까지 여기서 그냥 기다리고 있어."

"비가 이렇게 오는데 어디서 기다리라는 거야?"

"바위에 앉아서 기다리든지 맘대로 해!"

"당신은 꼭 그렇게 말하더라. 알았어. 신경 쓰지 말고 다녀와."

아내는 신경질적인 반응을 보이면서도, 포기하고 수긍하는 태도였다. 나는 큰 혹을 하나 떼놓은 듯이 아내를 금강문 곁에 두고, 다음 코스를 향해 뒤도 돌아보지 않고 내달아 올라갔다. 비가 와서인지 사람들의 산행이 패잔병들처럼 축 처져서 힘없이 걷고 있었다. 그저 느리게만 느껴졌다. 나는 헐떡이는 숨소리를 내지르며, 앞섰던 사람들을 위협하며 계속 추월해서 올라갔다.

옥류담(玉流潭)

옥류담(玉流洞) 계곡의 경사는 완만하여 나이 많으신 어른들도 힘들이지 않고 오를 수 있는 편안한 산길이었다. 금강문의 서늘함이 채 가시기도 전에 우리는 옥류담에 도착했다. 웅덩이를 중심으로 왼쪽 경사면은 잔잔한 빗살무늬를 띤 바위 얼굴의 검버섯들이 얼룩말 등줄기 무늬가 되어 옥빛 소를 향하여 쏟아지고 있었다. 마주보는 쪽 경사진 바위들은 두꺼운 석판이었다. 켜켜이 몇 층을 이루면서 엇박자로 쌓여져 있었다. 그 바로 윗자리에 키 작은 소나무와 입갈나무가 길게 띠를 이루고 웅덩이를 내려보고 있었다. 물끄러미 살피는 인정스런 모습이었다. 눈을 들어 멀리 올려쳐다보았다. 오른쪽 경사면이 비스듬하게 누워 있었다. 엄청나게 큰 암반들이 산중턱에 이를 때까지 즐비하게 이어져 올라붙어 있었다. 언제나 흰 속살을 부끄러운 줄도 모르고 드러내 놓고, 펑퍼짐하고 편안한 자세로 옥류동 계곡을 감싸 안고 있었다.

왼쪽과 오른쪽 그리고 물이 내려오는 골을 보았다. 삼각뿔처럼 모아지는 꼭지점에 옥 같은 물이 그득히 고여 있었다. 궂은 날씨인데도 물빛이 참으로 고왔다. 초록의 옥빛이 눈부시고 신비로웠다. 깊은 맛을 간직한 오묘한 보석, 그 빛나는 고운 빛의 분광이 일곱빛 띠가 되어 나에게 다가오고 있었다. 작은 웅덩이 하나만으로 우리 마음을 한껏 부추기면서 녹 보석 스스로는 물속에서 그렇게 황홀한 빛을 발광하고 있었다.

옥류담의 봄

　옥류담 주변을 아름답게 꾸미는 이웃들은 역할분담을 위해 터 잡고 있
었다. 많지는 않았지만 우의가 돈독한, 금슬 좋은 오랜 벗들이었다. 그 친
구들의 면면을 살펴보면 이렇다. 옥류폭포와 옥류담, 선녀들의 독무대였
던 무대바위와 주변의 아름다운 암벽, 그리고 말간 푸른 옥빛 물 보석과
골짜기 가득 메운 수풀이 옥류담을 이루는 친구들의 명단이었다. 이 외에

도 그곳엔 옥구슬 일렁거리는 맑은 물이 있고, 변함없이 한 맘으로 짧게 떨어지는 누운 폭포가 있고, 옹고집장이 너럭바위와 벼랑이 있고, 은은하고 연한 신록의 이파리들이 그득그득 고여 있었다.

폭포는 위에서 떨어지는 것만을 말하는 것은 아니다. 낙차 큰 폭포도 있지만 비스듬하게 흘러내리는 폭포도 많다. 이러한 폭포를 '누운 폭포' 또는 '와폭(臥瀑)'이라고 하는데, 금강산에 있는 많은 폭포들 가운데 구룡연폭포와 비봉폭포, 옥영폭포 등 몇몇을 제외한 대부분의 폭포들은 거의 다 '누운 폭포'들이라고 한다. 옥류폭포는 언제나 일정한 흐름으로 옥류담을 향하여 쉼 없이 흘러내리고 있었다. 정갈한 물빛으로 웃음을 머금고, 맑고 청아한 목소리로 노래 부르며, 뭇사람들을 기쁘게 해주고 있었다. 옥류담의 물빛은 수많은 녹빛의 옥을 흩뿌려 놓은 듯이 진한 벽옥의 반짝임으로 눈부셨다. 보석 속으로 빠져들고 있는 나를 보면서 내 스스로 놀라고 말았다. 그 진풍경을 보는 순간 나의 눈은 순결한 산처녀의 맑고도 검은 눈동자처럼 깨끗해져 있었다. 내 마음도 물빛 따라서 맑아지고 있었다. 이것은 대자연만이 할 수 있는 빛의 위대한 향연이며, 푸짐한 선물이었다.

아무리 옥보석이 아름답다 하여도 그 옥빛 보석을 담는 보석함이 걸맞지 않으면 그 가치는 반감되고 말 것이다. 새하얀 모시수건 같은 순백의 말끔한 빛깔의 천 위에 받쳐서 진열될 때에만 진정한 값어치를 발휘할 수 있을 것이다. 옥류담의 물빛은 그 물이 괴어 있는 세 면의 암반 빛깔이 영롱하게 비치므로 최고의 옥보석이 되게 하였다. 최상의 광채를 가진 보석이 되도록 그 자태를 유지함은 물론, 더 나아가 그 환상이 레이저 분광 쇼를 펼칠 수 있는조건을 제공하고 있었다.

옥류담 위쪽에는 선녀들이 하늘에서 내려와 바위에서 놀다가 하늘로 올라갔다는 무대바위가 있다. 가이드 아가씨가 그 바위 난간에 기대어 전설과 사연을 연관시켜 재미나게 설명하고 있었다. 많은 사람들이 삥 둘러서 진지한 태도로 경청하고 있었다. 어느 누구도 안내원 아가씨가 털어놓는 그 전설의 내용에 대하여 의심하거나 거짓이라고 생각하는 사람은 하나도 없어 보였다. 모든 얘기를 옛날에 있었던 사연쯤으로 여기고 있었다.

왜 금강산에는 유별나게 《선녀와 나무꾼》에 대한 전설이 많을까? 다른 산에서 《선녀와 나무꾼》의 전설이 있다는 말을 들어본 적이 없다. 있다하여도 기억에 남는 전설이 아닌 꾸며낸 얘기쯤으로 여기고 있을 뿐이었다. 금강산 말고 다른 산에 '선녀와 나무꾼'에 관한 전설이 있다면 그 전설 속에서 무슨 낭만을 느낄 수 있을까? 금강산에 얽힌 전설이기에 그 전설들이 주변 경관과 걸맞게 재미를 우리들에게 제공해주고 있는 것이다. 물론 그런 생각은 나만의 생각일 뿐이겠지만.

연주담 (連珠潭)

　연주담 주변의 경관을 살폈다. 바위들은 환한 얼굴을 하고 담소 주위에 울을 치고 있었다. 길게 몸을 늘이고 커다란 웅덩이를 만들어 자랑하듯 누워있었다. 담소의 물위엔 잔물결이 물비늘을 빚으며 살랑거리며 환하게 웃고 있었다. 물빛을 더욱 맑게 하는 것은 흰 바위였다. 수정보다 더 빛나는 밝은 빛이었다. 티 한 점 없이 맑은 그 일렁임이 내 가슴을 휘젓듯이 자극했다. 너무나도 고왔다. 연주담을 보고 있노라니 설악산 비선대의 물빛이 떠올랐다. 둔부처럼 두루뭉수리 펑펴진 암반을 휘저으면서 미끄러지듯이 흘러 떨어지는 양태가 너무나 닮아 있었다.

　어디선가 아가씨의 구슬 같은 목소리가 들려왔다. 연주담에 얽힌 전설과 자랑을 쉬지 않고 되풀이 해대는 북측 안내원 아가씨의 목소리였다. 옥류담 안내원의 설명이 내 귀에서 떠나기도 전에 또 다른 안내원의 칼칼한 목소리가 은은하게 들려왔다. 빼어난 절승 앞에 무슨 설명 따위가 필요할까마는 유난히 아름다운 금강산 절승 앞에서는 그냥 지나칠 수가 없었던가 보다. 깊고 깊은 골짜기의 구석구석마다, 숨어서 몸매를 자랑하는 폭포들마다, 움직이는 듯한 날선 봉우리 끄트머리마다, 크고 웅장한 벼랑이나 바위마다, 바닷가의 기암절벽 괴석마다, 숨겨진 전설이 없는 곳은 없었다.

　연주담에도 어김없이 전설이 서려 있었다. 그 전설은 이러했다. 아까 옥류담에 내려 왔던 그 선녀가 아닌 다른 선녀가 이곳 계곡에 내려와서 놀다가 그만 실수로 구슬 두 개를 떨어뜨리고 말았다고 한다. 떨어진 두 개의 구슬은 두 개의 커다란 담소가 되었고, 보석처럼 아름다운 빛을 발하게 되었다고 한다. 위의 구슬은 큰 구슬이 되었고, 아래 구슬은 작은 구슬이 되었다는데, 이리 봐도 곱고, 저리 봐도 아름다웠다. 위에서 내려다보면 두 개의 물웅덩이가 실로 꿰어 놓은 보석처럼 이어져 있어 연주(連珠)의 화려한 물빛을 배승하게 만들고 있었다. 안내원의 자상한 설명이 퍽이나 재미있었다. 예쁜 빨강색 꽃 모자를 뒤로 넘어가게 쓰고, 연한 하늘빛 정장을 차려 입은 태가 멀찍이서 보아도 연주담처럼 곱게만 보였다.

지난 번 겨울에 왔을 때 연주담은 물이 없었다. 얼음뿐이었다. 얼음장 밑으로 부서지는 물방울이 전부였다. 두 해 전 겨울 연주담, 그 을씨년스러운 장면이 떠올랐다. 이제 겨울은 멀리 갔고, 봄이 내 곁에 와 있었다. 그토록 삭막했던 못가엔 영롱한 보석이 가득 넘치고 용솟음치는 산기운은 온 산을 들쑤시고 있었다. 이래서 봄이 좋은 것이 아닐까? 맑으면 환해서 좋고, 흐리면 사색에 잠기게 해서 좋고, 비가 오면 시원한 빗소리가 들려서 좋고, 바람 불면 은근하게 흐르는 흔들림이 있어 좋은 것이다. 봄비는 사서도 맞는다고 하지 않던가? 촉촉이 내리는 비에 바지가 다 젖었다. 배낭을 덮은 비옷이 짧아 빗물이 새 들어와 속절없이 젖을 수밖에 없었다.

연주담은 말 그대로 커다란 옥 보석 구슬 두 개가 위 아래로 이어져 있어 붙여진 이름이었다. 상단에 누워있는 옥 담소는 연하고 은근한 벽옥이라고 한다면, 하단에서 요염한 자태로 앉아 있는 보석 웅덩이는 진하고 화사한 블루 사파이어라고 말할 수 있겠다. 모든 걸 떨치고 발길 돌리기가 쉽지 않았다.

눈을 들어 계곡 끝을 올려보았다. 운무가 고요히 흘러 덮은 푸르름은 양쪽 골짜기를 은은한 녹회색으로 바꾸어 놓았다. 길은 꼬리를 잃고 보이지 않았다. 나는 앞만 보고 올랐다. 온몸은 땀에 젖어 축축해졌다. 헐떡이는 숨을 몰아쉬면서 비에 젖은 산길을 올라갔다.

연주담

계곡물은 굵직한 바위 돌들이 쌓여 있는 위를 흐르다간 없어지고, 한참 있다 암반 위에 파여진 홈으로 솟아나와 그 위를 곰살궂게 흐르고 있었다. 조용히 흐를만하면 커다란 바위들이 이리 비틀 저리 비틀 포개져서 물길을 막고 서 있었다. 그 곳에 이르면 아무리 얌전한 물이라 하여도 어김없이 소용돌이를 일으켰다. 이렇듯 골물은 흰 포말을 내뱉으며 쏜살같이 꼬리를 이리저리 내두르고 자취를 감추듯이 흘러내려 갔다.

연주담은 크고 작은 구슬들이 꿰어 있는 구슬 다발이었다. 모양도 다르고, 빛깔도 다르고, 크기도 다르고, 성질도 다른 진귀한 보석 꾸러미였다. 널찍한 판석이 고인돌처럼 고여 있었다. 인공의 힘이 더해진 듯이 수평을 정확히 이루며 연주담 맑은 물을 다스리듯 훑어보고 있었다.

조금 전에 들렀던 옥류담의 물빛과 너무 닮았다. 다른 것이 있다면 물빛을 결정하는 결정 요소인 물속 돌의 크기와 빛이 서로 다른 것뿐이었다. 옥류담은 바위 겉면이 깊게 파여 그곳에 고인 옥구슬이 흘러가는 물웅덩이라면, 연주담은 둥근 담소 두 개가 이어진 경사면에 각양각색의 보석돌을 이리저리 뒤섞여 쌓은 한 무더기의 보석 다발이었다. 이렇게 깊은 골짜기에 이토록 영롱한 옥구슬과 찬란한 보석들을 꾸며놓을 수 있을까? 놀랍기만 했다. 후미진 비탈면 위에 '국가지정 천연기념물 413호 연주담'이란 표지비가 자랑처럼 세워져 있어 그 진가를 알아차릴 수 있었다.

비봉폭포(飛鳳瀑布)

봄비로 질척거리는 산행 길이었다. 낮게 드리운 산 구름이 손에 잡힐 듯 스쳐 지나고, 한낮인데도 여름날 새벽빛처럼 몽환의 기운이 산기슭에 깔려 영롱하게 보였다. 빗질하듯 쓰는 봄비의 쉼 없는 몸짓이 숨죽이고 흐르는 물안개처럼 여유롭게 온 산을 축축하게 적셔주고 있었다. 말랐던 나무줄기도, 잔가지도, 이파리도 오롯이 모처럼 단비 맞아, 정 듬뿍 담긴 숲의 향기로운 내음을 토해내고 있었다. 얼마 만에 맡아보는 상큼한 산속의 값진 기별이던가? 봄비 흡족히 내려 하늘마저 실컷 젖었다. 봄 금강의 모든 뫼들이 이 비 그치면 새롭게 기운 차리고 용솟음치는 기상으로 길손들 맞아 주리라. 이제 우린 숲 내음을 마음껏 맡아 보자. 기다리고 바라던 곱디고운 임이 아니던가? 그 정겨운 임의 앞태를 안아 보자. 나와 아내는 애타게 고대했던 숙명적 만남에 빠져들고 있었다.

하늘 어디선가 소나기처럼 빗물이 쏟아졌다. 나는 소스라치게 놀란 토끼 눈으로 주변을 살폈다. 짜증스러운 얼굴을 비틀어 가면서 비가 뿌리는 하늘을 가자미눈을 하고 흘겨보았다. 희뿌연 물방울이 나를 겨누고 내 얼굴을 향하여 사정없이 내려 붓고 있었다. 화풀이 하듯 거세게 내 얼굴을 때렸다. 높다란 절벽에서 강한 빗줄기가 등산로 쪽으로 흩뿌리고 있었다. 나는 저항할 수가 없었다. 일단 몸을 피했다. 이내 물줄기는 잦아들었다. 안도의 한숨을 크게 몰아쉬었다. 정신을 가다듬고 쳐다보니 그것은 빗줄기가 아니었다. 폭포수가 떨어지면서 급한 바람을 맞아 바위에 부딪쳐서 부서지고, 갈라지고, 풀어진 실타래 물줄기였다. 비룡폭포의 일상적인 하강은 나를 위협하고 으르고 겁을 주기에 충분했다. 첫인사를 제대로 한 셈이 되었다고나 할까? 신고식 한번 제대로 했다. 첫 만남 예식 치고는 유별난 인사법이었다. 그렇다고 해서 비룡폭포가 밉지만은 않았다. 도리어 반갑고 정겨워 더 좋았다.

두 해 전 겨울철에 왔을 때 비봉폭포는 빙벽만이 전부여서 폭포로서의 위용을 다하지 못했었다. 이제 새 봄 되어 봄물이 그득하게 고여 겨우내 다하지 못한 울분을 뿜어낼 곳을 찾고 있었다. 오늘 내리는 봄비는 비룡폭포에게는 절호의 기회였는지도 모른다. 주체할 수 없는 기운을 내뺐듯이 계곡 밑으로 쏟아 붓고 싶었을 것이다. 어느새 폭포의 시원한 분풀이는 아름다운 여인의 하늘거리는 옷자락이 되었다. 자태가 너무나 고왔다. 천상 선녀의 아리따운 몸매만 그 속에 한껏 배어 있었다.

하늘을 가릴 듯 넓은 날개의 나풀거림이 구름처럼 너그럽게 흔들렸다. 세상을 다 감쌀 듯 가슴속에 숨겨둔 고요한 웃음이 봄 안개처럼 곰살궂게 피어오르고 있었다. 온 하늘은 선녀의 눈부신 자태로 덮여 있었다. 나는 비봉의 천사 그 춤사위를 보고 싶었다. 나는 고개를 하늘을 향해 꺾어 젖히고 정신 나간 사람처럼 나무가 되어, 춤추며 날아오르는 봉황을 바라보았다. 비가 오는데도 그 휘황한 빛에 눈이 부셔 도저히 뜰 수가 없었다. 폭포 위를 실눈을 뜨고서라도 보고 싶었지만 그건 내 생각이었다. 이리저리 휘어져서 불규칙하게 떨어지는 물방울과 빗방울은 커다란 포도 알만큼 커져 내 볼을 마구 때렸다. 내 눈동자는 뿌연 폭포수 안개로 가려지고 말았다. 나는 선녀와 함께 하늘 끝을 향해 뛰어 올랐다. 나도 운무를 타고 가뿐하게 두둥실 하늘 가운데를 향해 떠오르고 있었다. 창공을 날아오르노라니 세상이 눈 밑에 보였다. 세상 모든 만물들이 발아래 가지런하게 놓여 있었다. 나는 봄비 내리는 이 비봉의 날개 곁에서 찬연한 봄꿈에 깊이 잠기고 있었다.

비봉무희 (飛鳳舞戲)

곱게 빛나는 아름다운 하늘이
선녀의 산자락 휘감고 나는 바로 곁에서
모시 꽃, 그 꽃봉오리 점잖게 수놓은 이불로
나를 감싸듯이 안아주고 있었다.

희고 풍만한 육체를 살짝 가리고
속내를 드러내지 않는 수줍음 띤
이 앙큼한 천상의 여인!
구름 속에서 가뿐하게 이는 바람을 타고
너울너울 날고 있는 비봉폭포,
그것은 그 옛날 선녀의 하늘거리며 흩날리는
천의무봉(天衣無縫)의 솔기 없는 옷자락이었다.

헤일 수 없는 수많은 베 올 가닥이
갈라지고 뒤엉켜 온 하늘을 뒤덮고,
삼킬 듯이 출렁이는 웅장한 춤사위 앞에
온 하늘 그득하게 울려 퍼졌던
감미로운 가락마저 제 갈 길을 잃고 말았다.

헝클어질 듯, 뒤섞일 듯,
혼란스럽게 흔들어대다
옷고름 숨어서 슬며시 끄르고,
온 몸매 환히 비치는 백수나삼 팔랑이며
원만한 곡선을 긋고선

미끄러지듯 스러져 가고 있었다.

그런 몸짓도 잠시 멈췄나 보다 여기면
이내 쏜살같이 내려와선
하늘을 박차듯 솟구치고
다시 반공에 높직이 자리하곤
몽환의 운무를 버둘리며
끊임없이 이엄이엄 이어지는 울동이여!

넉넉함도 평안함도 찰나였나?
공중에 높직이 떠서
숨죽이는 듯 잦아진 몸의 가락이
뭇시선을 우러러 모으게 하고
멈춘 듯, 다시 스르르 풀리는 반복
시간의 흐름 속에서 점점 멋거리지고 있었다.

두 손 나부끼듯 졸이는 춤 동작
숨죽는 심연의 흐름이 고이고
그 더운 가슴 속으로
한 많은 사연 모두 감싸듯 안고
정적, 그 정적으로만 남았어라.

초저녁 내갈은 천의의 은은한 옷 주름
그 부드러운 흔적은 사라지고
농염하고 진한 관능의 몸단장만 남아
이 어찌 그냥 지나칠 사연이런가?

그건 아리땁고 휘영청 밝은 환영이었느니.

몸 차림새를 잘 매만져
맵시 있게 꾸미고 나선
호올로 멀리 떠난 내 님이 그리워라.
춤자이도 없이 혼자서
일상의 이성으론 짐작조차 못할
속된 색계(色界)에서 펼치고 있는
황홀하고, 다시 또 황홀하기만 한 천상의 독무여!

헝클어진 혼돈 속에 담긴 단정함이여!
어리둥절한 가운데 이는 평화로움이여!
화려한 자리 뒤에 어리는 순박함이여!
요란스런 중에 도드라진 고요함이여!
몰아쉬는 가쁜 숨 너머로 살짝이 비친 여유로움이여!
산운(山雲)이 머물다 떠난 자리
날개 돋친 비류직벽(飛流直壁)이 머흘다.
거친 무대에 펼쳐진 나긋나긋한 천무(天舞)
그 일렁이는 감흥은 무슨 조화이러뇨?

치마 자락 펄럭이는 영롱한 속옷 안으로
천 년을 묻어두었던 흐릿한 비경을 풀치고
선녀의 무릎 위 허여멀건 허벅지 속살이
미끈거리듯이 언듯언듯 흘러 비쳤다.
여기는 깊고 오묘한 거룩함을 싸매어 둔 곳
고이고이 간직할 만한 순수의 정화가 있었다.

비룡폭포

살포시 처진 듯, 곱게 패인 저고리
살랑대듯 나풀거리는 가드락 안쪽
목화 빛 긴 동정 살품으로
살짝 비쳐 도드라진 볼룩한 젖가슴
숨이 멎을 것만 같은 풍만함이었느니.
감칠 듯이 돋아 보이는 순수의 전설이었느니.

매끄럽고 반들거리는 엷은 살빛을
자랑이라도 하듯이 내 던져서일까?
금방 터질 것만 같은데
몰래 숨어서 훔쳐보았는데도
여린 내 넋을 앗아가고 말았다.

오른 팔 슬며시 들어
하늘 저편 솟구친 푸른 옷소매
나부끼며 가뿐히 부여잡고
연무(煙霧)일 듯 휘몰아친다.

바짝 달라붙은 솔기 사이로
스치듯이 눈에 들인 세모난 겨드랑이
눈이 부시도록 새하얀 순수의 살갗을
드러낸 줄도 모르고 웃음 머금은 이안(怡顔).
그토록 고운 품이 우러나와
혼이 빠질 듯이 거룩했다.

잠깐이면 금세 이 물 벽을 박차고
창공을 향해 나를 것 같은 움직임을
이 비봉의 날개 편 천녀(天女)는
도움닫기 할 벼랑 자리를 찾아
발을 딛고서서 다지는 것이 분명했으리.

이 누추하고 비속한 세상에서
웅건한 하늘을 독무대로 알고
남다르게 구별된 수려함 담아
천상의 극치를 이뤄내고 있었다.
속인이었다면 결코 볼 수 없는
범부였다면 분명 느낄 수 없는
화사한 하늘나라의 멋질림이었다.

거슬림 전혀 없는 요염한 매력은
도리어 속되지 않는 법,
그대의 여리고 여린 마음 가누지 않고
왜 하늘 끝까지 미치려 하는가?
내 어찌 바로 서서 눈을 뜨고
봉황의 춤판 벌린 하늘마당을
그냥 바라볼 수만 있을까?

차가운 기운이 온 몸에 덮쳐왔다.
비봉폭포 살랑거리는 은근한 감촉
늘어진 올이 풀리면서
실타래 풀어 제치고

내 얼굴을 향해 계속 쏟아 붓고 있었다.
이건 몽롱한 무념무상의 세계에서
급하게 벗어나게 하려는 부드러움
각성의 가슴 아픈 두드림이었다.

화려하기만 했던 봄꿈은
안개 걷히듯 맑게 개고 말았다.
다시 한 번 그려도 좋을 법한 아련한 추억,
수많은 세월이 흐른다 해도
두 번 다시 볼 수 없는
홍무(紅霧) 같은 찰나의 꿈결이었다.

긴 겨울 지쳐 그리던 선경인데
어찌 반하지 않을 수 있을까?
순간이어도 수줍음 띈 얼굴은
달궈진 화롯불처럼 화끈거렸다.

댓잎이 부는 고된 피리 소리를
향내 나는 연분홍빛으로 물들이며
상큼한 마음을 부여잡고
폭포를 스치듯이 지나치고 말았다.

날아오른 봉황의 하늘 물은 살랑살랑 비취빛 담소 위 여기저기를 흩뿌리고, 수줍음 띤 봄날의 단 빗물은 부슬부슬 구룡 골짜기 구석구석을 적셔주었다. 계곡엔 식어진 안개가 숨죽이며 몸을 이리저리 비틀고 있었다. 새로이 틔운 가냘픈 이파리는 빗물의 무게를 이겨낼 수 없었다. 축 처진 채로 힘없이 나 몰라라 포기하고 빗물을 운명처럼 받아들이면서 견디고 있었다. 산을 오르는 사람들마저도 풀죽은 들풀이 되어가고 있었다. 그들은 고개를 숙인 채 숨만 겨우 내쉬며 발길을 내딛고 있었다. 어쩔 수 없었나 보다. 피치 못할 사연이 있어도, 어떻게 표현할 수 없는 까닭이 있어도, 모든 것을 잊은 채 오르고 있었다.

구룡연폭포(九龍淵瀑布)

　이제 숲도 어두워지고 골도 깊어 새벽 같은 낮이 계속 되고 있었다. 봄비 치고는 꽤 많은 양이 내리고 있었다. 하늘은 여태까지 연한 먹빛 구름으로 가득 칠해져 있었다. 내 마음도 회색빛으로 뭉개져 볼품없이 되고 말았다. 산을 오르는 것은 해맑은 산빛에서 우러나오는 상쾌한 기운을 받는 일일 것이다. 그래서 사람들은 산행 할 때 오늘 같이 비 오는 날을 가리는 것이다.

　미명부터 말끔하게 밝아오는 구름 한 점 없이 깨질 듯한 창공, 그 화창한 날 쏟아질 듯 부서지는 햇살, 온화하고 상큼하게 옷깃을 문지르며 살랑거리는 산들바람, 가슴깊이 들여 마시고 싶은 코끝을 스치는 맑고 깔끔한 공기, 간밤에 내린 비로 촉촉이 젖어있는 솜 요대기 같이 푹신거리는 산길, 파란 잎을 활짝 펴 햇빛을 끓어 안고 언뜻언뜻 드러내놓는 생기발랄한 숲속, 이런 상황이야말로 완벽한 산행의 이상적인 조건일 것이다.

　오늘 일기는 산행을 할 수 없을 정도의 빗길인데도, 이곳이 금강산이어서 '울며 겨자 먹기'로 오르고들 있었다. 계곡의 물빛을 굽어다볼 마음이 아니었다. 산안개 짙게 드리운 산길에서 바라보는 우경(雨景)은 절승이라는 느낌보다는 산이 내 가까이 있구나 하는 정도의 친근감만 있을 뿐이었다. 원경은 희고 투명한 망사 곱게 드리운 선경, 근경은 연한 녹엽 켜켜이 층진 위로 하염없이 물방울 듣는 실경, 참으로 기막힌 산행의 미분·적분 방정식이었다.

완만한 길은 경사가 급한 계단으로 이어져 그나마 가쁜 숨을 더욱 가쁘게 몰아쉬게 하였다. 여기저기서 혁혁대는 소리가 들려왔다. 많은 분들이 효도 관광으로 따라 와서인지 느린 걸음을 걷는 분들 뿐이었다. 나는 한 줄로 길게 늘어서서 걷는 이 산행길이 좋았다. 수많은 사연들이 움직이고 있었다. 어릴 적 고향을 잊고 그 고향을 되찾고자 하는 사람들, 귀향길이라 여기고 굳센 의지로 나선 어르신들도 많이 있을 것이다. 잊은 지 오래된, 기억조차 까마득한 옛 고향 내음을 대신 맡고 싶어 나선 처음부터 옳지 않은 여행이었다. 그렇기 때문에 고행길이어도 속내를 드러내지 않고, 힘든 산길 오름도 마다하지 않고, 순례자의 모습으로 그저 오르고 있을 뿐이었다. 한 걸음 한 걸음이 추억을 딛는 달콤함이 뼈 속 깊이 저려오듯 느껴졌다. 쌈지에 꼬깃꼬깃 접어서 깊이 숨겨두었던 어릴 적 빛바랜 이야기가 되살아나는 정말 형언키 어려운 감흥이 일고 있었다.

갑자기 웅성거리는 소리가 공중에서 들려왔다. 순간 놀라 머리 들어 보았다. 《관폭정》이었다. 높다란 곳에 정자가 덩그렇게 솟아오르듯이 떠 있지 않은가? 나는 어디서 힘이 솟아나는지 모르지만 왕성한 각력(脚力)으로 돌층계 한 계단씩 올라갔다. 오를수록 사람들이 붐볐고, 나도 모르게 다른 사람들의 어깨가 내 어깨를 짓누르고 있었다. 비집고 정자위로 올라챘다. 발 디딜 틈도 없었다. 가쁜 숨을 서너 번 뿜어내고 나서야 겨우 내가 어디에 있는지를 눈치 챌 수 있었다. 비 내리는 구룡연 폭포 앞, 《관폭정》은 비를 피하려는 사람들로 인산인해를 이루고 있었다.

《관폭정》 마루 위는 돗대기 시장을 방불케 했다. 그 속에서 북측 안내원들은 커피와 금강산 깨엿, 땅콩엿 등을 팔고 있었다. 3년 전에 왔을 때와 전혀 다르지 않았다. 굳이 다른 점을 찾는다면 북측 남자 안내원이 친절하게 먼저 인사를 걸어온다는 점이 다르다면 다른 점이었다. 괜히 기분이 좋아졌다. 내가 이렇게 기뻐하는 이유를 저들이 알까마는 엄청나게 겁을 먹고 넘어 온 우리들로서는 어쩌면 당연히 느끼는 감정일는지 모른다. 아까

구룡연폭포

보다 빗줄기는 굵어지고 있었다. 빗소리도 제법 크게 들리고, 저 하늘 반공에서 떨어지는 구룡연 폭포의 물소리도 우렁차게 들려왔다.

지난번 겨울에 왔을 때 구룡연 폭포 주변은 온통 얼음뿐이었다. 구룡연도 얼음 층으로 그득했고, 계곡의 물 흐름은 거의 볼 수 없었고, 다만 얼음만이 그 흐름을 대신해 주었었다. 말이 폭포지 고드름처럼 얼음이 절벽에 매달린 음산한 기운뿐이었다. 겨우 얼음사이를 비집고 떨어지는 폭포는 왜소하리만큼 가늘고 연약하였다. 물론 그 웅장한 기품이야 어디로 가겠냐마는 지금 봄비 내리는 구룡연 폭포에 비교한다면 전혀 다른 폭포였다.

처음 왔을 때 우리는 겨울의 한 복판에 서있었다. 그리고 하루해가 다 저물어 가는 저녁때에 도착하여 올라온 터여서 무슨 커다란 기대감 같은 것은 없었다. 생명체라고 해보았자 몇몇 들랑 달랑하는 다람쥐들과 산새, 그리고 우리 일행뿐이었다. 춥고 어두운 가슴은 움츠러들었고 옷깃도 단단히 여며져 있었다. 뭔가에 쫓기는 듯 성급하게 서두르는 느낌이 많았다. 모르긴 몰라도 사람들은 얼른 보고 내려가겠다는 책임을 회피하는 듯한 느낌이 더 많아 보였다.

하지만 봄이 한창인 지금은 여러 면에서 엄청나게 달라져 있었다. 봄날의 포근함이 온 산하에 가득 찼고 산 빛은 신록으로 가장 고운 싹 꽃을 틔워놓았다. 이름 모를 나무의 흰 꽃은 휘영청 밝게 피어 빗속의 푸른 산을 비추고 그 위에 봄비는 속절없이 내려 우리 마음을 촉촉하게 적셔 주고 있었다. 우리들의 닫혀있던 마음을 활짝 열어젖혀 어떤 것도 받아들일 것만 같았다. 사람들의 옷 빛깔도 울긋불긋 해맑고 곱게 빛났다. 어디를 둘러보아도, 누구를 만나도, 등을 쳐주면서 오르내리고 싶을 정도로 넉넉한 분위기로 가득 차 있었다.

나는 내 눈을 의심하지 않을 수 없었다. 내 눈 앞에서 벌어지고 있는 이 광경은 인간 세계의 현상이 분명 아니었다. 천 길 낭떠러지에 떡 버티고 서서 꼿꼿이 떨어지는 저 구룡연 폭포의 물줄기에 내 넋은 창이 되어 꽂혀 있었다. 아예 이 선경에 흠뻑 젖어 있었다. 정말로 신비로웠다. 선계에서나 볼 수 있는 은은하고 영롱함이 눈앞에 펼쳐지고 있었다. 물줄기를 따라 마음이 빨려 들어가고 있었다. 빅뱅이 일어나는 불랙홀처럼 말이다. 여기서 만큼은 아무런 말이 필요 없었다. 이제 눈을 서서히 뜨고 폭포에 초점을 맞춰 하나씩 훑어보기로 했다. 구룡연 폭포의 물줄기는 엄청 크고 곧아서 금강산 제일 폭포로 알려져 있다. 규모로 보나, 높이로 보나, 유량으로 보나, 주변 경치로 보나, 어느 것 하나 모자람이나 쳐짐이 없는 완벽한 폭포였다.

금강산은 여러 명산들보다 더 아름답고, 유명하고, 소문난 풍경이 많이 있다. 금강산 전체를 둘러볼 때 으뜸으로 자랑할 수 있는 것은 만물상일 것이다. 그 비경의 아름다움에 대해 상세하게 언급할 필요는 없을 것이다. 왜냐하면 온 누리의 사람들이 다 만물상의 현란하고 황홀한 아름다움에 감탄하여 널리 알리고 있기 때문이다.

버금으로 뽐낼 수 있는 것은 금강의 산세와 그 형상일 것이다. 날카로운 톱날형상의 천화대, 하늘을 향해 호소하는 듯한 집선봉, 합장하고 참선하는 관음연봉, 늠름하게 모든 봉우리를 거느리는 비로봉, 붓끝처럼 뾰족한 문필봉, 경건하고 온화한 불꽃같은 세존봉 등 모든 봉우리들이 다 다른 형세로 제 역할을 다하고 있다는 점은 금강의 큰 자랑이리라.

다음으로는 크고 작은 폭포가 많다는 것이다. 구룡계곡에 있고 그 자태가 장엄하여 금강 제일의 폭포로 알려진 구룡연폭포를 비롯하여 실비단처럼 흩뿌리며 떨어지는 천상의 무희 같은 비봉폭포, 새색시처럼 고운 자태로 떨어지는 합장의 불심인 관음폭포, 성문동 계곡에 자리하고 열두 갈래로 꺾이면서 온갖 자태를 뽐내는 화려하기 그지없는 십이폭 폭포, 구성계곡에 터 잡고 옥빛처럼 아름답고 멋진 용태를 자랑하는 옥영폭포 등은 금강이 자랑하는 폭포들이다. 그 외에도 무봉폭포, 비단폭포, 합류폭포, 누운 폭포 등 여러 모양의 크고 작은 폭포들이 무수히 많다.

하지만 봄이 오고 여름이 오면 사정은 달라진다. 특히 비가 많이 내려서 골짜기에 유량이 늘어나면 골짜기의 물은 모두 폭포수가 되어 버린다. 그러니까 도교의 도경에 나오는 신선의 세계가 펼쳐지는 장관이 연출되는 것이다.

폭포 안내 표시판을 힐끗 쳐다보았다. '구룡연 폭포'의 높이는 74 미터, 넓이는 4 미터로서, 금강산 제일의 폭포이며, 우리나라 3대 폭포의 하나로서 그 위용을 자랑하고 있다'라고 기록 되어 있다. 오늘은 비가 와서인지 폭포의 물줄기가 더 곧고 더 세찼다. 내 눈에만 그렇게 보였는지는 몰라도 갈수기에 비하면 장관임에는 틀림이 없었다.

구룡연 폭포는 '중향폭포(衆香瀑布)'라고도 부른다. 그리고 이름 그대로 아홉 마리 용의 전설이 깃들어 있어 '구룡폭포'라고도 부른다. 폭포의 이름에도 사연이 많았다. 밑의 구룡연에는 아홉 마리의 용이 살고 있다는 전설이 내려오고 있어 붙여진 이름이라지만 내가 알기로는 구룡폭포 위에 있는 상팔담의 여덟 웅덩이와 연관이 있는 것으로 알고 있다. 위의 여덟 비취 빛 담소에 살고 있는 용 여덟과 구룡연에 서리고 있는 용을 합하여 아홉 마리의 용의 전설에서 비롯되어 붙여진 이름이라고 알려져 있다.

하늘을 향해 거슬러 깎아지른 웅장한 화강암 절벽을 타고 내리 꽂히듯이 떨어지는 물줄기도 장관이지만 물줄기의 뒤 배경인 벼랑의 생김도 빼어나게 아름다웠다. 수많은 절리가 인공의 조각 작품처럼 정교했다. 거무튀튀한 빛깔의 넓은 경사면이 있는가 하면, 날카로운 정으로 떼어내서인지 희게 보이는 벽면도 있었다. 잔주름으로 가득한 직벽의 아기자기한 자태가 도리어 거룩하게 보였다. 폭포 절벽 왼쪽에는 소나무와 단풍나무 그리고 떡갈나무들이 바짝 몸을 붙이고 어긋매끼고 서로가 서로를 응시하면서 구룡연을 뚫어지게 바라보고 있었다.

폭포는 용이 승천할 때 흔드는 우람한 꼬리처럼 점잖고 우아하게 떨어지고 있었다. 천상의 재회를 위해 견딜 수 없는 몽롱한 가슴을 품고 오르는 그 기막힌 사연이 궁금하기만 했다. 그 숭엄함을 《관폭정》에서 비를 피하면서 바라본다는 사실은 참으로 행복한 일이 아닐 수 없었다. 나는 우두커니 서서 바라만 보고 있었다. 말하는 것조차 싫었다. 폭포의 물줄기 속으로 나도 빠져들고, 나무들도 빠져들고, 벼랑도 빠져들어 우리 모두는 숨 죽인 채로 우두커니 서서 영문도 모른 채 서로를 바라만 보고 있었다.

모든 사람들은 폭포를 좋아한다. 왜일까? 그 답은 간단하다. 폭포는 일상의 자연현상 아니기 때문이다. 모든 물은 위에서 아래로 흐른다. 부드럽고 온화하게 순응의 태도를 보이며, 순순히 아래로 겸허한 자세로 흘러간다. 그러나 고요히 흐르는 물이 갑자기 낭떠러지를 만나면 수직으로 떨어지기 때문에 그 특이함으로 인하여 사람들은 폭포를 좋아하는 것이다.

그러면 내가 폭포를 좋아하는 까닭은 무엇일까? 그것은 시원한 물줄기를 바라보면서 마음이 맑아지는 듯한 청량감을 느끼게 되어 좋은 것이고, 가슴 속의 찌꺼기가 씻겨 내려가는 듯한 청결함을 맛보기 때문에 좋은 것이다. 마음을 짓누르고 있던 답답함이 일순간에 사라지는 듯한 개운함을 강렬하게 받기 때문에 폭포를 좋아하는 것이다. 그래서 모든 국가들은 자기 나라의 폭포를 가장 중요한 관광 상품으로 개발하려 들고, 자랑하고, 또 실재로 그렇게 실행하고 있다. 금강산도 마찬가지였다. 폭포가 없는 금강산은 생각할 수도 없고, 생각하고 싶지도 않았다. 얼마나 삭막하고 무미건조할까? 답이 필요하지 않는 그것은 분명 어리석은 질문, 곧, 우문이리라.

여하튼 구룡연 폭포는 매우 시원한 물줄기를 쉬지 않고 줄기차게 구룡연 깊은 못으로 내리 꽂고 있었다. 어디서 그렇게 많은 물을 가두었다가 우아한 자태를 간직하고서 일시에 떨어뜨리는 것일까? 아무리 바라보아도 아름답다는 말만 떠오를 뿐 다른 말은 얼씬도 할 수 없었다. 물리지 않는 이 무한한 천연의 극치가 바로 구룡연 폭포인 것이다. 나의 눈에는 한참 동안 무념무상, 무장무애의 경지가 계속 되고 있었다. 나도 모르는 일이었다. 설명도 필요 없고, 간섭도 할 수 없고, 욕해도 안 들리고, 왁자지

구룡연폭포도

껄한 소리도 먼 뒷전의 일이었다. 오로지 몽롱한 상태로 초점 없는 응시만 있을 뿐이었다. 이러한 마음의 상태를 사람들은 얼이 빠졌다고 말한다. 홀린 듯, 취한 듯, 어린 듯, 시간마저도 넋을 잃고 멍청히 나하고 함께 동행하고 있었다.

순간 어디선가 싸늘한 바람이 봄비를 감싸고 쏜살같이 내 볼을 때리고 지나쳤다. 사나운 돌 비바람이었다. 그때서야 나는 정신이 들었다. 눈을 들고 폭포 앞쪽을 보았다. 시야가 시원하게 탁 트였다. 눈 위로 약 50 미터 앞, 높다란 절벽위에 걸친 폭포의 꺾인 물줄기가 보였다. 벼랑 위에 가느다란 잔 나무 울타리 벽도 보였다. 눈 양쪽으로는 벼랑 틈새에서 싹틔운 파아란 나뭇잎들이 지그재그로 얽혀 턱을 괴고 서 있는 자태가 고왔다. 세차게 떨어지는 곧은 물줄기가 도경의 산수화처럼 고왔다. 눈 아래로는 백옥이 산산이 부서지는 구름 빛 구룡연의 물보라가 안개처럼 보이고, 백진주 구슬을 은실에 늘어지게 꿴 하얀 물줄기들이 마치 밤하늘 불꽃놀이의 빛줄기가 흘러 떨어지는 것처럼 고왔다. 그리고 그 폭포 위 능선 너머로 다소곳한 구름이 곱게 덮인, 낮은 회색빛 하늘이 보였다.

《관폭정(觀瀑亭)》 마루 위는 아수라장이었다. 비가 내려서 더욱 어수선할 수밖에 없었다. 나는 조금 더 머무르고 싶었다. 그래서 사람들을 의식하지 않고 어깨를 겨루듯이 비벼대며 정자 위에 눌러 서 있었다. 《관폭정》은 폭포를 가장 잘 감상할 수 있는 곳에 있었다. 그리고 내심(內心)에 자리한 만상을 되짚어 볼 수 있는 위치에 있었다. 한 마디 말로 '정관(靜觀)의 자리'였다.

나는 《관폭정》에서 폭포를 바라보면서 여러 가지 내면의 변화를 느낄수가 있었다. 먼저 시원하게 내리꽂히는 폭포의 하얀 물줄기를 바라보면서 세속의 헛된 욕망을 지울 수 있었다. 다음은 숨이 콱 막힐 듯한 기세로 떡 버티고 솟구쳐 서있는 웅장한 절벽을 대하면서 쾌남 태산의 의취를 느낄 수 있었다. 그 다음으로는 벽옥 빛 깊은 웅덩이를 일순간에 뒤집어 놓고 물보라를 일으키면서 용솟음치는 '용연(龍淵)'은 나의 침잠된 의식을 활탈(滑脫)하게 하였다. 그리고 웬만큼 큰일일지라도 그냥 지나쳐버리는 소심한 성품을 스스로 찾아가서 처리하는 적극적인 마음으로 바꾸어 놓았다. 그 밖에도 잦아있던 내면의 의분을 폭발시켜 삶 속에서 적극적으로 대처하게 하는 강한 힘을 심어 주었다. 끝으로 남의 일은 무조건 제쳐두고 피하기만 하는 철저한 무관심을 능동적인 자세로 바꿔 줄 뿐만 아니라, 매사 올곧게 처리하고 따뜻한 가슴으로 전환시켜주는 강력한 힘을 느낄 수가 있었다.

《관폭정》 앞의 경관은 완벽한 산수화였다. 폭포 물줄기를 비롯한 절벽과 함께 벼랑 주변의 잔 나무들이 완전한 조화를 이루고 있었다. 새싹을 갓 틔운 나무들이 벼랑 틈새에 걸치듯이 뿌리를 내리고 앙증맞게 웃음 짓고 있었다. 기막히게 자리하고 올곧은 자태를 뽐내는 그들만의 잔치 자리였다.

벼랑을 뚫고 깊게 새겨진, 마애서는 염화시중의 미소를 짓는 듯한 부처의 얼굴로, 우리를 도리어 응시하고 있었다. 나는 너무나 기뻤다. 말로만 들어왔던 서예가 해강 김규진(海岡 金圭鎭, 1868-1933) 선생의 친필 마애서, '彌勒佛(미륵불)'을 지금 내가 보고 있다는 것이 너무나도 황홀하고 가슴 벅찼다. 그것도 《관폭정》에 올라 폭포 물줄기 바로 옆에서 선생이 일제강점기에 휘호한 마애 글씨 '미륵불(彌勒佛)'의 뚜렷한 필획의 전모를 지근에서 완상한다는 것이 서예를 배운 사람으로서 지나친 호사가 아니고 무엇일까? 그만큼 《관폭정》은 가극의 품격을 지닌 구룡연폭포를 뚜렷이 볼 수 있는 가장 좋은 자리에 있었다.

미륵불(彌勒佛)! 글씨에 대한 사연도 많았다. 이 마애서의 특징을 대충 정리하면 이렇다. 앞에서 말한 서자(書者)는 개화기와 일제강점기에 활동했던 유명한 서화가 해강 선생이며, 서체는 예서와 전서의 혼용으로 보아야 옳을 것 같다. 웅혼한 필치로 써서 필획은 곧고 튼실하며 강건함이 충

만해 보였다. 끝 글자 '불(佛) 자'의 마지막 획은 유별나게 길어서 독특한 결체를 이루는 명품 서예임에 틀림이 없었다. 지금처럼 복사 문화가 발달되지 않았고, 이렇게 큰 대자를 쓸 수 있는 붓도 구하기 힘들었을 터인데, 이렇게 크게 마애서(磨崖書)를 썼다는 사실이 그저 놀라울 따름이었다.

여기서 부연 설명하고 싶은 것은 끝 글자인 불(佛)자가 유별나게 길다는 점이었다. 필력이 없으면 쓸 수 없는, 필획이 수직의 곧은 대창 같은 현침(懸針) 기법의 획선이었다. 주변의 어려운 여건을 무릅쓰고 우직하리만치 길고 곧게 썼다는 것은 선생의 서품이 강호에 제일임을 증명해 보여주는 사실이리라. 폭포의 높이로 보나, 떨어지는 수량으로 보나, 폭포와의 균형을 맞추기가 가장 중요한 관건이었을 것이다. 선생은 폭포의 물줄기와 불자의 수직 획을 일체화시켜 동질감을 느끼게 하려고 그렇게 유별한 자형을 고안해 냈던 것이다. 다시 한 번 산중에서 느껴보는 묵향의 아취가 향기롭고 맑아서 더욱 좋았다. 이른 봄 궂은 날 폭포 앞에서 맡아보는 묵향이 꽃향내처럼 은근하게 젖어들었다. 백 년 가까운 세월이 흘렀음에도 지근에서 당먹[唐墨]을 갈 때 맡을 수 있는 생생한 묵향을 느껴본다는 것은 나에게 한없이 기쁘고 즐거운 일이었다.

그런데 선생은 왜 그 많은 글 구들 중에서 '미륵불'이라는 글귀를 택하여 썼을까? 꼭 써야만 할 당위성이라도 있었던 것일까? 이 부분에 대하여 억측도 많고 미화시킨 점도 많았다고 가이드 아가씨는 말했다. 비록 정확하진 않지만 나의 단견을 몇 자 적어 보았다. 미륵불은 불교에서 말하는 미래의 부처로서 도탄에 빠진 중생들을 구제하려고 나타날 내세의 신앙 대상이었다. 당시 세상은 절망의 질곡에서 허우적대는 산지옥 같은 일제강점기였다. 그렇기 때문에 민중들 속에는 미래에 도래할 낙원에 대한 기대와 소망으로 가득 차 있을 수밖에 없었고, 자연 미륵사상이 온 겨레에게 편만하게 퍼질 수밖에 없었다. 따라서 선생은 미륵불을 써서 민족의 앞날과 모든 사람들 앞에 희망을 품고 살게 하려는 의도로 이 글귀 '미륵불'을

미륵불(彌勒佛) (구룡연폭포 옆 절벽에 쓰여 있는 마애서(摩崖書))

썼던 것이다.

'미륵불(彌勒佛)', 이 글씨는 단순한 붓글씨가 아니었다. 그것은 바로
글 부처였다. 미륵불을 글씨로 그렸던 것이다. 다시 말해서 글씨로 미륵불
을 만들었던 것이다. 절벽에 부처를 세울 수도 없었고, 세운들 글씨보다
그 의미가 유별하고 강력할 수 있었을까? 선생은 전대미문의 최강수를 둔
것이다. 요즘 흔히 말하는 자연보호의 법질서를 어기면서까지 이런 대사
(大事)를 치러냈던 것이다. 말도 안 되는 생각일지언정 꿈꾸듯이 회상해

보는 오늘의 나, 진정 행복하다는 생각이 들었다.

봄비는 쉬지 않고 계속 내리고 있었다. 어디를 둘러보아도 비를 피할 곳은 없었다. 사람들은 끊임없이 정자 위로 이엄이엄 올라오고 있었다. 나는 더 이상 한가롭게 폭포와 주변경치를 보기 위해 이 곳 《관폭정》에 머무를 수가 없었다. 붐비는 것도 어느 정도요, 버티는 것도 유분수지, 염치가 없어 더 이상 견딜 수가 없었다. 나는 내려가기로 마음먹고 입구 층계 쪽으로 몸을 돌렸다. 앞 사람 뒤꼭지만 바라보고 걸어가려는 참에 누군가 나에게 말을 걸어왔다.

"선생은 남조선에서 무엇을 하고 계십네까?"

나는 깜짝 놀라 주춤하며 뒤로 돌아보았다. 건장한 북측 감시원이 내 곁에 서 있었다. 사내는 어울리지 않는 다린 황새기 젓국 같은 웃음을 짭짤하게 지으면서 나에게 몸을 바짝 붙이고 능청을 떨면서 물어왔다. 나는 안내원과 감시원에 대하여 교육 받은 것도 있고 현지의 상황도 그렇고 해서 조심하지 않을 수 없었다. 나는 더듬거리면서 대답했다.

"나-나요? 교사입니다."

"무슨 과목을 가르치십네까?

"국어, 그러니까 우리말 한글을 가르치고 있습니다."

"어드메 사십네까?"

"서울에서 살고 있습니다."

잠깐의 대화였지만 순간 고마운 마음이 떠올랐다. 어느 누구와도 대화하지 않는 사람이 나에게 말을 걸어온 것이 고마웠던 것이다. 예전에는 있을 수 없는 파격적인 사건이 벌어진 것이다. 나만 놀란 것이 아니었다. 주변 사람들은 나를 근심스러운 눈빛으로 바라보면서 스치고 지나갔다. 마치 무슨 큰일이라도 일어날 것 같다는 눈초리로 염려스러운 듯한 표정을 지으면서 나를 뚫어지게 훑어보면서 지나쳐 내려갔다. 나는 아무렇지도 않았다. 아예 그런 생각 자체가 내 마음 속에는 없었다. 지난 번 겨울에 왔을 때 느껴 보았기 때문에 이곳 사람들의 마음을 어느 정도 읽고 있었던 것이다. 나는 잘 되었다고 생각했다. 나는 금강산 콩엿과 깨엿을 아내에게 주려고 사서 오른 손에 들고 있었다. 그리고 나는 엿을 들어 가리키면서 계속 물어보았다.

"이 엿은 어디서 만든 것입니까?"

"이 금강산 땅콩 깨엿 말입니까?"

"그렇소. 내 손에 있는 이 두 가지 엿 말이에요."

"이 콩 예슨 금강산 쥬변 마을에 사논 동무들이 직접 농사지오 만돈 거입네다.

"맛이 굉장히 좋습니다. 남측 것과는 비교가 되지 않습니다."

"죵말 고로케 맛이 조쌉네까?

"예! 진짜예요."

"땅콩과 식혜 물얼 직접 달요서 만돈 건강 음식이야요. 고러고 깨 예슨 더 마시 조쌉네다."

"줄 것은 없고, 이 엿 하나 잡숴 보시오."

"아니라요. 오리들은 많이 먹섬네다. 동무나 많이 잡수시라우요."

북측 감시원인 듯한 사내는 한사코 거절하였다. 나는 끝까지 엿을 밀어대며 받기를 간청했다. 내가 하도 세게 나오니까 그 사내도 어쩔 수 없다는 듯이 콩엿 하나를 받아 들었다.

"이 옛 잘 먹겠수다레."

"감사합니다. 다음에 또 뵙시다."

"서울 선생 동무, 좋은 요행 되시고 안용히 가시라우요."

북측 감시원이 내게 한 말을 제대로 옮겼는지 모르겠다. 사실 알고 보면 이 사람도 한 핏줄의 내 형제요, 함께 살 부비며 살아온 이웃사촌이요, 온 누리 하나뿐인 배달의 겨레가 아니던가? 나는 그 복잡한 《관폭정》에서 의미 있는 대화를 나누고 미련 없이 정자를 내려왔다. 나는 북측 감시원과

짧은 대화를 나누었지만 그 여운은 오래토록 내 가슴 속에 남아있었다. 달콤했던 첫사랑과의 수많았던 이야기들처럼 말이다. 남과 북의 우리는 이미 한 마음으로 모여지고 있었다.

나는 갑자기 바빠지기 시작했다. 저 아래 쪽 금강문 옆에서 기다리고 있는 아내가 떠올랐기 때문이었다. 나는 내리 달리기 시작했다. 내딛는 발걸음에서 물창이 튀든 말든, 올라오는 사람들과 부딪치든 말든 나는 아내만 생각하면서 뛰어 내려갔다. 뜀틀 종목 기계체조 선수가 구름판을 향하여 도움닫기 하듯 바람처럼 달려서 내려갔다. 겨울에 들렀던 상팔담 안내판이 눈에 들어왔다. 그렇지만 오늘은 들를 수가 없었다.

빗줄기는 올라올 때보다 더 굵어졌다. 물방울 듣는 소리도 여러 곳에서 하모니를 이루며 들려왔다. 가냘픈 잎새에서 빗물방울 듣는 소리는 영롱한 목소리를 내며 계곡 여울에 파묻혔고, 우산을 받쳐 든 사람들의 우산에 빗방울 부딪기는 소리는 부들부들 드럼 치는 소리처럼 들려왔다. 나처럼 우비를 바쳐 입은 사람들에게서는 빗물방울이 미끄러지는 소리가 타악기 문지르는 소리처럼 크게 들

려왔다. 한참을 내려왔을까? 주변을 두리번거리면서 살펴보았다. 아내는 보이지 않았다. 이 빗속에서 바보스럽게 금강문 근처를 맴돌면서 마냥 나올 때까지 기다리고 있었는가 보다. 생각할수록 정말 미련하다는 느낌이 들었다. 다리가 아프더라도 살살 걸어서 올라오면 지루하지도 않을 텐데, 꼼짝 않고 그 자리를 지키고 있단 말인가? 생각이 여기에 미치니 가슴에서 불기둥이 불끈거리고 있었다. 우리 어머니께서 울화가 치밀 때 종종 쓰는 말씀, '가슴에 북두질이 난다' 라는 말이 떠올랐다. 그 말의 의미는 잘 모르지만 이런 경우에 쓰는 말이 아닐까?

갑자기 어디선가 '여보! 여보!' 하며 나를 부르는 목소리가 들려왔다. 나는 내 눈을 의심했다. 금강문 근처에 있을 줄 알았는데 연주담까지 올라온 것이 아닌가. 나는 반갑고 대견해서 끌어안고 뽀뽀를 해주었다. 무슨 이산가족 상봉이라도 하듯이 반가워하는 모습이 조금은 지나치다는 생각이 들었다. 나는 헐떡거리는 숨을 겨우 진정하면서 흐린 하늘을 올려다보았다. 아내의 가슴에서 우러나오는 따뜻한 온정이 비 맞은 몸에서 김이 아지랑이처럼 뭉게뭉게 피어오르고 있었다. 심심해서도 그렇고, 걸어 올라갈 만하여 뒷짐지고 쉬엄쉬엄 올라왔다고 한다. 그렇지만 그 올라온 거리가 만만치 않은 거리이고 보면 대견하다는 생각이 들었다. 사실 아내는 허리수술을 두 번이나 받은 터라 조금만 멀어도, 평탄하고 쉬운 길일지라도 걸어 갈 수가 없었다. 이번 금강산 여행도 험하게 걷는 길이 거의 없기 때문에, 당신도 충분히 갈 수 있다고 감언이설로 꼬드겨서 왔던 것이다. 그래서 나는 아내에게 할 말이 없었다. 그런데 상당히 먼 길을 이렇게 올라왔다는 사실에 대하여, 나는 아연실색하지 않을 수 없었다. 누구의 잘못이랄 것도 없었다. 그냥 왔으면 그만이지 그까짓 일 따져서 무엇할 것인가? 다 부질 없는 걱정일 뿐이라고 생각했다.

아내와 나는 빗속을 둘이서 천천히 걸었다. 내림 길은 소란했던 오름길보다 훨씬 숨죽어 있었다. 초춘우경(初春雨景)의 아름다움을 완상하면서 하산 길을 재촉하였다. 알아주는 사람도, 알아볼 사람도 없는 산행 길에 우리 둘만이 터덜거리며 걷고 있었다. 오가는 사람들의 말소리는 소음처럼 번다하지만, 나와는 전혀 관련이 없는 쇠말뚝 같은 사람들이었다. 무표정한 도면(圖面) 묶음처럼 그냥 한 장씩 넘겨지는 사람들이었다. 안개 낀 강 건너의 외딴 둑길을 걷는 사람들이 나와는 아무런 인연이 없는 것처럼 아무런 의미도 없는 사람들이 그냥 스치며 지나치고 있었다.

　나와 아내는 고도에서 홀로 살아가는 나그네라는 생각이 들었다. 실제로 우리 모두는 언제나 혼자였다. 애써 항변하지 않는다 하더라도 우리는 홀로 살아가야만 하는 단식 경기의 운동선수임에 분명했다. 저무는 해의 주위를 맴도는 노을처럼 허전했다. 어둑해진 초저녁 둥지를 찾아 돌아오는 쓸쓸한 한 마리 작은 철새에 불과한 존재였다. 망망대해를 외롭게 노 저어 항해하는 돛단배 신세일 뿐이었다. 동력을 잃고 표류하는 향방을 모르는 조난당한 작은 배에 불과했다. 나와 아내는 한참을 이런 말로 대화를 나누면서 봄비로 파랗게 젖은 봄 길을 내려왔다. 질퍽이는 빗길, 신발창 마찰음이 크게 들렸다. 몸은 비에 젖어 풀이 죽었지만 마음은 도리어 따뜻한 온기를 느끼며 구룡연 계곡 길을 내려올 수 있었다.

　금강문을 지나 삼록수, 앙지대, 수림대를 거쳐 《목란관》에 다다랐다. 고소한 참기름 냄새가 코끝을 심하게 자극했다. 순간 배가 고프다는 생각이 내 머리를 쥐어짜듯 땅겨왔다. 새벽길에 재촉하듯 아침을 먹고 떠난 우리였다. 무엇이든지 요기하고 싶었다. 《목란관》 안으로 불쑥 들어갔다. 어둑한 식당 내부는 양로원처럼 노인들로 가득했다. 메밀전병을 먹는 사람, 옥수수 막걸리를 마시는 사람, 냉면을 먹는 사람, 북한산 들쭉술을 마시는 사람, 펑퍼짐한 쟁반에 메밀국수를 양념에 버무려 먹는 사람, 정말 가지각색이었다. 희뿌연 담배연기 속에서 시골장터의 요란함이 그대로 재현되고 있었다.

　나와 아내도 간단한 요깃거리를 찾았다. 그 복잡한 속에서도 내 눈에

쏙 들어오는 것이 있었다. 그것은 멍석처럼 크게 말린 메밀전병이었다. 상추쌈처럼 싸서 먹는 그 푸짐한 두 손의 동세(動勢)가 나의 시선을 끌고 있었다.

우리도 메밀전병을 시켰다. 깨소금 많이 치고 들기름 넉넉히 두른 덕에 입맛이 당길 수밖에 없었다. 너나 할 것 없이 허겁지겁 먹는 입모양이 우스웠다. 아니 먹는다느니 보다는 처넣는다는 말이 더 어울릴 것 같았다. 그들의 행동이 촌스러워 내가 도리어 부끄럽다는 생각이 들었다. 사실 이런 생각도 시장기가 가시니까 나오는 말이지 조금 전까지만 해도 어림없는 일이었다. 이제야 창문 밖에 지나는 사람들이 보이기 시작했다.

이제는 식당에 들어오는 사람들보다 나가는 사람들이 더 많아졌다. 목란교를 건너는 사람들마다 계곡물이 급하게 흘러내리는 상류 쪽을 바라보면서 대갈일성으로 한마디씩 지껄이고 지나갔다.

"참 좋다 역시 천하 절경이야! 어디서 이런 경치를 구경해."

"금강산은 음식도 일품이야!"

"역시 좋은 것이 좋은 것이야. 그렇지 않은가?"

나도 말하기 좋고, 남도 듣기 좋은 말은 역시 칭찬 밖에 없나 보다. 널따란 주차장에는 비에 젖어 추레한 버스들이 우리들을 기다리고 있었다. 나와 아내는 메밀전병으로 간단하게 요기를 했지만 여전히 시장했다. 차창

구룡연 관폭정

밖을 바라보아도 그 파랗고 시원한 춘경은 눈에 들어오지를 않았다. 뭐니 뭐니 해도 옛말이 맞았다. 우리들이 흔히 쓰는 말로 '금강산도 식후경이다' 라는 말이 있듯이, 아무리 금강산이 아름다워도 배가 고프면 참다운 구경이 될 수 없다는 말이리라. 배가 고프면 모든 것이 거추장스러운 장식에 불과하다는 다소 실용적인 생각을 표현한 말일 것이다. 그 속담을 이 곳 금강산에서 그것도 시장한 점심 전에 적용하여 현실에 맞게 사용한 것이 신기하고 재미있었다. 속담의 가상적 현실과 나의 실제의 현실 상황이 일치하는 기이한 현상이 벌어지고 있는 것이다. 나와 아내는 잠시일망정 시장기를 잊고 십여 분 정도의 거리를 웃으며 찡그린 인상을 펴고 내려 올 수가 있었다. 정류장 저 쪽 끝 가장자리에서 내 귀청을 찢는 호루라기 소리가 들려왔다. 짙은 갈색 모자를 쓴 관리인 듯한 사람이 수신호로 손사래를 치면서 걸어 나왔다. 우리들은 빨리 승차하라는 반가운 명령이 떨어진 줄 알고 부리나케 용수철처럼 버스에 튀어 올랐다.

기지개를 늘어지게 켜면서 온정리 식당가를 찾아 나섰다. 온정리는 남측의 고속도로 휴게소와 다를 바가 없었다. 철저한 식사 중심의 쉼터였다. 봄비는 추적추적 내리고, 축 처진 구름은 산허리를 칭칭 휘어감은 채, 앉은뱅이가 되어 주저앉아 있었다. 가까스로 싹을 틔운 나무들은 빗물을 너무나 많이 마셔, 줄기와 잎으로 토해내고 있었다. 퉁퉁 부르튼 암갈색 줄기는 봄비에 지쳐서, 헐떡이며 숨고르기를 하고 있었다. 온 산은 흐릿하게 층진 비구름 띠로 계곡과 능선을 선경을 만들었다. 이제 뺑 둘러 내 눈에 보이는 모든 대지는 젖을 대로 젖었다.

우리들은 오늘처럼 비가 주적주적 내리는 날 식사 때가 되면 언제나 뇌까리는 말이 있다. 그것은 '비도 오는 데 점심에 칼국수 어때?' 라는 속담처럼 쓰는 말이다. 봄비 촉촉이 내리는 금강산에서의 점심때, 따끈한 칼국수나 푸짐한 수제비 한 그릇이 생각나지 않는다면 그것은 조금 이상한 일일 것이다. '금강산도 식후경', '비 오는 날의 칼국수' 이 두 속담이 완벽하게 적용되는 한낮의 가장 귀한 화두였다.

결국 우리는 '따끈한 국물이 있는 음식' 쪽으로 마음을 정하고, 음식을 고르기 위해 한식 중심의 식당 촌을 찾아갔다. 화면에는 각종 먹거리의 그림이 스무 가지 정도가 바둑판처럼 칸칸이 정리되어 있었다. 색동옷처럼 화사하고 알록달록하게 음식 이름과 함께 뚜렷하게 요리의 실재 모습을 보여주고 있었다. 한참을 망설인 끝에 나와 아내는 처음 마음먹은 대로 칼국수로 결정하고 서둘러서 주문하였다. 잠시 후 맛깔스러운 칼국수가 큰 대접에 그득히 담겨 내 눈앞에 나타났다. 남쪽의 것과 조금도 다를 것이 없었다.

물론 그 까닭은 식당 주인에게 물어 곧바로 알게 되었다. 식당의 경영이 남쪽 사람들이었기 때문에 같은 음식 맛을 낼 수 있었던 것이다. 날씨도 음산한데 찬비는 주룩주룩 내리고, 더욱이 때를 조금 넘긴 터라 시장기가 몰려왔다. 나와 아내는 체면 차릴 틈도 없이 허겁지겁 후루룩 후루룩 소리를 크게 내면서 포동포동하게 부르튼 면발을 빨아올리기 시작했다. 따끈한 국물과 미끄러질 듯한 국수 가닥이 부드러운 촉감으로 입안 가득이 엉기며 목줄을 지나쳤다. 오욕 중에서 식욕이 무엇인가에 대한 진정한 의미를 깨닫는 순간이었다. 흡족하고 행복한 포만감이 기분 좋게 밀려왔다. 칼국수 한 그릇이 주는 적은 기쁨은 내가 생각했던 것보다 더 크게 다가왔다. 금강산 구경에 앞선 온정리에서의 멋들어진 점심시간이었다.

비에 젖은 온정리 너른 마당은 분주한 기운이 넘쳐났다. 식사를 마친 관광객들은 저마다의 식후 행사를 준비하려고 이곳저곳을 끼웃거리면서 왔다 갔다 반복하고 있었다. 그것은 마치 우유의 브라운 운동과 같이 불규칙했고, 향방을 전혀 예측할 수 없는 미물들과 같이 움직이고 있었다. 혼잡한 상황을 만들면서도 일정한 속도로 움직이는 저들이 퍽이나 재미있고 우스꽝스럽게 느껴졌다. 나와 아내도 비를 피하면서 여유를 즐길 수 있는 장소를 물색하기 위해 나섰다. 어슬렁거리는 아프리카 싸파리의 사자들처럼 뒷짐을 지고서 온정리 상가 쪽으로 다가갔다. 가위처럼 짜놓은 목재 식탁은 오색 파라솔이 쳐 있어서 비를 피할 수가 있었다. 그렇지만 그렇게 좋은 자리는 보물찾기 할 때보다 더 찾기 힘들었다. 그토록 흔한 보물 쪽지 한 장도 찾지 못하고 억수로 재수 없다고 언제나 불평하는 우리 부부에 까지 순서가 돌아올 수는 없었다. 이미 모든 자리는 초만원이 된 상태였다.

한참을 두리번거리던 아내가 깜짝 놀랄 정도로 큰소리로 나를 불렀다. 나는 동물적인 감각으로 아내의 목소리 나는 쪽을 향하여 달려갔다. 비어 있는 의자 한 자리를 잡은 것이었다. 아이스크림을 들고서 벤치에 앉아서 환한 웃음으로 나를 맞아주고 있었다. 이토록 반가울 수가 없었다. 짧지만 흔쾌하고 흡족한 순간이었다.

서커스 공연

갑자기 그 너른 온정리 광장이 저자거리로 변해 버렸다. 소란스러울 뿐만 아니라 사람들이 뒤죽박죽으로 부산하게 움직이고 있었다. 거기에 보태어 온갖 소리들을 질러대니 아수라장이 따로 없었다. 비는 여전히 추적추적 내리고 있었다. 그러니 사람들 모두의 기분은 당연히 꿀꿀할 수밖에 없었다. 우산이 움직이면서 우산 속 연인들의 가느다란 속삭임도 함께 덩달아 흘러 다니고 있었다. 손바닥으로 하늘을 가리고 종종대는 중년을 훨씬 빗긴 아주머니의 분주함도 우습고, 나이든 할머니들이 이유를 알 수 없는 잔뜩 찡그린 표정을 지으며 시나브로 움지럭거리는 진풍경도 재미났다. 씁쓸한 표정으로 신문지로 고깔을 만들어 덮어쓰고 대장군처럼 태연하게 뒷짐 지고 장군걸음을 하는 할아버지들의 느릿한 발걸음이 우스꽝스러웠다. 비와는 전혀 관련이 없다는 듯이 사관생도처럼 걸어가는 노숙한 할아버지들의 거동은 보는 이로 하여금 의연함마저 느끼게 하였다. 이렇듯 분주한 상황 속에서도 나와 아내는 조금은 느긋한 분위기에 맞추려고 애쓰고 있었다.

온정리의 진풍경을 한참을 관망하던 나는 갑자기 울컥 화가 치밀어 올랐다. 아니 넌덜머리가 났다. 혼자서 넋두리를 해대지 않으면 견딜 수가 없었다. '이번 여행은 아무리 생각해 보아도 금강산 구경을 제대로 하긴 애당초 틀려먹었나 봐. 어떻게 날을 잡아도 이렇게 궂은 날을 골라잡을 수

장전항과 온정리 원경

있을까? 재수가 옴붙어서 그렇구먼. 에이 이틀 내내 비가 왔으면 좋겠다.'
아무리 생각해도 울화통이 터져서 견딜 수가 없었다. '궂은비 맞으면서 구
룡연 폭포를 구경한 것은 또 뭐야? 비 맞은 새앙쥐 추레한 신세로 연주담
과 옥류담을 본다는 것이 금강산 진면목을 다 봤다고 말할 수 있을까?' 마
구 혼자서 하늘에 대고 욕설을 한참 퍼붓고 나니 속이 조금은 시원해졌다.

  아내는 기다렸다는 듯이 버럭 소리를 질러 댄다.

  "그렇게 욕할 곳이 없어 이곳 금강산까지 와서 욕을 해대는 거야. 금강
산 구룡연 계곡이 오염되겠다."

  나도 가만있질 않고 맞장구를 쳤다.

  "점심을 신나게 퍼먹고 웬 악다구니야. 여기서 한판 붙어봐."

"내가 공연히 따라왔지. 내가 미쳤어! 미쳐!"

우리 두 내외는 해외여행을 갈 때마다 이런 식으로 가볍게 한 판씩을 붙곤 했다. 체면은 구겼지만 한참 쌈박질을 하고 나니 마음이 약간은 개운해졌다. 느닷없이 여기저기서 안내원들의 말소리가 들려왔다. 다그치는 소리가 점점 크게 들려왔다. '모든 여행객들은 서커스 관람을 위해 공연장으로 가십시오' 라는 안내였다. 우리는 일정표를 보아서 미리 알고 있었다.

나는 지난번 금강산 여행을 통하여 《평양모란봉기예단》의 공연 내용을 다 알고 있었다. 출연진 모두가 모든 묘기 면에서 출중한 기량을 가졌다는 것과, 난이도를 비롯한 생경한 연기 그리고 기예의 연출 면에서도 세계 최고의 수준이라는 것도 알고 있었다. 특히 배꼽을 잡는 어릿광대 피에로의 엉뚱한 연기는 가히 일품이었다. 군데군데 사회자의 재미난 대사 내용은 어느 누구도 흉내 낼 수 없는 그들만의 특기였다는 사실을 다 알고 있었다. 하지만 아내는 서커스단의 정보에 대하여 전혀 모르니까 내심 많은 궁금증이 밀려왔을 것이다. 실제로 곁에서 보아도 관심과 기대감이 함께 작용하고 있다는 것을 나는 금방 느낄 수가 있었다.

서커스 공연장은 돔 형식으로 되어 있었고 남측 실내체육관과 방불하게 만들어져 굉장히 높고, 넓고 웅장한 규모였다. 남측에는 금강산 서커스 공연장처럼 번드르한 상설무대가 없다. 우리들이 다 알고 있듯이 남측의 대부분 서커스단은 동구 밖 한쪽 귀퉁이 후미진 골목길 곧, 한갓진 곳에 지지대를 설치하고 그 위에 빛바랜 국방색 천막을 덮어씌우고 임시 막사를 만들어 공연하는 것이 대부분이었다. 그리고 약 한 달 정도 공연을 한 뒤, 관람객이 거의 없다고 생각하면 소리 소문 없이 그리고 흔적도 없이 안개처럼 떠나가는 것이 남측의 서커스단에 대한 일반적인 상식이었다.

그런데 이곳 금강산에서는 서커스 공연장이 번듯하게 지어져 언제든지 원하는 시간에 공연을 할 수 있었다. 《주/현대아산》 측에서 금강산 관광을 시작하면서 체육관처럼 우뚝한 공연장을 본때 있게 잘 지어서 관광객들이 항시라도 관람할 수 있도록 만들어 놓은 것이다. 좋은 아이디어라고 생각했다.

약간의 졸음이 올 때쯤에 요란한 팡파르와 함께 무대 앞에 한 예쁜 여성 사회자가 나타났다. 모든 관광객들의 집중하는 태도로 볼 때 서커스에 관심이 많다는 것을 느낄 수 있었다. 사회자의 목소리가 정겹다. 우리 모두는 시선을 집중하고, 귀를 쫑그리고, 엉덩이를 앞으로 바짝 당기고 무대 안으로 빨려 들어갔다. 북한 말 특유의 억양과 상냥하고 부드러운 말소리가 아주 인상적이었다. 약간은 촌스러워 보였지만 북녘 땅을 마음대로 오갈 수 없는 우리네 형편이고 보면, 이렇게 편안한 자세로 금단의 땅 북쪽 금강산에서 북측 최고의 기예를 본다는 것이 얼마나 호사인지 금세 느낄 수가 있었다.

공연은 비교적 빠른 속도로 진행되었다. 지루함이나 무미건조함을 전혀 느낄 수가 없었다. 그 중에서 귀여운 꼬마들처럼 생긴 키 작은 배우들 여러 명이 펼치는 봉 타기 기예는 압권이었다. 사회자의 말처럼 이 작품은 세계서커스대회에서 우승을 했다고 한다. 그것 하나만 보아도 북측의 서커스의 기술과 수준이 얼마나 높은 위치에 있다는 사실을 알 수 있었다. 아기자기하게 펼치는 공놀이, 신기하게 생긴 큰 통을 자유자재로 돌리는 익살스러운 통 돌리기, 거의 기계체조 선수 수준인 열 댓 명이 펼치는 매트묘기, 도움 닫고 뛰어 올라 공중에서 회전하고 한 치의 오차도 없이 안전하게 착지하는 뜀틀묘기의 순서로 이어졌다. 공연 후반부에 등장해서 청중의 마음을 사로잡고 뭇 시선을 쥐었다 폈다를 계속하는 피에로의 우스꽝스러운 연기에 우리 모두는 그 속으로 흠뻑 빠져들고 말았다. 연기를 거듭할수록 나도 모르게 가가대소를 터뜨리고 있었다. 천방지축인 어린아이들의 설익은 반응처럼 나도 연신 큰 웃음을 토해내고 있었다.

이층 오른 쪽 위에는 검정색 정장을 한 말쑥한 스무 명 남짓 브라스 밴드가 자리하고 있었다. 말없이 앉아서 효과음은 물론 연기를 매끄럽게 할 수 있도록 호흡을 잘 맞춘 곡조를 열심히 연주하고 있었다. 그들은 한 결같이 진지하고 의미심장한 태도로 일관되게 연주하고 있었다. 그 모습은 마치 맞선보고 있는 처녀 총각들처럼 한 곳만을 응시하면서 멋들어진 연주를 자랑하듯 계속하고 있었다.

이날 공연의 피날레는 고공 그네 줄타기였다. 까마득하게 높은 천장 끄트머리에서 열 명이 펼치는 고공 공중 줄타기 묘기는 세계최고의 기예였다. 천장에서 늘어뜨린 줄과 그네를 타고 펼치는 천사들의 꽃 같은 나풀거림이 나비들의 춤사위였다. 두 사람이 양쪽 끝에서 십여 바퀴를 돌아 서로 손을 잡는 연기는 모든 보는 이의 눈을 홀리는 마술과도 같았다. 가슴이 오그라들고, 오금이 저려 견딜 수가 없었다. 이건 내 눈으로 직접 보는 기적이었다. 마음 졸이면서 아스라하게 높은 공중에서 보호장구도 없이 마음대로 밀고, 튀어 오르고, 돌고, 잡고, 앉는 동작 하나하나가 예술이요, 기술이요, 묘기였다.

나는 관람객들의 탄성이 터져 나올 때마다 이상야릇한 느낌을 받았다. 전율함을 느낄 정도의 짜릿한 쾌감, 압축 될 대로 압축되어 터질 듯한 조바심이 나의 가슴을 콩 알 만하게 만들어 버렸다. 혹시라도 일어날지 모를 사고에 대한 염려, 위험을 느끼지 못하고 공연하는 저들의 측은한 모습, 극과 극의 상대적인 감상(感想)이 공연을 하는 내내 지속되고 있었다. 그러나 모든 연기를 마친 뒤에는 나의 그런 생각이 기우였다는 생각이 들었다. 조금은 내심으로 씁쓸하다는 생각도 들었다. 아내는 서울에서도 서커스를 매우 좋아했는데 오늘 이토록 별난 공연을 봤으니 입이 귀에 걸리고도 남았을 것이다. 보름달 같은 흡족한 표정을 지으면서 밖으로 나오고 있는 아내의 환한 얼굴을 귀밑머리 사이로 훔쳐보면서 나의 낯도 덩달아 만족스러운 군자의 얼굴이 되었다.

짭짤하리만치 재미나고 맛깔스러운 지상 최대의, 최상의 공연이었다. 서커스는 불순한 일기로 인한 어두운 온정리의 기운를 일순간에 흡족함으로 바꿔놓은 분위기 조절자였다. 이 《평양모란봉기예단》의 공연이 많은 사람의 우울함을 일순간에 급감시켜 주었다. 이거야말로 즐거운 기분이 주변의 환경으로 인한 불쾌감을 지배하고도 남는 특별한 사례이리라.

　서커스 공연 관람을 마치고 공연장을 나서는 모든 사람들 입에는 환한 함박눈이 하얗게 쏟아지고 있었다. 마음이 기쁘면 몸도 기뻐지는 심신의 조화를 체득하는 즐겁고 유쾌한 시간이었다. 터진 콩 자루에서 쏟아지는 콩처럼 일순간에 온정리는 검은 점들의 불규칙한 움직임이 그야말로 장관을 이루고 있었다. 봇물처럼 흩어지는 우산을 쓴 사람들은 해파리의 반구(半球)가 되어 그 어디론가 향하고 있었다. 너부렁넓적한 온정리가 북새통인 장터처럼 변해있었다.

　나와 아내는 사우나하기 위해 금강산 온천으로 가는 코끼리 기차에 올라탔다. 오 분도 채 걸리지 않는 짧은 거리이지만 금강산 미니 기차를 타고 싶었다. 금강산 열차는 모두 네 량이었다. 각 칸마다 옆구리에 금강산의 계절에 따른 이름이 크게 새겨져 있었다. 그것은 매우 흥미로운 일이었다. 맨 앞 칸은 봄 이름으로 '금강산', 그 다음 칸은 여름 이름으로 '봉래산', 셋째 칸은 가을 이름으로 '풍악산', 마지막 칸은 겨울 이름으로 '설봉산'이라고 쓰여 있었다. 우리들이 익히 알고 있는 겨울 금강산 이름은 '개골산'인데, 이곳 온정리에서는 '설봉산'이라고 부르고 있었다. 처음에는 이해가 되지 않았다. 실제로 이곳 온정리 사람들은 개골산보다 설봉산을 더 많이 쓴다고 한다. 안내원은 도리어 이상하다는 표정을 지으며 내게 살짝이 귀띔해 주었다. 우리는 봄에 왔기 때문에 첫 칸 금강산 칸에 올라탔다. 동심으로 돌아간 우리 내외는 함박웃음을 터뜨리며 그 어디에서도 느끼지 못한 즐거움을 만끽할 수 있었다. 세상의 그 어떤 시간보다도 짧은 찰나와 같은 순간이었다. 그러나 기쁘고 즐거운 마음이 베풀어 주는 넘치도록 행복한, 가장 길고 긴 시간이었다.

금강산 온천 사우나

지난 번 겨울에 왔을 때 느꼈던 금강산 온천은 추위로 찌든 나의 마음을 훈훈한 증기로 노긋노긋하게 녹여 주기에 충분하였다. 그렇지만 오늘은 이른 봄날, 그리고 굳은비가 소리도 없이 쉬지 않고 내리고 있다. 그 때 겨울의 추위에 못지않은 음습한 날씨여서 마음은 벌써 훈증 속에 먼저 가 있었다. 사우나하기 가장 적합한 날씨를 고른다면 오늘 같은 날씨가 아닐까? 서울에서 아내는 유별나게 사우나를 자주 가는 사람이다. 원하지 않는 여러 번 허리 수술로 신경 계통이 신통하지 않아서 일 게다. 날씨가 찌뿌드드하게 흐리거나, 비가 오거나 하는 날이면 '아이고 허리야'를 입에 달고 다닌다. 그래서 아내는 사우나 출입이 보통 사람들보다 월등히 많아 나에게 종종 핀잔을 들곤 하였다.

재미난 친구 셔틀 기차가 금강산 온천 사우나에 당도했다. 소나무 우거진 그늘진 숲길 입구에서 옆문을 슬며시 밀치고 내렸다. 사우나를 다녀온 날이면 밝은 표정을 짓는 아내의 모습을 떠올리면서 걷다보니, 벌써 금강산 온천 사우나 입구에 당도하였다. 매표소 앞에는 남측 사진작가 이정수 선생의 《금강산 사진전》이 열리고 있었다. 삼 년 전보다 사진의 내용이 다양해졌다.

북측에서 금강산 사진 촬영을 허락한 유일한 남측 사백(寫白)이 이정수 선생님이어서 혼자만이 펼치는 개인 사진 작품전이었다. 이렇게라도 촬영과 전시를 허용한 것은 다행한 일이 않을 수 없었다. 일반 관광객들은 카메라 기종도, 렌즈도 모두 규제하고, 똑딱똑딱 찍는 소형 디지털 카메라나 휴대폰만을 사용하게 했다. 그러니 금강산을 배경으로 하는 작품사진은 엄두를 낼 수 없는 형편이었다. 우리들은 이 선생님의 사진전을 통하여 가지 못하는 명소를 사진으로 보는 대리만족을 느낄 수밖에 없었다.

한 시간 반 후에 만나기로 하고 나와 아내는 온천 사우나 안으로 달려 들어갔다. 급한 마음으로 탈의실에 먼저 갔다. 따뜻한 기운이 온몸을 이불처럼 덮어주어 좋았다. 머리끝에서 발끝까지 감싸듯 어르는 포근함, 머릿속까지 맑게 씻어주는 상큼함, 말끔한 공기와 수증기가 잘 버무려진 은은한 촉촉함, 수정 물빛 일렁이는 욕조에 내리비치는 조명의 은근함, 어느 것 하나 모자람이 없었다. 나는 우선 따끈한 욕조 속으로 몸을 쑥 밀어 넣었다. 내 몸이 빨리듯 미끄러져 들어갔다. 긴 한숨과 함께 마음 속 깊이 흡족하게 밀려드는 이 쇄락함! 아! 이 세상 그 어떤 것이 이보다 더 좋을 수 있을까? 온천탕의 다사로운 느긋함, 그 여유로움이 나의 마음을 훈훈하게 덥혀 주었다.

나는 지그시 눈을 감고 반가사유의 자세로 내면의 깊은 속을 응시하고 있었다. 무념의 시간이 한참 흘렀다. 내 가슴이 느끼는 생각은 있으나 내 눈에 드러난 영상은 보이지 않았다. 의식은 분명 나인데 내안에 내가 전혀 없었다. 몽롱한 무기력의 상태가 지속되었다. 그러나 불안감이나 초조함은 전혀 없었다. 나의 마음이 쉬고 있음을 내 마음 스스로 느끼고 있었다. 걱정과 근심, 전전긍긍하는 염려와 두려움이 없는 수평선과 같은 평정의 쉼이 나의 몸과 나의 마음에 가득 차 있었다. 갑자기 시간이 많이 흘렀을 것이라는 생각이 밀려들었다. 내 몸은 소스라치게 놀라며 욕조 물속에서 몸을 벌떡 앞으로 세웠다. 욕탕에 물보라를 일으키며 나는 일어섰다. 무엇이 나를 이렇게 일상으로 되돌려 놓은 것일까? 의식, 무의식, 의식의 순으로 거듭되는 잠깐의 시간이었지만, 나도 모르는 무중력 상태의 세계였다.

금강산 사우나

내 입가엔 얇은 웃음이 청포묵 엉기듯 어려 있었다.

이제 온몸이 충분히 데워질 대로 데워졌다. 이글대는 숯불처럼 가슴에서 불이 나왔다. 밖으로 튀어 나가고 싶어졌다. 시원한 바람을 맞으러 노천 온천으로 몸을 날렸다. 시원한 산 공기가 짜릿하게 쏘아주어 좋았다. 맑은 봄비가 물줄기가 되어 머리를 시원하게 적시고 이마를 타고 주르르 흘러내렸다. 구름 덮인 금강산 능선은 짙은 밤빛으로 칠해져 이젠 구분할 수가 없었다. 다만 가까운 금강송 솔숲의 휘어진 굵은 등줄기 선조(線條)만이 손에 닿을 듯 가까이서 비를 맞고 서 있었다. 노천탕 속에서 목까지 몸을 담그고 밤비 내리는 먹빛 하늘을 바라보았다. 머리는 차갑고 몸은 뜨거웠다. 이른 봄밤에 쉼 없이 내리는 밤비를 맞으며 아무런 걱정 없이 지그시 눈을 감고 나 홀로 깊은 상념 속에 또 빠져들었다. 어떠한 일을 할 때, 너무나 흡족한 결과가 나오면 마음에 넉넉함으로 가득 찬다는 친구의 말이 떠올랐다. 난 그냥 좋았다. 아무런 이유도 없이 좋았다. 이보다 더 좋을 순 없었다. 그렇지만 이보다 더 좋은 일이 많이 찾아왔으면 좋겠다.

밖으로 나온 나는 아내가 아직 나오지 않았다는 사실을 알아차리고 선물을 판매하는 부스에 다가갔다. 북측의 수제품은 상당히 섬세하게 만들어져 빛깔도 곱고 모양도 좋아 보였다. 세상 어떤 민족이 우리 겨레의 물건 만드는 솜씨와 손재주를 따라 올 수 있을까? 아직까지는 없다고 확신하는 나의 생각을 믿고 싶다. 그것은 세계기능올림픽에서 우리 배달겨레의 손이나 발로 하는 솜씨가 수십 차례 증명되었다. 그것은 더 이상 언급할 필요조차 없는 분명한 역사적 사건이었다. 아기자기한 물건들이 그득하게 선반에 차려져 있지만 선뜻 살 만한 물건은 없었다. 그것이 문제였다. 샀다가는 아내의 된서리가 금방 내리기 때문에 후환이 두려워서 살 수 없었다. 어디 한 번 두 번 당한 일이던가?

얼굴이 벌겋게 단 아내가 '여보' 하고 크게 부르면서 다가왔다. 아내와 함께 이정수 선생의 《금강산 사진전》을 꼼꼼하게 감상하였다. 금강산 사계절을 대형 사진에 옮겨 놓은 멋들어진 사진 전시였다. 선물 가게도 들렀다. 이것저것 살펴보고 나서 바로 옆에 있는 찻집으로 자리를 옮겼다. 따끈한 대추차 한 잔씩을 시켜 마셨다. 한방의 대추차는 언제 먹어도 몸에 보가 되는 것 같아 좋았다. 실제로 대추는 몸을 덥게 해주는 좋은 과일이라고 말들 하지 않던가? 이제 저녁 식사를 위해 온정각으로 가는 셔틀 버스에 바삐 올랐다.

온정각 주변은 인산인해였다. 여기저기서 움직이는 무리들의 흐름이 점심때처럼 혼란 그 자체였다. 대다수의 사람들이 온정각에 있는 식당가에서 저녁식사를 하기 위해 뿔뿔이 흩어지고 있었다. 어제와는 사뭇 달랐다. 일부는 한식당에서 비빔밥, 설렁탕, 한정식, 매운탕 등을 먹으러 가고, 일부는 볶음밥, 우동, 칼국수 등 중국 음식을 먹기 위해 청요리집이나 분식 코너를 찾고 있었다. 어디서, 무엇을, 어떻게 먹든지 구애받을 필요가 없었다. 입맛에 맞지 않는 음식이 어디에 있을까? 산해진미는 필요 없었다. 그저 맛이 있다고 여기면 될 일이었다.

저녁식사

나와 아내는 이미 저녁식사 약속이 되어 있었다. 점심 먹고 난 뒤에 가이드가 버스 안에서 저녁식사 주문을 받았기 때문이었다. 신청할 수 있는 식사 종류는 '회정식'이었다. 장전항 주변 바다에서 잡히는 자연산 광어회 정식이었다. 북한은 바다 어종의 양식 산업이 미미하지만 직접 잡는 낚시어업이 상대적으로 활발하다고 한다. 그래서 횟감마다 육질이 탱탱하고 싱싱하며, 물고기가 크고 그 맛이 빼어나게 쫄깃쫄깃해서 좋다는 것이다. 가이드의 입바름으로 버스 안은 야단이 났다. 그는 이미 선전관이 되어있었다. 있는 말 없는 말을 다 털어내어 너스레를 떨고 있는 꼴이 재미를 넘어서 어리숙하다 못해 약게 보였다. 우리 내외도 저녁식사에 회 정식을 예약하였다. 그렇건 저렇건 여기까지 왔는데, 북한 생선회 한번 맛보기로 마음먹었다.

사우나를 마친 우리는 셔틀버스를 타고 가이드가 안내하는 식당으로 갔다. 저녁 식사 회 정식 만찬장은 금강산 해수욕장 바로 위쪽에 있었다. 1층 식당 안에는 사람이 그득했다. 내가 생각했던 것보다 의외로 많은 사람들이 회 정식 집을 찾은 것이다. 한참을 기다린 뒤에 우리 순서가 찾아왔다. 식당 안내원들의 분주한 움직임이 처음 보는데도 인상적이었다. 주방이라든가 실내장식, 식탁 그리고 여러 집기들, 접대하는 북측 아가씨들의 서빙 요령 등은 남측의 여느 일식집이나 횟집과 전혀 다를 바가 없었다. 그 이유는 간단했다. 오늘 저녁에 먹는 이 회 정식 요리의 모든 메뉴, 식자재, 종업원들의 복장, 주방장의 환영 인사 태도, 관리 및 운영과 조직이, 서울에서 횟집을 운영하던 사람이 와서 그대로 운영하기 때문에 별 이질감을 느낄 수가 없었던 것이다.

식당 내부는 청결하고 깔끔하게 꾸며져서 그 분위기가 주는 느낌이 좋았다. 종업원들의 상냥한 주문이 여기저기서 들려왔다. 북측 특유의 억양이 내 귀 속으로 새어 들어왔다. 나와 아내는 평소에 활어 생선회를 비교적 좋아하는 편이어서 횟집이나 일식집에 자주 가곤했다. 사실 손님을 접대하기도 편하고 맛깔스러워 일식집을 가끔씩 찾았던 것이다. 그럴 때마다 일식집은 다양하고 깔끔한 식단이 있어 우리들의 마음을 흡족하게 해 주었다.

밝은 낮으로 웃어주는 북측의 여자 종업원들은 친절 하나만큼은 그만이 었다. 낮에 주문 받았던 자연산 광어 회 정식을 명단과 함께 확인하면서 세팅을 전혀 막힘없이 척척 해 나갔다. 식탁 위에는 금강산 생수 한 병과 초장, 고추냉이, 간장 등의 양념과, 고추, 상추, 마늘 등의 채소가 기본 반찬으로 나왔다. 한참을 기다렸다. 약간

봄날 삼선암

은 지루했지만 어디 맛있는 음식 먹기가 그리 쉽다던가? 조금만 맛있다는 소문이 나도 버글버글 떼거지를 이루어 몰려드는 우리네 음식문화가 아니던가? 하물며 이 곳 금강산에서 맛보는 청정의 자연산 회정식이야 말로 생경하고 이국적인 느낌을 받기에 충분했다. 나는 바짝 긴장하고 초조한 마음으로 주방 쪽을 지켜보고 있었다. 조금 뒤에 커다란 쟁반위에 풍성하게 담겨진 자연산 광어회와 함께 여러 가지의 밑반찬이 놓이기 시작했다. 한상 걸판지게 차려졌다. 북측의 종업원이 나에게 방실방실 웃어대며 상냥한 말투로 물어왔다.

"북녘 술 한 잔 안하십네까? 이 술이 가장 유명한 약술이야요."

"어떤 보약 재료로 만든 술입니까?"

"금강산이나 백두산에서 많이 나오는 돌쭉으로 만든 술입네다. 술이라기보다는 보약에 가까운데요. 한번 마셔 보시라우요."

"언제 마시면 좋은가요?"

"북녘에선 생선회를 먹을 때 반드시 이 들쭉술을 마시곤 합네다."

"그럼 들쭉술 한 병 줘보세요."

"감사합네다."

주변이 시끄러워서 그렇지 밥반찬 모두가 맛있고 깔끔해서 좋았다. 그토록 야단스러웠던 주 메뉴 자연산 광어회가 너른 식탁 한 가운데 떡 버티고 나와 아내의 입맛을 유혹하고 있었다. 장전항 앞바다에서 오늘 오후에 갓 잡아 올린 싱싱한 생선이었다. 너른 접시 위의 광어회는 은빛으로 번쩍였다. 망망대해에서 제 멋대로 자란 생선이어선지 육질이 포동포동하고, 탱글탱글하고, 쫄깃쫄깃했다. 이럴 때 우리들은 생선의 물이 좋다고 말한다. 실제로 이런 경우를 만나기란 좀처럼 쉽지 않을 텐데, 때깔이 더 이상 좋을 순 없었다. 그리고 채소를 바탕에 깔고 꾸민 장식과 잘 어울려 이보다 더 맛깔스럽게 보일 순 없었다. 정말로 활어회로는 그만이었다. 허여멀건한 육질이 말갛게 씻긴 수족관 은색 물빛처럼 빛났다. 군침이 꿀꺽하고 거칠게 목젖을 누르고 넘어갔다.

배가 몹시 고픈 우리 내외는 허겁지겁 생선회부터 먹기 시작했다. 탱탱하게 다져진 살집이 또릿또릿하고 탄력이 있어 좋았다. 한 점을 아내 몰래 슬쩍 맛보았다. 엄청나게 쫄깃쫄깃했다. 아내에게 '개식사(開食詞)'를 선언하고 나는 본격적으로 회를 먹기 시작했다. 회평 여러 점을 너른 상추에 쌌다. 그리고 입이 미어터지게 회 쌈을 입안에 몰아넣었다. 입안 구석구석을 훑으며 자연산 회 특유의 단맛이 입 안 가득 감돌았다. 두툼하게 썰어서인지 한 입 가득 채우고도 남았다. 감칠맛이 아이들 말대로 '짱'이었다. 그 씹히는 맛이 일품이었다. 마음속 깊게 그득한 풍성함을 한껏 느끼기에 충분했다. 이건 생선회가 아니었다. 행복을 느끼게 해주는 은근하고 여유로운 남도 육자배기 한 가락이었다. 탱글거리며 혀끝을 휘감는 그 들큼한 맛은 어디에 비길 데 없이 좋았다. 남쪽에서는 한 번도 이런 맛있는 회를 먹어본 적이 없었다. 뚜렷이 다른 확실한 참맛의 횟감이었다. 내가 어디에서 또 다시 이렇게 맛좋은 바다 생선회를 맛볼 수 있을까? 아마 다시는 기회가 없을 지도 모를 일이리라.

우리들이 상식적으로 알고 있는 남과 북은 의외로 많은 차이가 있다는 것이 사실이다. 남녘은 평야가 많은 반면, 북녘은 산이 많다. 남녘은 농산물이 풍부한 반면, 북녘은 지하 광산물이 풍부하다. 남녘 사람들은 비교적 머리 회전이 빠른 반면에, 북녘 사람들은 우직하고 행동적이다. 남녘의 날씨는 비가 많이 와서 물이 풍부하고 온난한 반면, 북녘의 날씨는 눈이 많이 내리고 춥고 건조한 날이 많다. 그렇지만 우리는 배달겨레로 한반도에서 몇 만 년을 함께 살아왔다. 언제나 우리는 하나의 피붙이였다. 어떤 조사에 의하면 우리 겨레의 핏속에는 동일한 디엔에이(DNA)가 있어 죽은 뒤에도 같은 배달겨레라는 사실을 그다지 어렵지 않게 식별해 낼 수 있다고 한다. 그러나 혼합 민족국가, 곧 중국이나 미국 등의 나라 사람들은 디엔에이(DNA)가 서로 달라서 같은 민족으로서의 구분이 되지 않는다고 한다. 아니 동족이라는 증거로서 디엔에이(DNA)가 아예 없다고 한다. 우리 한 겨레를 비롯해서 전 세계에서 몇 안 되는 민족만이 확연하게 구별되는 한 핏줄임을 증명해주고 있다고 한다. 이것은 우리 겨레가 순수한 혈통의 민족임을 뚜렷이 알리는 일이리라.

식사가 거의 끝나갈 무렵 '찌개를 올려드릴까요' 하며 종업원이 물었다. 우리는 밥 한 공기를 주문하여 생선 서더리탕을 먹기로 하였다. 북녘에서 먹어보는 생선회며, 찌개며, 고추냉이를 비롯한 여러 반찬들 그리고 들쭉 약술을 약간 곁들인 저녁 식사는 정말 신선한 충격이었다. 후식으로 나온 배 한 쪽씩을 추가해서 먹고 식당을 나섰다. 속이 후련했다. 배가 불러서 좋았다. 이제는 아무런 걱정도 없었다. 만족스런 만찬이라는 말은 이런 경우를 두고 이르는 말이 아닐까? 그저 내일 날씨가 걱정일 뿐이었다. 눈을 들어 빗물 빗금을 따라 검은 하늘을 올려 쳐다보았다. 빗줄기는 전혀 줄어들 기색을 보이지 않았다. 가슴이 답답했다. 궂은 날씨가 회정식으로 비롯된 저녁식사의 흔쾌함을 날려버리고 말았다.

우리가 묵을 숙소는 《해금강 호텔》인데 바다에 떠있는 육 층 높이의 초대형 배를 개조하여 만든 선상호텔이었다. 이 배는 싱가폴 선적인데 금강산 관광초기에 운행하다 해상 관광이 끝나자 장전항에 상시 정박해 놓고 숙소로 활용하고 있었다. 금강산 호텔 중에서 가장 멋진 곳에 위치한 최고의 호텔이었다. 물론 배라고 하지만 철저하게 고정시켜서 전혀 흔들림을 감지할 수 없을 정도로 쾌적한 호텔이었다. 아주 기발한 아이디어라고 생각했다. 실제로 내가 느끼기에도 배라는 느낌이 전혀 들지 않았다.

바른편 창밖을 바라보았다. 푸른 파도가 넘실대는 그 너머로 멀찍이 장전항이 떠있었다. 왼편을 향해 눈을 돌렸다. 외금강 끄트머리 동해안까지 달려온 대자봉이 악산 골체를 드러내 놓고 곤함을 토로하듯 장전항을 응시하고 있었다. 매바위와 호텔 사이에는 금강산 해수욕장이 앙증맞게 백사장을 앞치마처럼 펼치고 손님을 부르고 있었다.

장전항 항구 맞은편 부두에 떠 있는 《해금강 호텔》을 보았다. 양면성이 있어 재미있었다. 그러니까 말은 바다 위에 떠있는 배인데, 육지의 건물과 같았다. 연육(連陸)은 되어 있지만 즐번한 고성 항만(港灣)의 물위에 떠있는 엄연한 배였다. 외금강 모두를 멀리서 넉넉하게 완상할 수 있는 최적의 위치에 자리하고 있는 명당 중에 명당 자리였다. 호텔 반대편은 막 개발 중인 야산이 여기저기 널려 있고, 금강산과는 전혀 관계가 없는 평범한 시골 고라실 같은 촌스러운 산들이 뒤죽박죽 늘어서 있었다. 건물을 지을 양으로 여기저기 파헤쳐진 채, 맨살을 드러내 놓고 히죽거리고 있었다.

자정이 다되어 가는데 비는 그칠 기색을 보이지 않고 추적추적 내리고 있었다. 나는 너무나 걱정이 되어 창밖을 여러 차례 들락날락 하면서 하늘을 살펴보았다. 날이 샐 때까지도 비는 계속 야속하게 내리고 있었다. 나는 마음속으로 이번 금강산 관광은 실패했다고 단정해 버리고 새날에 있을 해금강·삼일포 일정에 관심을 갖지 않기로 마음먹었다. '오는 날이 장날이라고 하필 오늘과 내일 끊임없이 비가 온단 말인가? 정말 재수가 더럽게도 없구나.' 라고 생각하면서 분한 마음을 달랬다.

깜박 잠이 들었었나보다. 눈을 떠보니 날이 환하게 밝았다. 간밤에 뒤척이느라 깊은 잠을 자지 못했던 나는 눈꺼풀이 무거워져 눈을 제대로 뜰 수가 없었다. 세상에서 가장 무거운 것이 눈꺼풀이라 하지 않던가? 침대에서 나온 나는 무겁게 베란다로 튀어나갔다. 날씨가 궁금해서 견딜 수가 없었다. 나는 어제 밤의 일기와 전혀 다름이 없어 놀라지 않을 수 없었다..

주섬주섬 간편복을 걸치고 1층 식당으로 내려갔다. 와! 식당 안은 발붙일 틈이 전혀 없었다. 나와 아내는 식당 앞에서 줄서기가 싫었다. 우리는 우산을 대충 챙겨서 잠깐만이라도 금강산 해수욕장을 산책하고 돌아오기로 마음을 먹었다. 바닷가 길을 따라 내려갔다. '빗속을 둘이서' 라는 노래 제목도 있지만 지금 우리의 상황은 그런 낭만을 생각할 형편이 아니었다. 어떻든 날씨가 빨리 개어 언제 다시 올 지 알 수 없는 이 여행을 쾌청한 날씨 속에서 기분 좋게 마쳐지길 바랄 뿐이었다. 하늘이 가리는 날씨를 내 어찌 마음대로, 내 형편대로, 내 원하는 대로 옮길 수 있을까? 다만 나의 속 마음이 그렇게 애타게 바라고 있을 뿐이었다.

　해수욕장의 낭만은 무더운 여름밤에만 있는 것이 아니었다. 이른 봄에
도, 비 오는 날에도, 이른 새벽이나 아침에도, 좋아하는 사람과 함께 하면
그 낭만은 동일한 감정으로 되살아날 수가 있을 것이다. 겨울바다도 마찬
가지였다. 한참을 걸었다. 인적이 뚝 끊긴 휑한 해수욕장은 을씨년스러웠
다. 우리 두 내외와 나이 든 할머니 두 분만이 해안을 따라 걷고 있을 뿐이

해안선 식당에서 바라본 금강산 해수욕장

었다. 바람이 빗방울과 함께 차가운 볼을 때리고 지나갔다. 바다 바람은 점점 드세게 불어와 아까보다 더 차갑고 쌀쌀하게 느껴졌다. 아내는 '이제 돌아가서 식사하자'며 내 젖은 옷소매를 끌었다. 나도 더 이상 해수욕장에 머무를 명분이 없었다. 사실 배도 출출해서 아내의 뜻대로 식당으로 돌아가기로 했다.

식당 안에는 조명이 되어 있지만 어두컴컴했다. 밖에서 식당 안으로 다시 들어와서 눈의 조리개가 닫힌 탓도 있지만, 가랑비 흩뿌리는 해금강 호텔 식당의 실내는 어두운 편이었다. 많은 사람들이 일찍 와서 먹고 나갔나 보다. 빈자리가 한강 둔치 모래 웅덩이처럼 듬성듬성 드러나고 있었다. 안쪽에 자리를 잡고 앉아 아침 식사를 주문했다. 조반이어서 그런지 식사 메뉴는 단 하나 뿐이었다. 이밥에 시래기 된장국과 김치, 산나물, 고등어조림이 식단의 전부였다. 이제 먹고 있는 사람도 점점 줄어들고 있었다.

날씨 때문에 밤새워 들랑날랑 하다가 잠을 설친 탓에 내 속은 살얼음 냇가처럼 서걱거리고 있었다. 만사를 제치고 우선 뜨끈한 된장국부터 두 손으로 움켜잡고 몇 모금 들이켰다. 국물이 목줄 따라 내려가면서 속이 확 풀려왔다. 따끈한 국물과 찌개가 곁들인 아침식사가 너무나 좋았다. 엊저녁에 회를 많이 먹어서인지 아침밥이 그다지 당기지는 않았다. 된장국에 밥을 말아 시장기만 때우고 밖으로 나왔다. 회색빛으로 찐하게 칠해진 장전항의 부두 쪽은 여전히 비 갤 생각이 전혀 없어 보였다. 흩뿌리는 가랑비가 수양버들 늘어진 가지의 흔들림처럼 하늘 저 끝에서부터 치렁치렁 흘러 내려오고 있었다. 산 그림자도 흐리고, 해수욕장도 우중충하고, 먼 바다 쪽도 흐리멍덩하고, 주변이 온통으로 다 흐려 지쳐 있었다. 만상(萬相) 모두가 봄비를 맞아 축 처져 있었다.

모처럼 여유만만하게 식사를 마치고 돌아온 나와 아내는 사태가 심각함을 금세 느낄 수가 있었다. 《해금강 호텔》 끝 층 베란다에서 장전항과 외금강 끝자락, 그리고 동해 먼 바다를 구경하자고 올라간 것이 화근이었다. 가이드가 우리를 찾으려고 여러 군데를 찾아다녔다고 한다. 미안하기도 하고 쑥스럽기도 했다. 도무지 고개를 들 수가 없었다. '미안합니다' 라는 말만 연발하면서 셔틀버스에 올랐다. '한 순간 넋을 잃었다' 는 말이 떠올랐다. 지금 이 순간이 바로 그 순간이었다. '멘붕' 이라고 말하는 신조어가 떠올랐다. 지금 이 순간이 그 '멘붕(멘탈붕괴)' 의 상태였다.

해상 호텔 꼭대기, 그 높은 곳에서 바라본 장전항 주변은 진정 이른 아침 손님 맞을 채비를 마친 기대감으로 설레는 장터처럼 긴장감이 감돌고 있었다. 바다와 뭍과 뫼가 한데 어우러진 장관이었다. 날씨가 흐리기 때문에 땅위에서는 온통 날씨가 흐리게 보였지만 이렇게 높은 곳에 올라서 바라보니 탁 트인 하늘이 마치 저녁노을 드리운 창문처럼 환하게 비쳤다. 우리들이 여행 중에 자주 쓰는 말이 있다면 '파노라마' 라는 말일 것이다. 아름다운 경치가 한 눈에 담아둘 수 없을 정도로 꽉 차게 보이는 경우를 이르는 말이다. 우리들은 경관이 한 눈에 들어오지 않고 횡으로 연결되어 원형을 이루고, 그래서 멋지게 펼쳐져 웅장하게 이어진 경관을 '파노라마 처럼 멋있다' 라고 말한다. 나와 아내가 이곳 선상 호텔 꼭대기에서 바라본 전망은 동서남북 전 방위 모두가 툭 터진 하나의 대형 파노라마 걸개 그림이었다.

오른쪽을 바라보았다. 푸른 동해의 잔잔한 물결이 어린아이 손바닥처럼 귀엽고 깜찍하게 재잘대듯이 흔들어대며 일렁이고 있었다. 그 옆으로 '고성항' 이라고도 부르는 고성군에서 제일 큰 항구도시 장전항 부둣가가 자랑이라도 하듯이 으스대며 해륙 양면을 지키고 있었다. 그 너머로 고성 읍내가 아스라하게 멀리 흐릿하게 흔적으로만 보였다. 호텔 앞쪽 산 밑으로는 가는 명주실처럼 이어진 원산으로 가는 좁다란 신작로가 먼 길 가는 길손의 늘어진 허리끈처럼 보였다. 눈을 왼편으로 돌렸다. 천불산이 이마를 구름에 내 줄 듯 말 듯 망설이며, 몸만 덩그렇게 비로봉 쪽으로 비틀고 누워있었다. 장전항 부둣가를 뒷짐 지고선 굽어보고 서있었다. 날카로움이 아직도 남아있는 수정봉과 대자봉은 형과 아우였다. 서로 짝하여 정겹게 앉아서 무슨 사연인지 모르는 얘기를 연신 속삭이고 있었다. 긴긴 세월 달려와 동해 쪽 외금강 끝자락 온정리에 도착하여, 무엇인가 아쉬워하며 바다 끝을 응시하고 있었다. 빈 하늘 부여잡고 울먹이는 듯 나지막이 서있는 매바위, 그 곱드러진 자태가 애처롭기만 했다

금강산해수욕장은 할아버지 댓님같이 짤막하게 휘어져 있었다. 그 한 끝을 바다에 적셔두고, 팔각정을 손처럼 바다를 향해 내밀고 그리운 연인을 찾고 있었다. 백사장이 끝나는 지점에 《금강빌리지》, 《금강페밀리 호텔》, 《금강맨션타운》 그리고 《아산 생활관》 등이 이웃에 자리하고 있었다. 약 3만 명 쯤 산다는 고성군 내 온정리 주변 마을들은 처마 끝만 보일 뿐 그 속을 굽어다 볼 수가 없었다. 할 일 없이 굽어다 보고 싶었다. 그렇게 밖에 볼 수 없는 상황이 너무나 안타까웠다. 이거야말로 한겨레 곧 배달겨레만이 느낄 수 있는 감회가 아니고 무엇이었겠는가? 만나는 사람마다 '어떻게 사느냐' 고, '야릇한 느낌이 들지 않느냐' 고 묻고 싶었다. 어쩔 수 없는 상황이었지만 늦게 찾아온 것이 부끄러워서 그렇게 생각했나 보다.

몇 안 되는 우리 일행을 태운 마지막 셔틀버스는 곡예운전을 하면서 부랴부랴 온정리에 도착했다. 운전기사는 우리를 짐을 부리듯 내려놓고 서둘러 내빼듯이 줄행랑을 치고 말았다. 창피하고 미안한 마음을 감추듯이 고개를 푹 수그리고 쑥스러운 마음으로 해금강으로 떠나는 버스에 용수철처럼 튀어서 올라탔다.

이제 막 비가 멎었다. 그렇지만 하늘에는 떼구름이 부산하게 어디론가 흘러가고 있었다. 흔들거리는 버스 속에서 언뜻언뜻 파아란 조각하늘이 살포시 웃음 짓고 있었다. 버스가 온정리 광장에 도착했을 때는 반쯤 하늘이 개어 있었다. 잠깐 사이에 날씨는 서둘러 변해가고 있었다. 햇살도 언뜻 언뜻 보이며 맑아 질 기미를 어렴풋이 보이고 있었다. 금세 내 마음은 백열등 불빛처럼 환해져 버렸다. 온 밤을 지새우며 애타게 맘 졸이며 기다리지 않았던가? 이보다 더 좋을 수는 없었다.

언제 맑아졌는지 촉촉한 봄 대지 위엔 맑고 화사함만이 가득했다. 비에 젖은 축축한 붉은 해는 몸서리를 치면서 덩그렇게 솟아오르고 있었다. 온전히 하루를 쉬지 않고 내린, 지루한 여름 장마처럼 내린, 길고 긴 이틀간의 시간이었다. 근자에 보기 드물게 많이 내린 봄비였다. 얼마나 많은 사람들이 이토록 맑은 날을 고대했을까? 그 찐한 염원이 하늘에 알려 하늘이 이 곳 금강산 지역만을 위해 저 밝고 빛나는 태양을 보내준 것이 분명했다. 이곳에 온 모든 사람들은 나와 똑같은 생각을 가지고 있었을 것이다. 내 마음은 통쾌한 기쁨으로 가득 채워지고 있었다.

여러 대의 버스가 온정리의 정성어린 배웅을 받으며 해금강을 향하여 슬그머니 미끄러지고 있었다. 막 움을 틔운 금강의 모든 나무들은 하루 사이에 부쩍 자라 있었다. 봄비의 위대한 힘이었다. 자연의 불가사의한 저력이었다. 《주/현대아산》직원들은 언제나 아침마다 여행객들을 환송해 주었다. 여행지 곧, 구룡연 폭포, 만물상, 해금강, 삼일포를 향하여 떠날 때마다 일 열로 줄을 서서 즐겁고 기쁜 여행이 될 것을 기원하면서 연신 두 손을 흔들어 주었다. 그것은 관광객들의 기분을 엄청나게 업그레이드시키는 효과를 유발하고 있었다.

매일 아침 되풀이 되는 이별이었다. 온정리에서 출발하는 관광 코스는 〈구룡연 코스〉, 〈만물상 코스〉, 〈해금강·삼일포 코스〉로 나뉘어져 있었다. 금강산을 찾는 관광객들이 매일 일정별로 다르게 들어오기 때문에 매일 아침마다 이 세 코스로 가려는 여행객들의 이별 아닌 이별을 해야만 했다. 실제로 금강산을 찾는 사람들 대부분이 나이 지긋한 사람들이 많아서 만물상 코스를 선택하는 사람들은 그렇게 많은 편은 아니었다. 그래서 보다 덜 힘든 구룡연 코스와 해금강·삼일포 코스를 많이 선호하고 있었다.

온정리를 벗어나자마자 오늘 금강산 여행 행선지의 성격이 금방 드러났다. 나와 아내가 택한 해금강·삼일포 코스를 가려면 휴전선 아래쪽으로 한참 내려가야 했다. 온정리 솔 숲길을 살짝 벗어나자 너른 들판 길이 펼쳐졌다. 논은 별로 없고 밭이 많아 보였다. 뻥 뚫린 신작로를 한참 달리자 전형적인 시골길이 나타났다. 좌회전한 버스는 요철이 심한 밭 둑 길을 지나서 이리 구불 저리 구불 농촌 길을 향해 흔들거리며 달려 나갔다. 봄비가 흡족히 내린 뒤라선지 인적은 뜸했다. 북측 사람들 사는 형편이 궁금해서 연신 학의 목을 빼고 창밖을 훔쳐봤다. 퇴락한 집들이 줄지어 늘어서 있는 수수하고 휑한 농촌 마을이 나타났다. 집들이 초라하기도 했지만 마을 주변이 음습하여 생기가 전혀 없어 보였다. 아무리 눈을 씻고 찾아보아도 북측의 마을 사람들은 보이지 않았다. 일터인 논밭에도 없고, 여태껏 집안에 있을 시간도 아닌데 다들 어디로 내뺀 것일까? 궁금하여 견딜 수가 없었다.

이제 버스는 한적한 시골길로 접어들었다. 포장도 덜 된 험한 시골길이었다. 한참을 달렸는데 인가가 듬성듬성 모여 있는 삼거리 길에

다다랐다. 정면에 집체만한 간판에 미국과 남쪽에 대한 적개심을 일으키려는 선전 광고문이 튀어나왔다. 글씨도 그림도 붉은 색으로 칠해 있었다. 그 구절과 내용은 잘 생각이 나질 않지만 가슴이 섬뜩했다. 살벌하고 저주스런 욕지거리였다. 입에 담기조차 민망하리만치 살벌한 말들이었다. 이런 문구를 쓰고, 그런 그림을 그려야만 분이 풀린단 말인가? 이토록 야비한 용어와 추잡한 선전문구로는 통일을 앞당길 수 없을 것이다. 어떻든지 우리는 배달겨레이다. 언제까지 한 겨레가 하나가 되지 못하고, 갈등과 미움과 증오의 상태를 지속 유지하며 살아가야만 하는가? 내 가슴은 또 답답해졌다. 마음 한편이 저려왔다. '가슴의 피'로 내 영혼은 또 병이 들어가고 있었다.

장전항 원경 (멀리 흰 건물이 해금강호텔이다)

　마을 한 가운데에는 초등학교인지 중·고등학교인지 모를 학교가 자리
하고 있었다. 그 옆을 우리 일행을 태운 버스는 이번 봄비로 움푹 파인 시
골길을 술에 취한 사람처럼 휘청거리며 지나갔다. 그런데 갑자기 이상한
일이 일어났다. 운동장에서 흰 운동복을 입고 그득하게 뛰어놀던 학생들
이 순식간에 개미새끼 한 마리 뵈지 않는 텅 빈 운동장으로 변해버린 것이
었다. 모든 사람들이 놀랐다. 왜 그렇게 갑자기 학생들이 없어진 것일까?
자세히 보니까 학생들이 우리 버스가 지나갈 때 누군가의 지시로 일순간
에 벽이나 건물 뒤로 숨었던 것이다. 실제로 완전히 숨지 못한 학생들의
흰 체육복 한 자락을 나는 확실히 보았다. 왜 그랬을까? 무엇이 무서워 피
한단 말인가? 우리가 그렇게 무서운 존재들이란 말인가? 아니면 꼭 숨겨

야할 중한 사정이라도 있단 말인가? 너무나 우스꽝스럽고 민망한 장면이었다. 안타까운 현실이 아닐 수 없었다.

속 깊은 사연일랑 떨구고 한적한 시골길을 한참 달려갔다. 이번에는 밭에서 일하던 농부들이 우리 버스가 지나칠 때쯤에 갑자기 몸을 숨기는 모습이 보였다. 그렇지만 그 사람들은 아무런 의식이 없고, 다만 윗사람들이 지시한 내용을 억지로 따른다는 느낌이 들었다. 하여튼 급하게 몸을 숨긴 농부들은 묘지 뒤에 숨기도 하고, 큰 나무 뒤에 살짝 몸을 가리기도 하고, 더부룩한 풀더미 뒤에 은폐하여 잠깐 동안 시간을 보내고 있었다. 남측 사람들이 민방공 훈련을 하듯이 약간은 건성으로 하는 것처럼 보였다. 왜냐하면 숨어 있는 농부들이 피우는 담배 연기가 모락모락 피어오르기도 하고, 묘지 뒤에서 잡담하는 모습도 보였기 때문이었다. 여하튼 반가움보다는 씁쓸한 느낌이 더 많이 들었다.

한참 뒤에 가이드를 통해서 알게 된 사실인데 예전엔 남측 관광객들이 북측 주민들이나 학생들에게 손을 흔들어 주었다고 한다. 환영의 뜻으로 반겨주었는데 이것이 북측 주민들에게 나쁜 인상과 의식을 심어 주었다고 그들은 생각했던 것이다. 그래서 그렇게 이상한 분위기가 연출되고 있었던 것이다. 남측 사람들은 잘 살아서 금강산을 구경하고 다니는데, 우리네는 여기서 힘들게 일하며 초라하게 살아가는 것 아닌가 라는 주민들의 불평과, 심리적인 동요를 막기 위한 조치였다고 알려주었다. 가이드가 우리에게 한참동안 귀띔해 준 사연은 여기까지였다. 나는 가슴이 더욱 아팠다. 무엇인지 모를 무쇠 솥 뚜껑같이 무거운 것이 답답한 내 가슴을 짓누르고 있었다. 이런 현실이 언제까지 이어질까? 이토록 지저분한 쓰레기를 뒤집어쓴 것 같은 기분과 참담한 상황을 언제까지 지속하겠다는 말인가? 이런저런 생각에 잠기면서 해금강 절경에 대한 기대감보다 북녘의 내 겨레에 대한 애절한 마음이 가슴앓이가 되어 더욱 나를 짠하게 만들었다.

바다 보석 해금강(海金剛)

　해금강 코스는 군사시설이 많아 북측이 꺼려했던 관광 코스였다. '해금강'이라고 하면 일반적으로 고성의 북측 군사분계선에서 시작하여 현증바위, 남강 하구의 능호 주변, 향로봉, 해만물상, 칠성석, 입석리, 수원단, 삼일포, 명사십리, 통천의 솔섬과 총석정에 이르는 해안선 약 60㎞ 구간을 통칭해서 이르는 말이다. 그 중에서도 우리들이 잠시 뒤에 들를 해금강 코스는 그 너른 지역 가운데 겨우 3㎞ 정도밖에 되지 않았다. 다시 말해 해금강의 좁은 한 부분에 불과했다. 모든 지역이 개방이 덜 된 상태여서, 미답의 천하 명승이 아직도 많이 남아 있다고 사람들은 말하고 있었다. 얼마나 많은 세월이 또 흘러야 맘 놓고 아무 때나, 어느 곳이나 막힘없이 내 집 드나들 듯 찾아갈 수 있을까? 참으로 답답한 일이 아닐 수 없었다. 이젠 그 막힘과 불통이 지긋지긋하다는 생각이 들었다.

　해금강에 가까운 주차장 입구는 한적한 시골이었다. 주변의 편의 시설은 그만두고라도 주차장만 해도 제대로 갖추지 못한 나대지에다 자갈을 깔아놓은 정도에 불과했다. 주변 환경도 다른 지역에 비해 지저분하고 촌스러워 우리네 두메산골 같아 보였다. 나의 생각에 금강산 인근 지역에서 가장 낙후된 지역이 아닐까 생각했다. 버스에서 내린 우리 일행은 북측 안내원의 안내를 따라, 약간 내려가는 비탈길을 여유롭게 돌아서 걸어 올라 갔다. 여기에도 어김없이 이정수 선생의 대형 금강산 절승 사진이 길 양쪽

해금강에서 바라본 내금강

으로 걸려있었다. 그 사진 하나만으로도 이곳이 금강산의 한 자락인 해금
강 지구임을 금세 알 수 있었다.

　어제 그렇게 쉬지 않고 내렸던 비가 오늘 아침에 멎었다는 사실이 믿어

지지 않았다. 무겁고 궂은 기운은 이제 흔적도 없이 사라지고 없었다. 언제 그랬냐는 듯 말끔히 개어 있었다. 구름 한 점 없는 쾌청한 날씨로 변해 있었다. 어제 저녁의 기분과는 180°로 달랐다. 어제의 날씨는 정말로 불

확실하고 불순하기만 했었다. 어제 그 궂은 날씨가 나를 분통 터지게 했던 것이다. 여하튼 억눌린 피압박에서 해방된, 확 풀린 흔쾌한 기분이었다. 오늘 아침까지만 해도 무엇인가 부여잡고 화풀이를 하지 않으면 분한 마음이 풀리지 않을 것 같은 폭발 직전의 상황이었다. 나는 가슴을 쫙 펴고 두 팔을 한껏 벌리고 손톱으로 꾹 누르면 깨질 듯한 유리알같이 해맑은 하늘을 향해 고함을 냅다 질렀다.

"와! 정말 좋다. 여보! 당신도 좋지? 안 그래?"

"어쩜 이렇게 말끔하게 갤 수가 있을까? 이럴 줄 정말 몰랐어요."

비에 젖은 공기가 무거운 듯 축 처져 있었다. 하지만 오월의 열정이 듬뿍 담긴 따사로운 햇살이 해금강 입구를 내려가는 우리에게 갑절로 쏟아붓고 있었다. 길가에는 막 싹을 틔운 해당화 군락이 내 품에 안기듯 다가왔다. 야트막한 구릉지엔 지친 모습으로 자라다만 곰솔들이 힘에 겨운 듯 비켜 서있었다. 키 큰 소나무는 전혀 없고 땅딸이 솔 숲, 그나마도 잡목들 사이에서 살아가는 모습이 무척 버거워 보였다.

해금강 입구의 좁은 길을 따라 유턴하듯 꺾어서 돌아 내려갔다. 싸늘하게 젖은 해금강 바닷바람이 내 머리를 스치고 지나갔다. 상큼한 바다 바람이었다. 쏜살 같이 얼굴을 때리며 갑자기 불어 닥쳤지만 싱그러워선지 마음이 금세 상큼하게 변하였다.

키 작은 곰솔들이 울울한 낮은 뫼들만을 보다가 갑자기 바닷바람 한가롭게 살랑거리는 너른 바다가 툭 터지며 나타나 나는 깜짝 놀라지 않을 수 없었다. 나는 드디어 해금강에 다다른 것이다. 여기가 그렇게 그리던 바로 그 해금강이었다. 눈앞에 해금강의 장관이 자막 걷히듯 일순간에 펼쳐졌다. 도연명의 《도화원기》에 나오는 무릉도원의 신선 세계처럼 순식간에 육지가 바다로 변해 있었다. 찰나의 변환이었다. 일장춘몽은 아닐까 반신반의 하면서 내 눈을 의심하지 않을 수 없었다. 왜냐하면 놀랍게도 내 눈앞에 검푸른 바다 위에 바위섬 듬성듬성 떠있는, 화장을 금방 마친 여인의 매혹적인 자태의 해안선이 나타났기 때문이었다.

바닷바람과 부서지는 파도소리가 시끄러울 정도로 요란했다. '쏴' 하면서 밀려오는 소란한 고함이어도 좋았다. 황홀한 기운이 나의 온 몸을 감싸고돌았다. 부서지는 파도의 흰 물거품이 즐번한 물 논배미를 만들어 놓았다. 한가롭게 밀려왔다 밀려가는 파도의 넉넉한 물결 속으로 나의 마음은 빠져 들어갔다. 이토록 거룩하고 환상적인 광경 속에 나의 몸과 맘이 머물러 있다는 것이 더할 나위 없이 좋았다. 살며시 내지르면서도 요란하지 않는 수줍음이 가득 고인 흰 파도들이었다. 초벌에 이어 재벌 김매기를 금방 마친, 초복 지난 들판의 푸른 벼 물결처럼 시름도 없이 편안하게 거듭거듭 꼬리를 늘이고 넘어오고 있었다.

예쁜 북측 안내원의 해설이 파도가 밀려오는 너른 바다를 향해 낭랑하게 이어졌다. 그녀는 해금강의 아름다움을 다섯 가지 미(美) 곧, 창파미(滄波美), 기암미(奇巖美), 청송미(靑松美), 금사미(金沙美), 해당화미(海棠花美)로 나눠서 자상하게 설명했다. 진실로 옳다는 생각이 들었다. 그녀의 설명 위에 나의 생각을 조금 얹혀서 풀어보았다.

첫째는 창파미(滄波美)이다. 요란스러울 정도로 황홀한 이 해금강 바닷가에 끊임 없이 밀려왔다 밀려가는 눈부시게 흰 파도의 물거품은 해금강의 가장 큰 자랑이리라. 한 없이 너른 쪽빛 비단 헝겊 위에 하얀 백수나삼 자락을 수십 겹으로 펼쳐서 드리우고 밀려올 때, 해금강 해안선은 이미 바다가 아니었다. 이건 펄렁대는 비단결의 거룩한 율동이었다. 세상에서 보기 힘든 장관이었다. 그리고 시간의 흐름에 따라 달라지는 가락과 소리의 변화는 음향의 조화임은 물론 흥겹고 즐겁게 펼치는 노랫가락의 한바탕 잔치 마당이었다. 여린 듯 센 듯 울어대는 파도소리는 넋을 잃고 타는 거문고 명인이 타는 바로 그 소리였다.

둘째는 기암미(奇巖美)이다. 해금강 바다가는 셋이서 하나를 이루고 있었다. 먼저 긴 해안선 절벽의 이음이요, 다음은 물과 뭍에 드리운 커다란

해금강 해만물상도

봉우리들이요, 마지막은 여기저기 제 맘대로 흩어져 화려한 모습을 자랑
하는 기괴한 바위들이다. 금강의 모든 돌은 그 빛깔도 유별나지만 섬세하
게 갈라진 균열로 인하여 헤아리기 어려울 정도로 다양한 형상을 빚고 있
고, 느끼기 힘들 정도로 다른 명암의 조화를 이루고 있으며, 서로가 간섭

하여 함께 무너지는 것이 결코 아닌 서로가 서로를 돕고 호응하는 완벽한
어울림을 만들고 있다. 그렇기 때문에 아무런 감탄이나 경외감 없이 벼랑
과 바위, 조약돌 하나에 이르기까지 그냥 응시할 수가 없는 것이다. 해금
강의 '기암미'야말로 이 다섯 아름다움 가운데 가장 으뜸이 되는 것이다.

셋째는 청송미(靑松美)이다. 벼랑의 가는 실타래 틈이나, 봉우리의 가르마처럼 좁게 파인 틈에서 아주 깊게 뿌리를 서리고 사는 해송[바다솔]은 맘 편하게 우로 받아 사는 땅위의 소나무와는 비교할 수 없을 정도로 강하였다. 백년이 지났어도 변함없이 그 모습을 그대로 간직하고 생명을 유지하면서 산다는 것이 그저 기적일 따름이었다. 상상을 초월하는 굳센 생명력과 변함없이 올곧기만 한 그들의 참 얼은 범부에 불과한 우리들을 깨닫게 하고도 남았다. 이 어찌 경외감이 아니고 무엇이란 말인가?

넷째는 금사미(金沙美)이다. 해금강의 모든 돌 빛은 샛노란 황금색이다. 금빛이 아닌 것은 하나도 없었다. 해안선을 들쑥날쑥하게 드리우고 빛나는 높다란 절벽은 황금을 층층이 쌓아서 만든 열두 폭 금병풍이었다. 향로봉 또한 거대한 황금조각을 켜켜이 포개어 빚은 거룩한 향로였고, 산처럼 우뚝한 해만물상도 거대한 황금의 모든 봉우리들이었다. 심지어 바다 속에 뿌리를 두고 있는 갯바위들마저도 온통으로 황금 덩어리였다. 따라서 억겁의 세월 동안 이 황금의 바위와 돌들이 갈리고 부서져 모아진 해안의 모래는 마땅히 금빛 모래 밭일 수밖에 없으리라. 그래서 해금강 모래는 언제나 번쩍거렸다.

다섯째는 해당화미(海棠花美)이다. 명사십리를 비롯한 해금강 지역의 모든 바닷가는 해당화 군락지로 유명하다. 봄과 여름에 걸쳐 붉은 자주색 꽃이 가지 끝에서 너울너울 흔들리면서 피고 지고를 거듭한다. 그 화사한 꽃잎이 양손을 모두고 펼친 것처럼 활짝 피면 바닷가 솔 그늘도 환하게 빛났다. 향기 또한 그 화사함에 못지않게 십리 밖까지 흘러 떠다녔다. 그래서 금강의 주변 해안은 물론 외금강 동쪽 끄트머리까지 해당화 꽃향기로 촉촉하게 적셨다. 해당화 이파리는 밝은 청록 빛을 띠며 바다보다 더 푸르게 빛났다. 그리고 자주색 꽃빛을 더욱 황홀하게 만들었다. 녹의홍상 새 각시 갸름한 볼은 이를 두고 한 말이리라.

해금강 철석거리는 파도 소리는 다정한 내외의 대화처럼 살가웠다. 몽환의 꿈처럼 연무가 미처 떠나지 못하고, 아침놀과 함께 너른 바다 위를 포근히 뒤덮고 있었다. 파도와 물거품은 갯바위와 속 깊은 그들만의 대화를 나누며, 다정한 오누이와 같은 평온하고 미더운 이심전심(以心傳心)이 지속되고 있었다.

굽이진 길을 돌아서 바닷가 쪽으로 내려왔다. 해금강 안쪽 바닷가 길은 울퉁불퉁한 자갈밭 길이었다. 해안선 절벽은 거친 해풍과 파도에 씻겨서인지 심한 낭떠러지를 이루며 거친 주상절리를 만들어 놓았다. 불규칙한 것 같으면서도 기둥 구조를 띠고 있었다. 바다에 인접한 해변 길가엔 콩크리트로 길과 바다를 구분하는 언덕을 만들어 놓았는데, 군데군데 깨져서 어수선하고 너저분해 보였다. 보다 많은 관리와 투자가 있어야겠다는 생각이 들었다. 대략 서른 걸음쯤 걸어가면 왼쪽에 콩크리트로 만들어진 현대판 정자가 나타났다. 정자라느니 보다는 그냥 구색 맞추기 위해 세워놓은 미봉책의 가건물처럼 보였다. 그것은 주변 분위기와 전혀 어울리지 않는 부조화의 단면을 보여주고 있었다. 나에게 이 정자의 모습은 상막한 불협화음을 이루는 헤비메탈 그룹의 귀청 떨어질 정도로 시끄러운 악곡처럼 들렸다.

그 바로 옆 해안선에 몸을 살짝 얹고 바다에 몸을 담그고 서있는 향로봉은 거룩했다. 바닷가 저만치 혼자서 거리를 두고 제단의 거룩한 향로처럼 서있었다. 해금강 작은 섬들을 가리고 서서 혼자 자랑하듯 '날 보러 오셨수?' 하며 향을 피운채로 맞아주고 있었다. '그것이 지나치게 자기 과시하고 있네' 라고 비꼬면 심했다고 말할 사람이 있을까? 여하튼 반가운 여인이 그 하늘거리는 자태로 맞이하듯 그 모습 또한 곱고 맑았다. 사실 해금강에는 각양각색의 갯바위와 바위섬, 벼랑, 돌다리, 절리가 심한 암벽, 칼날 바위, 화려한 모든 물감을 뒤집어쓴 큰 바위섬, 그리고 거칠게 갈라진 공용의 각질 표피처럼 금속성을 띤 해안 절벽들로 그득했다.

해금강의 여러 바위 중에서 전망대 옆에 있는 향로봉이 유별나게 아름

해금강 향로봉

다웠다. 그야말로 군계일학과 같이 빼어났다. 맨 아래엔 네모난 정육면체
에 가까운 큰 돌들을 벽돌 쌓듯이 불규칙하게 쌓여 있고, 서로 어긋나게
맞춰 쌀가마니 포개 놓은 것처럼 차곡차곡 층져 있었다. 위로 올라갈수록
잘게 갈라 진 바위 절리가 금빛 영롱함을 더했다. 해풍이 빚어낸 날카로운

바위 면이 황홀한 음양의 기막힌 조화를 이루고 있었다. 빛의 현란한 마술 쇼가 향로봉을 통하여 이뤄지고 있었다.

느닷없이 이 바닷가에서 산사의 맑은 향 빛이 피어오르고 있었다. 부드러운 투명의 향이 나의 코끝을 스치고 흘러갔다. 순간 나의 갇혀 있던 찌든 마음이 금세 상큼해졌다. 삶의 고뇌로 가슴 깊은 곳까지 흐려진 만인의 혼과 백을 정화시키려고 은은한 심미의 향연이 하늘을 향해 피어오르고 있었다. 이건 내 마음의 향로에서 피우는 맑디맑은 향불이었다.

대 자연의 경외감은 먼 곳에 있지 않았다. 바로 내 눈 앞에 있었다. 그것은 바다 소나무였다. 향로봉 꼭대기 오목한 틈새에서 살아가는 그 생명력이 놀라웠다. 좁은 바위틈에 뿌리를 서려두고 의연하게 그리고 꿋꿋하게 떡 버티고 서있는 해송의 그 질긴 생명력에 놀라지 않을 수 없었다. 그는 말없이 생명의 귀함을 널리 알리고 있었다. 겨우 몇 그루이지만 그 속에서 소나무도, 이 땅에 누천년 살아온 우리 겨레도, 함께 은근과 끈기의 정신을 안고 살아가고 있는 것이다. 혜안(慧眼)을 가지고 관조해야만 겨우 느낄 수 있는, 그래서 진정으로 멋스러운 광경이었다. 확연하게 설명할 수 없지만 동양의 순수한 천진미가 이런 것이 아닐까 생각해 보았다.

　해금강 주변의 경관은 내가 상상했던 것과는 확연히 달랐다. 아니 뚜렷하게 구별되었다. 갑남을녀만이 느낄 수 있는 일상의 광경이 신선과 선녀만의 꿈의 세계로 변화되어 있었다. 마음으로나마 신선이 되어야만 느낄 수 있는 풍경이었다. 나는 한편으로 놀라 머리를 흔들어 대면서 해금강 바다를 향해 들릴 듯 말 듯 가는 소리로 노래를 불렀다.

　해금강 넌 아무런 걱정도 없는
　느긋함과 화사함 뿐이런가?
　아니면 저 수평선 그 너머에 숨어
　아린 가슴을 혼자서 삭여왔던가?
　호올로 순수함 오롯이 끌안고 사는
　이 금강의 보석, 초연한 바닷가여!

　온갖 표정 뭍에선 다 펼칠 수 없어
　용솟음치는 금빛 영롱함 품고 흐르는가?
　휘황한 빛깔의 성찬에 호흡이 막혀
　울부짖는 청순무구의 포효이런가?
　기막힌 황홀경이여! 꿈속에서나 만날
　거룩한 비경이여! 범접할 수 없는

우리는 숨이 멈출 듯한 경외감으로 그냥 그 자리에 서있었다. 그림엽서에서나 보아왔던 기이한 바위산과 오묘한 형상석이, 그리고 형형색색의 화사하고 거대한 암벽들이 이 해안의 주인이 되어 자리를 지키고 서있었다. 바위에 부딪치며 부서지는 물거품과 헤아릴 수 없이 해안 가득 널려 있는 바위와 돌들, 모두 다 얼굴이 달랐다. 갯바위를 들이받은 파도들이 하얗게 부서졌다간 스러지며 퍼져갔다. 끊임없이 거듭되는 파도들의 들고 나감이 일관성 있을 뿐만 아니라 줄기찼다. 해금강 모든 형상의 돌들은 해맑은 얼굴이었고, 서로 어우러져 내지르는 파도소리는 심포니 오케스트라가 연주하는 교향악이었다. 한편으로는 자기의 소재를 알리는 연인의 외침 같기도 하고, 다른 한편으로는 포옹한 연인이 달콤한 사랑을 고요히 속삭이는 고백 같기도 했다. 이리 보면 온 가족이 모여서 한 바탕 잔치를 벌이는 것 같기도 하고, 저리 보면 신명나는 노랫가락과 북소리에 어깨가 으쓱거리며 노는 판소리 한 마당 같기도 했다.

더욱이 끝없는 평행선을 긋고 하늘과 바다를 갈라놓은 수평선 저 너머는 갈매기들의 넉넉한 쉼터였다. 여유로운 모습으로 재잘거리는 갈매기 떼들이 우리의 흥분된 가슴을 부추기고 있었다. 뭍이라고는 거의 없고, 파도에 밀려 부서지는 물거품이 전부인데도 좁은 바위틈에 뿌리를 내리고 혼자서 애틋하게 살아가는 해송들이 대견하게 보였다. 그 어울림은 주름으로 가득한 한 폭의 산수화요, 삭힐 수 없는 한을 품은 인생이요, 기막히게 엮어진 한 편의 드라마요, 생명의 한계를 극복한 작은 영웅들의 무용담이요, 섬섬옥수로 붉은 치마 훔쳐 감아쥔 수줍음 띤 새 색시, 바로 그 자태였다. 비록 왜소한 몸가짐이지만 그곳에는 수백 년을 버텨온 절개와 의지가 담겨 있었다. 몇 안 되는 가는 잎사귀를 붙이고 있지만 거기에는 어떠한 위험도 범접할 수 없는 당당함과 올곧음이 담겨 있었다.

우리는 계속해서 사진을 찍어댔다. 나도 모르게 자동적으로 사진을 찍지 않을 수 없었다. 숨 가쁘게 사진을 찍다 보니 나와 아내는 일행으로 부터 점점 멀어져 갔다. 그런 줄도 모르고 한 장이라도 더 찍어보려고 여기저기를 돌아다니면서 서대고 있었던 것이다. 맑고 상큼한 바닷바람, 수정보다 깨끗한 바닷물의 청아한 얼굴, 가락에 맞춰 찰랑거리는 잔물결의 영롱함, 투명 물속의 작은 바윗돌의 반짝거리며 재잘거리는 그들만의 숨은 이야기, 그 위에 오월의 따뜻한 햇살이 사랑을 가득 담고 내리붓고 있었다. 천인단애의 벼랑처럼 굳건하게 서있는 바위들과 쪽빛 바다 물결의 한없는 너그러움이 완전한 어울림을 연출하고 있었다. 이 모든 것이 윈드 앙상블과 합창이 한데 어우어진 화려한 선율 그 자체였다.

전후좌우를 찍어대던 우리 둘에게 깜짝 놀랄 만한 사건이 발생했다. 북녘 경비원이 우리를 제제하려고 다가왔다. 바다 쪽은 찍어도 괜찮고, 해안선 쪽은 찍어서는 안 된다는 가이드의 설명이 생각났다. 그때 크게 으르렁거리는 맹수의 울부짖는 소리가 내 귀청을 두들겼다. 대보름날 건립할 때 농악대가 절정을 향해 정신없이 쳐대는 징소리처럼 울렸다. 나와 아내는 소스라치게 놀라지 않을 수 없었다.

"동무 고긴 사진촬영 금지구역이라요. 카메라 이리 내 놓으시라요. 어서요. 알가씨요, 모로가씨요?"

나는 놀란 나머지 말문이 막혀 외마디 소리도 지를 수가 없었다. 이것은 청천벽력이었다. 나와 아내는 애걸복걸하며 굽실거리면서 한 번만 봐달라면서 선처를 부탁하였다. 그랬더니 눈앞에 깜짝 뒤집어질 광경이 벌어졌다. 아주 노한 얼굴은 보였던 북측경비원이 씩 웃으면서 살갑게 말해 주는 것이 아닌가? 이것은 음색이 낮게 깔리면서 들리는 관용과, 이해와, 선처가 용해된 타이름이었다.

"고르게 빨리 일행과 합류 하시라우요. 알가쏘? 도옹무우!"

다정한 눈빛으로 타이르듯 말하는 것이 너무나 생각 밖이었다. 뜻밖의 다정한 화해와 푸근한 용서와 넉넉하기 만한 배려로 나와 아내는 '후유' 하고 안도의 한숨을 내쉴 수가 있었다. 이 년 전의 북측 경비원들의 모습과는 너무나 달라진 그들의 태도에 적이 놀라지 않을 수 없었다. 분단의 비극도, 민족의 이산도, 체제의 유지도, 끝없는 갈등도, 이기심에 가득 찬 울타리 의식도 점점 사라져 가고 있구나하는 느낌이 들었다. 확연히 달라진 북측의 안내원들 태도에 혹시 통일이 우리들이 생각하는 것보다 당겨지는 것은 아닐까 하는 추측이 들 정도였다. 이러한 착각은 착각으로 끝날지 몰라도 가장 바람직한 착각이 아닌가 생각하여 보았다.

실제로 경치가 조금 괜찮다 싶으면 그 근처에는 어김없이 북측경비원은 서있었다. 감시의 눈초리가 예사롭지 않았다. 사실 해금강코스는 가장 늦게 개발한 곳으로 북측이 해안선 경비문제를 들어 거절해 오다 개방한 곳이었다. 모든 시설이 불편했다. 조화롭고 안정된 것이 거의 없어 보였다. 하지만 이렇게 해서라도 해금강에 와 본다는 것이 얼마나 좋은가? 그간 다시 못 볼 줄 알았던 금강의 또 다른 현란함을 느끼게 되어 '나는 너무나 행복한 사람이구나'라는 생각이 들었다. 해금강은 헤아릴 수 없이 많은, 모두 얼굴이 다른, 단 하나도 같은 모습이 없는 세상에서 가장 아름다운 절승이었다. 이것은 진정 나의 진솔한 고백이었다.

절승이 널따란 오른쪽 바다 위에 널려 있어서인지 한 눈에 다 볼 수가 없었다. 가까운 바위부터 부지런히 살펴보기로 하였다. 지천으로 깔아놓은 들녘 같은 즐번한 물속 바위 공원은 다른 보석 바위들을 다 보고 난 뒤, 다시 와서 보기로 하고 뒤에 숨겨 두었다. 우리는 해금강 한 복판 깊숙한 수정 바위 안으로 들어갔다. 갈수록 바위의 규모는 커지고 커다란 절벽을 이루고 있었다. 작은 섬처럼 물위에 떠 있어서 나무다리를 놓고 건너야 했고 나무 사다리를 세워야만 올라갈 수 있었다. 해안선 안으로 들어 갈수록 휘황하고 다양한 집채만 한 바위섬들이 거듭해서 나타났다. 가까이 보면 볼수록 황홀함이 더했다. 모든 바위 면과 그 빛나는 빛깔에 나는 나의 넋을 홀리고 말았다. 내 스스로가 황홀하게 느끼는 것이 아니었다. 해금강의 빛나는 암벽과, 바위와, 돌들이 스스로 황홀하다고 우리에게 조심스럽게

해만물상 전경

주입하듯 알려주고 있었다.

첫 번째 나타난 커다란 바위는 형언할 수 없는 주름과, 요철과, 절리와, 날카로움과, 빛깔로 기기묘묘함을 스스로 드러내고 있었다. '해금강 보석병풍'이었다. 바위 전체의 빛깔은 적황색에 가까운 황금빛이었다. 휘황한 적벽옥이 발광체가 되어 나타났다. 여느 암벽들처럼 황혼의 놀빛을 받아 금빛을 띄는 반사형 암벽이 아니라 제 몸이 스스로 황금빛으로 번쩍이는, 어둠속에서도 금빛을 발광하는 형광의 암벽이었다. 크고 작은 돌조각이 바다 속에서 금방이라도 튀어 나올 듯한 기세로 일렁거리며 다가왔다. 샛노란 금물이 주르르 흘러내릴 듯한 화사함과 천연의 순결한 진주알이 반짝이며 굴러가는 영롱함이 이곳에 다 모여 있었다. 어떻게 이렇게 곱고 화려한 색을 띨 수 있을까? 그리고 인간의 생각으로는 상상할 수조차 없는 저 파도와 갯바람이 함께 일궈놓은 신품(神品)의 예술품이었다. 날카로운 바위주름과 울룩불룩한 얼굴이 제 각각의 표정을 짓고 있었다. 어느 곳을 보아도 그저 탄성이요, 비명이며, 절규뿐이었다.

해금강의 가장 깊은 곳에는 가장 아름답고 화려한 해금강 제일의 절경이 자리하고 있었다. 이곳을 사람들은 '해만물상'이고 불렀다. 이곳은 네댓 개의 크고 작은 바위섬으로 되어 있었다. 이곳 해금강 곧, 해만물상은 금강산 만물상을 축소해 놓은 곳으로, 금강의 모든 형상을 모아서 압축시켜 놓은 것이 분명했다.

작은 호수 같은 바다 수면위로 유리알 물결이 숨 가쁘게 일렁거리고 있었다. 금결, 은결이 섞바꾸어 가며 살랑거리고 심연에 비치는 영롱한 그림자가 물색없이 곱기만 했다. 비록 규모는 작지만 높은 봉우리와 깎아지를 듯한 작은 연봉들이 새벽 집선연봉처럼 섬뜩하게 날이 서 있었다. 아기자기한 벼랑 끝에는 살을 베일 듯한 날선 바위 주름들이 억지처럼 꾸며놓은 극치의 절승을 천연덕스럽게 만들어놓았다. 최가극(最可極)의 자연스러움이 너무나 인공적인 모습으로 보이는 모순이 이 곳 해금강에서 펼쳐지고 있는 것이다.

지금 이곳 해금강은 파도의 흰 거품을 밤새 뒤집어써서인지 윤활유를 바른 것처럼 번쩍이고 있었다. 화려하게 치장한 신부의 얼굴이었다. 화장을 금방 마치고 나선 신부의 몸매처럼 고왔다. 백옥의 흰 속살을 드러내 놓은 아랫도리는 늘씬한 여인의 몸매였다. 조금도 당황하지 않는 등황빛 호박구슬 번쩍이는 얼굴엔 해맑은 웃음이 잠시라도 떠나지 않았다. 금세 연지를 바른 새 각시의 앵둣빛 입술이 드러났다. 네일 아트를 마친 손가락 엔 루비의 현란한 반사의 빛깔이 모두 모아져 우리네 깊은 가슴속을 사정 없이 휘저어 놓고 있었다. 끝없이 빙글빙글 도는 무희의 흰 속치마 휘말리 는 레이스 주름처럼 눈이 부셨다. 똑바로 볼 수가 없었다. 감히 눈을 뜰 수 조차 없으니, 지그시 눈감을 밖에. 순수의 마음으로 그 번쩍이는 낯빛을 만져보고 깊고 오묘한 심미안으로 속 깊은 빛의 잔치를 느껴보기로 다짐 하였다. 이런 호사가 세상 어디에 또 있을까?

해만물상 주위의 풍광을 보면 규모는 비록 작지만 산의 형태를 갖췄고 오르내리는 것이 아기자기했다. 그 현란한 빛의 조화가 보는 이로 하여금 숨을 멎게 만들었다. 다이아몬드의 귀하고 영롱한 빛이 되어 마음을 가누 지 못하게 만들었다. 일렁거리는 물빛은 찬란한 물보라를 일으키며 쏟아 져 내리고 있었다. 온갖 색으로 곱게 물들인 옥구슬을 방바닥에 던져 풀어 놓은 것처럼 이리저리 불규칙하게 분광현상을 일으키고 있었다.

해안선을 서른 걸음 쯤 띄워놓고 맑은 물 한 가운데 다시 솟아난 바위 무리가 드러났다. 해만물상 뒤에 숨어 있었나 보다. 온 세상을 휘저어 놓 고, 율동으로 춤사위를 드러내 놓고, 모든 물상들을 유혹하고 있었다. 이 건 영롱하고 푸른 구슬을 오색실에 꿰어 놓은 구슬 묶음이었다. 부서지는 파도가 풍치의 거룩함을 한층 더 도드라지게 하였다. 무엇이 부족한 것일 까? 아니면 무엇이 맘에 들지 않아서일까? 그 알 수 없는 속사정을 굳이 알고 싶지 않았다. 사실 알 수도 없었다. 맑고 투명한 남(藍)보석 같은, 아

봄날, 금강산에 살으리 **161**

침 이슬보다 더 반짝이는 순수한 에메랄드빛처럼, 맑고 신비한 빛깔로 번쩍거리는 벽옥과 같은 아름다움이었다. 이것을 최가경(最佳景) 아름다움의 극치, 천하 절승, 그 자체가 아니고 무엇이라 말할 수 있으리까?

그러나 해안선 절벽 쪽은 북측이 해안 경비를 위해 설치해 놓은 대포와 그물 위장물이 쳐있어서 특별히 사진 촬영이 금지되어 있었다. 따라서 볼수는 있으나 촬영은 절대 할 수 없는, 가장 위험하다고 여기는 금지구역이었다. 나는 북측 감시원의 감시가 허술한 틈을 타서 살짝 살짝 사진을 찍었다. 숨어서 사진 촬영하다 꾸중들은 일행이 많았기 때문에 나는 그 틈새를 이용하여 가능한 많이 찍어 두었다.

이곳의 해안선은 커다랗게 둘러친 동양화 병풍이었다. 야트막한 산마루 위엔 마치 분재하여 키워 놓은 신선 같은 소나무 숲의 자태가 아름다웠다. 쉬지 않고 불어 잦히는 바다 바람과 끊임없이 철썩이는 파도에 지쳐서 일까? 그다지 커보이지도 않았지만 그 분위기에 잘 어울리는 안성맞춤의 짝꿍이었다. 해안선 아래엔 벼랑의 그늘 위로 검푸른 파도가 부서지고, 하얀 이빨을 드러내고 으르렁거리는 맹수가 되어 험상궂게 울부짖고 있었다. 절벽의 어두운 그림자로 인하여 바닷물은 검푸르게 보였다. 그 위에 자리한 형용을 찾을 수 없는 파이고 돋아난 암벽의 자태는 웅숭(雄崇)한 만물상을 축소시켜 놓은 천변만화의 얼굴이었다.

하늘은 빠끔히 그 얼굴을 드러내고, 벼랑과 파도 그리고 해풍이 엮어내는 아름다운 자연의 가락을 지휘하며 듬직하게 버티고 있었다. 절벽은 그냥 밋밋한 절벽이 아니었다. 그 속을 자세히 들여다보면 사람의 힘이 전혀 미치지 않는 괴상한 모습으로 튀어나온 바위들, 동물의 모습 같기도 하고 추상화가의 재치 있는 비구상 화폭 같기도 했다. 울룩불룩한 것이 마치 열대 과일 파파야 같이 주름져 있었다. 또 어떤 곳은 복숭아의 환한 얼굴로 볼그족족하여 금방 분을 바르고 얼굴을 드러낸 수줍음 띤 산골로 시집온 새색시의 볼 같이 빛났다. 굴처럼 움푹 파인 곳에는 바다가 큰 파도를 만들어 소용돌이와 함께 따라 들어갔다 이내 막혀 토해내고, 흰 거품을 사방으로 흩뿌리고 있었다. 암벽과 파도는 서로 시누이와 올케 사이가 되었다. 좋은 듯 싫은 듯, 오거니 가거니, 끌어당기거니 밀거니, 삼키고 뱉어내고를 번갈아하며 그들만의 입 시름을 계속하고 있었다.

알맞게 불어주는 해풍과 파도 그리고 부서지는 물거품이 우리들 앞에 광활하게 펼쳐져 있었다. 물보라는 해금강 해안선에 그려진 병풍에 화룡점정의 회화기법을 손수 옮기고 있었다. 바닷물이 드나드는 해안선은 크고 작은 돌들로 가득 흩뿌려져 있었다. 어떤 것은 행랑채만 하여 오래된 품만으로도 터줏대감이 되어 있었다. 알맞게 다듬어진 주먹 만 한 조약돌들, 큰 돌과 작은 돌 틈을 쐐기가 되어 다정하게 묶어 주었다. 꽤 큰 파도가 덮치면 이내 잠기면서 물보라를 일으키고 곧 바로 얼굴을 드러내는 해금강의 물상 가운데 가장 힘겨워 보였다. 언제나 해수에 잠겨 있는 키 작은 돌들은 항상 물속에 파묻혀서 해금강의 밑을 떠받치고 있는 진정한 주인들이었다.

흔들리는 물결은 갖은 환상적인 분위기를 빚어내고, 일렁이는 해만물상 물그림자는 반짝이는 물비늘이 되어 화사함을 더욱 고조시키고 있었다. 밑바닥까지 통째로 비치는 수정 같은 물빛이 울렁거리는, 이 처절하게 곱고 맑은 환영 앞에 내 모습은 초라하기만 하였다. 그렇지만 나는 어느새 그 밝은 해금강의 물빛 속으로 빠져들어 서로 한 통속이 되어 버렸다. 내 얼굴이 물속에 서 어른거렸다. 거꾸로 서서 잠긴 채 나를 바라보고 있었다. 내 마음이 이보다 더 맑을 수는 없었다. 내 마음은 물그림자 속에, 물그림자는 내 가슴속에 들어와 둘이 아닌 하나로 포개져 있었다. 물심일여(物心一如)의 경지요, 물아일체(物我一體)의 현실이요, 주객일체(主客一體)의 광경이었다. 이건 나의 첫 경험이었다. 그리고 신비한 체험이었다.

해안선 절벽을 바라보다 바다 저쪽을 바라보니 해안선보다 더 아름답고 신기한 웅장한 암벽 섬이 자리하고 있었다. 그들은 섬 가족이 되어 군데군

해금강 해 만물상 전경

데 이어져 무리를 이루고 있었다. 돌다리도 아니고 둑도 아닌 대충 돌로 쌓아 만든 길을 따라 바다 가운데 솟아있는 암벽 섬으로 들어갔다. 암벽 섬으로 들어가는 길의 폭은 약 10미터 정도의 좁은 길이었지만 굵은 자갈로 채워서 튼실하였다. 길 양 쪽으로는 썰물이 되어 일시적인 물웅덩이가 생겨나 호수길 산책로처럼 여유롭고 편안하게 느껴졌다. 돌아오는 길이는 약 30미터 쯤 되는데, 굽이굽이 돌고 돌아 좁디좁은 암벽 길을 이리 피하고 저리 피하면서 아슬아슬한 날선 돌길을 걸어 들어가야 했다. 높지는 않지만 거칠고 예리한 날선 바위벽에 손을 대고서 비비면서 몸의 균형을 잡아야만 했다. 등산화이지만 발바닥에서는 울퉁불퉁한 요철을 느끼면서 지압하는 느낌마저 들었다. 어떤 곳은 암벽을 두 손으로 끌어안고 겨우 피신하며 지나치는 곳도 있었다. 어색하고 어울리지 않는 몸짓을 계속하며 위태롭게 움직여야만 했다. 이건 여간 힘든 일이 아닐 수 없었다. 오르고, 내려오고, 비끼고, 부비면서 제일 높은 봉우리 암벽을 돌아들었다. 망망대해의 동해 끝 수평선과 파도만이 분주한 해금강 전경이 한눈에 들어왔다.

안내원의 인도 따라 돌아오긴 했지만 해만물상 한 바퀴 돌아오는 코스로 어떻게 개발을 했는지 모르겠다. 해안선과의 일관성 없는 구조물들은 모두 제각각이었다. 전혀 어울리지도 않을 뿐만 아니라, 임시로 만든 급조의 흔적마저 보였다. 난간과 통로를 해금강의 금빛 암벽 섬과 어울릴 수 있는 보다 멋지고 예스러운 방법을 사용하여 전통과 현재가 공존하게 만들 수는 없었을까? 그리고 미래의 후손들까지도 이 구조물을 보고 그 조화로움에 감탄할 수 있는 조형성이 뛰어난 작품이 되게 할 수는 없었을까? 아내는 내내 아쉬운 마음을 토로하였다. 생각을 조금만 바꾸었더라도 여러 사람들의 좋은 아이디어를 모으기만 했더라도, 이런 방법을 사용하여 연결 구조물을 만들지는 않았을 것이다. 임시방편으로 사용하려는 미봉책이요, 인순고식의 처사라는 생각이 들었다. 이제 시간을 두고 조금 더 생각하고, 고려하여 해금강 모든 명소와 구조물들이 조화롭게 세워져야 할 것이다. 오늘보다 더 낭만적이며 환상적인, 그러면서도 서로 잘 어울리는 경광이 연출되기를 바랄 뿐이다. 진정 안타깝고 아쉽다는 생각이 들었다.

길을 건너자마자 우리는 왼쪽 암벽 섬으로 들어갔다. 이 바위섬은 물에 잠긴 큰 집채만 했다. 해금강 안에서 가장 큰 바위섬이었다. 한쪽으로 빗금 치듯 갈라진 틈 사이로 온갖 바닷물고기들이 드나들었다. 조그마한 것은 너무 작아 앙증맞게 보였다. 새까만 몸에 여러 다리를 쉴 틈 없이 비벼대는 거미 같은 벌레도 많았다. 망둥이도 있었다. 작은 물고기들은 이리 왔다 저리 갔다 하며 매우 분주하게 제 갈 길을 가고 있었다.

유리알 같이 맑은 물속에 몸의 일부를 첨벙 담가두고 서 있는 암벽 섬의 그림자는 흔들리는 물결을 따라 요란하게 일렁거렸다. 채하봉과 관음봉을 축소시켜 옮겨 놓은 듯하고, 길고 거친 집선봉 능선의 일부를 떼 내어 이곳 해금강에 붙여놓은 듯했다. 진정 황홀할 정도로 화사한 빛을 토해내고 있었다. 바위 길을 따라 신발을 조금 적시면서 암벽 섬 주위를 돌아보았다. 그 암벽 섬의 기하학적 갈라짐이 너무나 경이로웠다. 너무나 불규칙하며 온 몸통이 금빛이지만 거대한 금덩어리를 뒤죽박죽 깎아놓은 듯이 현란했다. 이것은 요철이 심한 백제의 초대형 금동향로였다. 백제 금동향로가 인공의 극치라고 말할 수 있다면, 이 곳 해만물상은 하늘이 빚은 천연의 신품 금빛 향로이라고 말할 수 있을 것이다. 이것이야말로 불가사의가 아니고 무엇일까?

갈라진 바위 주름이 너무나 기이하고 천차만별이어서 말로 다 담아낼 수 없었다. 동양화에서는 바위를 그리는 기법을 '준법(峻法)'이라고 말한다. 그 바위를 그리는 모든 준법이 다 드러난, 이 세상의 그 어떤 것 보다 더 화려하고, 곱고, 완벽한 이곳 해금강의 암벽 섬들이었다. 그토록 내 마음을 앗아가리만치 아름답고 휘황한 절경이여! 영원히 변치 않는 찬란한 빛을 발휘하고 있는 최고의 절승이여! 아! 비명과 같은 탄식이 끊임없이 반복되어 나왔다. 나의 머리는 어지럽고 혼란스러워 흔들거리고 있었다.

아름다운 해금강 바닷가

이런 놀라운 상황 앞에서 날러는 어쩌란 말인가? 휘둥그레진 눈동자를 추
스르고 그냥 내려 갈 수밖에 없었다.

　황금의 빛깔로 치장한 이 아름다운 크고 작은 바위들은 어디서 이곳으
로 왔을까? 누구의 손을 빌어 옮겨 왔을까? 과연 옮길 수는 있는 걸까? 이
푸르고 맑은 바다 속 제 자리에 가장 알맞은 모습으로 제 낮을 뽐내고 있

었다. 규모에서만 작을 뿐 어느 것 하나 모자람 없는 자랑스러운 소금강, 소만물상의 진면목이었다.

금강산과 해금강을 남자와 여자로 빗대어 말하라면 이렇게 말할 수 있을 것 같다. 남자는 '금강산 모든 경관 중에 가장 늘씬하고 진귀한 멋쟁이 신사의 정장 차림새다' 라고. 그리고 여자는 '해금강 곧, 예쁘고 날씬한 신부가 눈부신 실비단 치마를 살짝 걷어 올려 숨겨온 몸의 속살 한 부분 드러낸 요염한 신비경이다' 라고. 순식간에 신부의 사뿐거리며 걷는 아름다운 자태가 떠올랐다. 해금강은 너무 황홀할 뿐만 아니라 살아서 숨 쉬는 숨겨진 미모의 경국지색이었다. 이토록 눈부신 신부의 화려한 꾸밈이 해금강이었다. 굽이굽이 신묘한 형체가 불쑥불쑥 때도 없이 나타났다간 사라졌다.

높다란 암벽 섬 사이에는 조그만 길이 터져 있었다. 구불구불 구절양장의 위험천만한 좁다란 바윗길이었다. 오르락내리락 하면서 비집고 들어가는 비경 앞에서 어찌 감정의 절제를 요구할 수가 있겠는가? 나는 주체할 수 없이 마구 흥분되어 이제는 탄식할 힘마저 잃어버리고 말았다.

되새김질하는 황소 모습의 암벽 섬을 살짝 돌아드니 여러 길 높이의 또 다른 암벽 섬이 우리 앞을 가로 막았다. 암벽 섬 위 덧댄 코끼리만한 또 하나의 암벽 섬이었다. 이 바위벽은 올라갈 수가 없었다. 가장자리에 철제 난간을 인공으로 만들어 중턱까지만 돌아서 올라갈 수가 있었다. 소라 속같이 돌아서 오르노라면 수평선까지 탁 트인 해금강 최고의 전망대가 나왔다. 왼쪽은 상상을 초월한 빛깔의 암벽 낭떠러지가 있고, 그 밑에는 거울에 반사되어 찬란하게 일렁거리는 물빛이 있었다. 티 없이 맑은 바닷물의 잘랑거림이 일품이었다. 물새들이 한가로이 떼 지어 날아다니는 구름이 걸린 수평선, 여기저기 꼭 알맞은 위치에 세워놓은 해금강 앞바다의 조그만 바위섬들, 그 사이를 힘들이지 않고 찰싹이며 밀려왔다 밀려가는 간지러움 타는 잔파도. 그리고 조그만 바위섬에 부딪혀 폭포수처럼 산산이 부서지는 흰 물보라, 해금강은 어느 것 하나 남부러워할 것 없는, 모든 것을 다 갖춘 절세가인이었다.

이 곳 바위섬들은 외롭지 않았다. 언제나 갈매기가 벗되어 함께 놀아주고, 파도는 이웃이 되어 늘 얼굴을 매만져주며 쓸기 때문에 즐겁기만 했다. 이따금 상큼한 바람이 불어 와 얼굴을 식혀주고, 아침노을과 저녁노을이 번갈아 와서 화사하게 그리고 반들반들하게 치장하여 주었다. 그리고 나면 해금강의 크고 작은 모든 바위들은 최고의 기분으로 업그레이드되고 빛나는 보석이 되어 우뚝 설 수 있었다. 그리고 온 세상 어떤 것보다 찬연한 빛을 발하고 있었다.

바위섬 위에 새들이 아무 생각 없이 앉아 있었다. 아예 바위의 한 부분이 되어 있었다. 제 스스로 바위인 척 거드름을 피우는 듯했다. 그러다가 그들은 해금강 바다가 어둑해지면 제 둥지로 깃들기 위해 홀로 하늘을 가로질러 떠나갔다. 지금은 아침이어서 인기척도 없지만 누가 건드리기라도 하면 바위 톱을 그대로 남겨두고 횅하니 어디론가 쏜살같이 날아가 버렸다.

여기서는 날아가는 새들을 비롯하여 사람도, 바위도, 나무도, 파도도, 물결도, 햇볕도 모두 자연의 한 구성원이 되어 제 자리를 잡고 있었다.

나는 모험하기로 마음먹었다. 우리들이 아까 지나왔던 전망대를 지나서 제일 큰 암벽 섬을 뒤로 돌아 올라가 보기로 하였다. 낌새를 눈치 챈 아내가 어린 아이 보채듯 말린다. '당신 위험해', '뭐하는 거야', '조심해야 돼', '경비원들이 금세 덮치겠어.' 등 할 수 있는 모든 말을 총동원하여 나를 협박하듯 말렸다. 나는 아랑곳하지 않았다. 히말라야의 거봉들을 올라가는 등산가들처럼 한발 한발 움직여 올라갔다. 발 디딜 틈조차 없는 위험천만한 날선 바위 끝을 붙들고 천천히 기어올랐다. 아슬아슬한 암벽 오름이었다. 약포를 비틀어 보약을 짜내듯 이마에선 진땀이 솟아 흘렀다.

위를 바라보면 깎아지른 벼랑이 금방이라도 쏟아져 내릴 듯 나를 위에서 짓누르고 있었다. 눈앞에는 시퍼렇게 날선 톱날 바위가 내 앞길을 떡막고 서있고, 열길 낭떠러지 아래에는 수정 빛보다 더 맑은 바닷물이 투명한 얼굴을 이리저리 흔들며 일렁이고 있었다. 나는 한편으로 무섭기도 하고 재미있기도 하여 씩씩거리며 돌아서 기어 올라갔다.

이제 더 이상 오를 수 없었다. 발 디딜 틈조차 없었다. 나는 갈 길이 막힌 것을 알고, 심호흡을 여러 번 한 뒤에 해금강 전체를 둘러보았다. 과연 절승이었다. 이런 승경이 어디에 또 있겠는가? 흠잡을 곳이 전혀 없는 완벽한 장관이었다. 이렇게 아름다웠기 때문에 옛날부터 선인들은 해금강을 그림으로, 글로, 시로, 대화로, 가락으로 표현하였던 것이다. 더욱 중요한 것은 그 속에 서있는 나. 그것도 보통 사람들이 못 오르는 —몰라서 못 오른 것이지만— 암벽 위에 서서 해금강 전체를 바라보는 나는 진정 해금강의 진면목을 송두리째 삼키려는 맹수의 부릅뜬 눈, 바로 그 눈빛이었다. 지금 이 순간 나는 꿈결 같은 환영에 빠져들고 있었다. 마취된 듯 온몸이 저려왔다. 한참 이렇게 환상에 빠져 있을 때 아내의 숨넘어가는 외마디 소리가 들려왔다.

"여보 다 떠나고 우리만 남았어. 빨리 내려 와. 경비원이 따라온단 말이야!"

나는 암벽 바위섬 꼭대기까지 오를 수 없었다. 아내의 경고음도 떠올랐고 위험하다는 생각이 들어 내려가기로 마음먹었다. '이럴수록 조심해야지'라는 말을 계속 되뇌면서 위험천만의 돌길을 천신만고의 어려움 속에서 간신히 내려올 수 있었다. 내려오는 것이 오르는 것보다 훨씬 힘들었다. 땀으로 온몸이 젖어 있었다. 중간에 포기하고 말았지만 그래도 기분은 좋았다.

우리는 서둘러서 오던 길을 되돌아갔다. 사진도 많이 찍었고 볼 것도 다 보았다. 하지만 어딘가 허전했다. 왜일까? 이러한 절승에서 웬 탄식일까? 나는 한참 생각한 뒤에 그 까닭을 알게 되었다. 그것은 내가 그렇게 보고 싶었던 해금강 가운데 가장 아름답다고 알려진 《총석정(叢石亭)》에 갈 수 없기 때문이었다. 해금강이 이렇게 아름답다면 통천의 《총석정》쪽에 있는 해상 절경은 얼마나 나의 마음을 춤추게 할까? 《총석정》의 부재는 완벽한 금강산의 완상을 가로막는 최대의 걸림돌이었다. 가이드는 몇 년 뒤에 《총석정》은 개방될 것이라고 말했다. 그때까지 기다릴 밖에 그 어떤 방법이 또 있겠는가?

금강산 관광 코스 개방의 순서는 이렇다. 첫째 〈구룡연 코스〉, 〈만물상 코스〉, 〈삼일포 코스〉, 〈해금강 코스〉, 〈내금강 코스〉, 〈비로봉 코스〉 순으로 개방되어 왔다. 앞으로 〈총석정 코스〉만 개방하면 모든 금강산 관광은 마무리가 되는 것이라고 가이드가 열변을 토했다. 현대 아산 측에서 사업을 위하여 조금씩 조금씩 개방을 늦추고 있다는 말도 덧 붙여 말해 주었다.

민족이 갈리어서 살아온 지 육십 년, 어렵고 서러운 세월이었다. 하나가 둘이 되어 반목하고 질시로 일관했던 세월이었다. 지금까지 나뉜 것도 서러운데 또 다시 개발이니 사업이니 하면서 통일의 기회를 늦춘다면 이 얼마나 슬픈 일일까? 분단의 비극을 이용하는 상술이 안타깝고 얄밉게 느껴졌다. 여하튼 오래 가지 않아 우리 민족이 하나로 뭉쳐야 할 텐데…

나와 아내는 서둘러서 앞선 일행을 따라잡았다. 아쉬운 해금강의 절경을 한 번이라도 더 눈에 담아 보려는 생각에 보고 또 보았다. 눈이 시리도록 보았다. 물리거나 싫지가 않았다. 내려왔던 길을 다시 올라서 주차장에 와보니 금강산 절경의 사진을 파는 사람들이 많이 모여 있었다. 어제 금강산 온천에서 보았던 그 사진들이었다. 실물 같은 사진들이었다.

이제는 북측 사람들도 상업을 어느 정도는 잘하고 있었다. 봉다리 커피도 일 달러에 팔고 땅콩 호박엿도 십 달러에 팔고 있었다. 각종 음식도, 그러니까 옥수수 막걸리, 조깝대기술, 감자전 등도 소규모이지만 다 팔고 있었다. 그들은 돈 맛을 느끼고 있었다. 자유의 물결이 서서히 닫혀 있는 북녘 땅을 물들이고 있었다. 자유와 자본에 대한 의식이 자연스럽게 젖게 되면 남과 북은 하나가 될 것이요, 그 결과 언젠가는 통일이 이뤄지리라. 지금 우리들이 하고 있는 이 행동으로 말미암아 북측 사람들의 허전한 마음과 남측 사람들의 넘치는 마음이 하나가 되는 단초가 되리라는 것을 단단히 믿고 싶었다.

순수한 생각으로 서로를 대하고 지금처럼 관계가 발전하다보면 마음이 합쳐질 날이 올 것이다. 그날을 기다리자. 우리 민족 공통으로 해야 할 일이 많이 있을 것이다. 그렇지만 그 가운데서 가장 우선해야 할 일은 남북통일인 것이다. 둘째도, 셋째도 남과 북의 평화 통일일 것이다. 그것을 위해 우리는 온 정성을 다 바쳐야 할 것이다. 우리 일행은 다음 코스인 삼일포로 발길을 옮겼다. 해금강에서 삼일포까지는 버스로 약 이십 분 정도가 걸렸다. 오던 길이 떠올랐다. 남측 사람들이 지나칠 때 숨는 북측 사람들의 행태도 웃기는 일이었고, 그것을 조장하는 그들의 지도력이라는 것이 너무 한심스러웠다. 서로가 맘 다해 노력할 때 통일의 기쁜 날은 속히 올 것이다.

삼일포(三日浦)

　해금강에서 삼일포로 넘어오는 길은 우리네 시골 동네 풍경 그대로였다. 야트막한 산 능선이며, 허리가 구부러진 키 작은 소나무 숲과, 맹감나무, 참나무, 산밤나무로 어우러진 뭉클뭉클한 푸른 무더기들이 남녘의 야산과 너무나 닮아 있었다.

　웃자라고 있는 갈대숲과 억새 풀숲은 교만하게 보일만큼 꼿꼿했다. 그리고 그 밑에서 수줍은 듯 바라보기만 하는 초록 풀, 쑥부쟁이, 질경이, 민들레, 삘기, 독세기 등이 빼곡히 길섶을 메우고 있었다. 참으로 우리네 고향 모습 그대로였다. 하기야 우리 한겨레는 하나의 땅 한반도에서 같은 조상을 모시고 수 만 년 동안 어깨를 맞대고, 겨루고, 비벼대며 같은 한숨을 쉬며 살아왔다. 식물들도 마찬가지였다. 남과 북이 가릴 것이 없었다. 죄다 한 논밭, 같은 산야에서 자라서 그런지 한 어머니를 빼쏜 것이 분명했다. 빼다 박은 것처럼 닮은 우리들이기에 얼굴, 몸, 마음, 생각이 모두 하나로 드러나는 것이리라. 이처럼 당연한 일이 어디에 또 있을까?

　구불구불한 오솔길을 따라 가노라니 시야가 탁 트이면서 펑퍼짐한 들판 길이 나타났다. 우리를 실은 버스는 밋밋한 야산의 오솔길로 접어들었다. 이제 막 물댄 논들은 네모난 거울 조각으로 마름질하여 제각각 제 폼을 잡고 빤질거렸다. 그 사이사이 새싹을 틔운 검은 빛 밭뙈기들이 너른 들녘을 검푸르게 색칠하고 있었다. 들판은 논보다 밭이 더 많았다. 논과 밭도 그

다지 옥토라고 보기 어려운 퍼석퍼석한 산골 논이어서 기름지다는 느낌은 들지 않았다.

떠나올 때 가져온 화보를 떠올렸다. 즐번한 들논 너머로 산마루가 크로 즈업 되어 눈에 들어왔다. 흰 빛을 띤 크고 작은 바위들이 여기저기 박혀 있어 산허리가 온통 흰 모시 깁으로 가득 넘쳐 빛났다. 좁다란 구름 띠가 산허리를 휘둘러 감싸고, 처지듯 치렁치렁하게 걸리어 있었다. 둑처럼 곧게 뻗은 긴 언덕이 멀리서 들과 논을 가로 질러 막고 있었다. 그 왼편으로 흰 이빨 드러낸 삼 층 정도의 건물이 난장이처럼 외로이 서있었다. 북측 김일성 주석의 아내였던 김정숙 여사의 배려로 세워진 건물이었다. '단풍관' 이었다. 정자 이름이 재미있다. 그 때부터 삼일포가 재정비가 되었으며, 말끔하게 이발하고 포마드 듬뿍 바른 백구두 신사처럼, 연지곤지 화사하게 바르고 곱게 단장한 새악씨 볼그레한 볼처럼 변했다고 한다.

나는 버스 속에서 삼일포가 있다는 쪽을 바라보며 상념에 잠겼다. 삼일포 어디에 그토록 아름답고 빼어난 천하 절승이 있는 것일까? 관동팔경 중에서 통천의 총석정과 흡곡의 시중대에 이어 세 번째로 북쪽에 있는 삼일포, 그 아름다움이 '천하제일경'이라 했는데 절경은커녕 시골 낚시터 정도를 과장하여 이르는 것은 아닐까? 아니면 사상적, 정치적인 사건들에 휘말려 상징적인 의미로 이용하려는 것은 아닐까? 이런저런 쓸데없는 걱정을 하면서 나는 버스에서 천천히 내려왔다.

주차장 주위의 밭에는 가늘고 꼿꼿한 청죽들이 시원스럽게 자라고 있었다. 그다지 크지는 않았지만 강릉 오죽헌과 선교장에서 보았던 그 대나무보다 조금은 커 보였다. 잘 가꾸었더라면 크게 자랐을 법한 자잘한 대나무들이 빽빽하게 군락을 이루고 있었다. 누가 관리하는 것도 아니고 그렇다고 저절로 자생하는 것도 아니었다. 따뜻한 오월의 햇살을 양지 녘에서 받아서인지 발레리나의 가는 허리 놀림처럼 간들거려 보였다. 가냘프고 여린 듯 보였지만 댓잎 부딪기는 소리는 힘차게 들렸다. 그것은 마치 박수소

이른 봄 삼일포

리가 되어 우리를 환영하는 인파들의 함성으로 들렸다. 나는 궁금했다. 이
제까지 나는 대나무의 자생 상한선이 차령산맥 이하라고 알고 있었다. 오
죽이라고 해봤자 난류의 영향으로 강릉의 일부 해안선 정도이며 특별히

설악산 주위에 잎사귀만 있는 땅딸이 조릿대가 자생한다는 정도의 지식밖
에 없었다. 왜 이렇게 대나무의 분포곡선이 한참 북쪽으로 올려서 그어져
있을까? 나는 바로 곁에 있는 북측 안내원 동무에게 물어보았다.

"이 대나무는 어떤 목적으로 기르는 것입니까? 아니면 자생하는 것입니까? 아니면 보기 좋게 하려고 분재하듯 심어놓은 것입니까?"

나는 당돌하게 물었다. 예전에는 이렇게 물어볼 수도 없었다. 만약 물어보았다고 하면 그것으로 인하여 시비가 벌어지고, 몇 백 명 전원이 문제가 완전히 해결될 때까지 다음 목적지로 이동하지도 못하고 도로에 그대로 방치해 두었다고 한다. 다른 사람들은 얼마나 지루했을까? 영문도 모른 채 길바닥에 서서 몇 시간씩 기다린다니 생각만 해도 끔찍하다는 생각이 들었다.

물론 규정을 위반하여 사건을 일으킨 자가 잘못한 것은 분명하리라. 그로인해 그들은 끌려가서 사과는 물론이고 반성문을 여러 장 써서 잘못을 뉘우치게 했다고 한다. 그리고 본인과, 단장과, 가이드까지 불러들여 고통을 주었고 온갖 불평을 털어놓는 경우가 많았다고 한다. 이것이 남북의 이념이 빚은 우리민족의 비극이요, 한이요, 억울함이 아니고 무엇이겠는가? 혹여 나 때문에 여기서 여행 일정이 망치게 되는 것은 아닌가 하는 불안한 마음이 나의 머리를 스치고 지나갔다. '아차' 하는 생각이 들었다. 그러나 뜻밖이었다. 그것은 기우였다. 어떻게 이렇게 변할 수 있을까?

"동무의 질문은 참 엉뚱하였수다래."

"무슨 말씀입니까?

북측 안내원 동무는 아주 자상하게 씽긋씽긋 웃으면서 설명을 늘어놓았다. 그가 말한 내용을 살펴보면 웃음이 나올 정도로 재미있었다.

"그에 대해서 상세하게 답변해 드리겠수다. 김일성 주석님께서 중국에 가서 마오쩌뚱 동무와 회담하고 오실 때, 많은 일을 하였수다. 그 중에 하나는 중국산 대나무를 몇 그루 가져왔다는 것이우다. 일부는 평양에 심었고, 또 다른 일부는 삼일포에 심었삽네. 그래 평양에 심은 대나무는 추위를 견디지 못하고 다 얼어 죽었고, 삼일포에 심은 대나무만 살아 나게 되었수다래. 왜 삼일포에 심은 것만 죽지 않았을까요? 그거이 이유가 있수다래. 왜냐면 주석님께서 대나무를 심어놓고 '이 대나무들은 잘 자랄 것입니다'라고 말했다는 것 때문이야요. 그 말 때문에 삼일포 대나무들은 잘 자라게 되었고, 군락을 이루게 되었으며, 그 결과 이 대나무들을 이용해 가지고 살라무네, 이쑤시개를 만들고 있수다래. 오늘날 북측에서 사용하고 있는 모든 대나무 이쑤시개는 여기, 곧 삼일포에서 자라는 대 나무들을 사용하고 있수다. 이게야말로 수령 동지의 초월적 능력이 아니고 무엇이가쌉네까?'

경비원의 말은 청산유수였다. 나는 깜짝 놀랐다. 대나무가 자랄 수 있는 환경이니까 자랄 수 있었던 것이지 주석의 초자연적인 능력으로 자라게 된 것은 아닐 것이다. 다만 이곳에서 잘 자랄 수 있는 자연적 여건인지를 안 것만은 대단한 판단이리라. 나는 북측의 이러한 영웅 만들기와 신격화에 대해서는 인정하고 싶지 않았지만 그렇다고 바람직하지 않다고 생각하지도 않았다. 왜냐하면 이러한 신격화는 결국 그들만의 믿음이기 때문이었다. 나는 그 경비원 동무의 답변에 기를 살려주었다. 이 친구는 더욱 열을 내어 수령 동지의 업적에 대하여 이야기보따리를 끌러 놓고 시끄러울 정도로 떠들 듯 이어갔다. 신기한 여러 가지 기적 같은 일들이 신통력 있는 수령의 능력이라고 자랑스럽게 침을 튀기면서 요란스럽게 설명해 주었다. 쇠귀에 경 읽는 듯하는 그들이 우습게 느껴졌다. 그들은 우리들의 생각을 전혀 괘념하지 않았다.

사건의 발생

해금강과 삼일포 관광을 선택한 우리 일행은 모두 합쳐 이백 명이 채 안 되었다. 삼삼오오 짝을 이루어 멀쑥한 소나무 숲길을 따라 올랐다. 길은 옛날 도로포장 기법이어서 거칠게 다듬어진 아스팔트 신작로였다. 길섶을 다듬을 여력이 없었는지 지그재그로 마무리 되어 들쑥날쑥 거칠어 보였다. 열악한 북측의 도로사정을 인정하더라도 매끄러운 우리네 도로 사정과는 큰 차이가 났다. 서둘러 마무리한 것이 분명했다. 꼭 필요한 곳에만 우선적으로 집중해서 공사한다는 북측 현실을 바로 알 수 있었다.

어제부터 오늘 새벽까지 봄비가 제법 많이 내렸다. 그것 때문에 신작로는 물론 길섶도, 산 밑도, 숲길도, 산꼭대기도 온통으로 녹녹하여 내 몸도 축축 늘어지고 있었다. 물을 가득 머금고 있는 산천은 흠뻑 젖은 물수건처럼 조금만 짜도 물이 주르르 흘러내릴 것만 같았다. 이른 봄에 내리는 비치곤 너무 많이 내렸다고 생각들을 했지만 모처럼 금강의 주변 산천을 흠뻑 적셔서 나는 좋았다.

산 밑에는 배추와 무를 심어 놓은 밭뙈기들이 방치된 채 여기저기 널려 있었다. 겨우내 밭을 돌볼 틈이 없었나 보다. 사람들이 사는지 모를 인기척 없는 무표정한 산골집들이 몇 채씩 옹기종기 모여 도란거리고 있었다. 많지는 않으나 이렇게 촉촉하고 건 토양의 채소밭을 누군가가 관리한 흔적은 뚜렷이 보였다. 누군가 채소를 심었으니 자라는 것이 아닐까?

신발이 아스팔트길을 스치는 마찰음 소리가 고요한 오솔길을 가득 채우고 있었다. 간간이 들리는 행군 대열 속에서의 차분한 대화 내용이 숲길 음향의 전부였다. 그 때였다. 갑자기 호루라기 소리가 요란하게 들려왔다. 모두의 귀를 찢는 굉음이었다.

　"선두 멈춰요! 멈춰! 멈추라니까요"

　우리 가이드의 숨이 넘어가는 외마디 소리가 산자락을 울렸다. 그리고 메아리와 함께 온 산을 요란하게 뒤흔들었다. 우리들은 '드디어 올 것이 왔구나' 생각했다. 야릇한 표정을 지으며 산 아래를 조심스럽게 바라보았다. 길게 늘어선 우리 일행의 행군 모습은 옛날 상여 나갈 때의 만장(輓章) 물결처럼 구불구불 흔들리며 이어 오고 있었다. 영문도 모르고 멈춰선 일행들에게 가이드는 불평하면서 설명해 주었다. '어디서 왔는지는 모르는데 여섯 명의 중년 부인들이 북측 군인에게 사진 찍자고 권하였다고 합니다. 그들은 거절당하자 갑자기 북한 군인에게 달려들어 일방적으로, 그것도 순식간에 그 군인과 사진을 찍었답니다. 내가 그렇게 사진촬영 금지구역에서와 북측 군인들과는 절대로 사진을 찍지 말라고 했는데….' 가이드는 안타깝게 생각하면서 계속해서 불평 섞인 이야기를 이어갔다.

　옛날에도 오늘처럼 관광객 마음대로 사진을 촬영하여 물의를 일으키면 위반자는 물론 단장과 가이드까지 함께 끌려갔다고 한다. 그리고 그곳 살벌한 관리소에서 규칙 위반에 따르는 고액의 벌금을 내게 했고, 이어서 재발 방지 대책을 상세히 밝히고 다짐하게 했다고 한다. 그것도 모자라 한나절 동안 여러 장의 반성문을 쓰게 하고 갖은 꾸중과 질타의 험악한 말을 귀 따갑게 들어야만 했다고 한다. 더욱이 놀라운 것은 규칙을 어긴 사람들이 그렇게 한 나절 동안 반성문을 쓸 때 다른 몇 백 명의 관광객은 여행을 멈추고 그들이 올 때까지 그 자리에서 기다려야만 했다는 것이었다. 그러니 얼마나 기분 나쁘고 짜증나는 여행이었을까? 잘못이 있으면 그 사람들만 데려가서 교육시키면 될 일이다. 아무런 잘못도 없는 다른

초겨울 삼일포

일행들에게 까지 그토록 지루하기 이를 때 없는 일방적이면서 무례한 징계를 할 수 있단 말인가?

어찌 되었던지 일어나서는 안 될 일이 일어났다. 뚜렷한 해결책이 없는 상황은 우리 모두를 가슴 답답하게 하였다. 하염없이 기다려야만 하는 무

기력한 상황이 지속 되고 있었다. 나는 길가 풀 섶에 주저앉고 말았다. 그리고 솔숲을 멀리 바라보았다. 역겨운 기운으로 숨이 가빠왔다. 흐리멍덩한 머릿속에 이런저런 짧은 생각들이 꼬리에 꼬리를 물고 스쳐 지나갔다.

내가 금강산 여행을 다녀오기 전에 이미 수많은 사람들이 금강산 여행을 다녀왔었다. 그들은 알아들을 수 없는 수많은 금강산에 관한 이야기들을 일방적으로 이해시키려 수다스럽게 지껄이고 있었다. 그리고 수많은 금강산 명승 사진을 펼쳐 보이며 자랑과 설득을 지속하였다. 나는 금강산에 오기 전 이미 많은 정보를 통하여 익히 알고 있었다.

금강산 여행이 처음인 나는 비교적 늦게 찾은 셈이다. 나의 이번 나들이는 금강산 여행이 개방된 뒤 약 십 년쯤 지나서 이뤄졌다. 금강산 관광이 개방되기 전에 얼마나 가보고 싶었는지 모른다. 내 평생에 한번이라도 제대로 금강산을 구경할 수 있을까? 아마 한 번도 못보고 죽을지도 모를 일이라 생각했었다.

예로부터 이곳 금강산은 선인들이나 신선이 노니는 가장 아름다운 절승으로 여기지 않았던가? 절세의 화가나 문장가들이 아름다운 금강을 그림으로, 글로, 시로 그리고 노래로써 표현해 오지 않았던가? 그렇기 때문에 금강산은 민족의 성지요, 꿈이요, 얼이요, 몸이며, 동경하는 연인이었던 것이다. 어쩌다 사진을 통하여 그곳을 들여다보면 얼마나 아름다운지! 가슴이 벌렁벌렁 하여 가누기 어려울 정도로 흥분된 때도 있었다.

사진 속의 금강산을 본 사람은 이렇게 속으로 말할 것이다. 형체를 설명하기 힘든 그토록 다양한 기기묘묘한 기암괴석의 총집합이라고. 봄이 오면 풀과 나무는 금세 싹을 틔워 벼랑에, 골짜기에, 산등성이에, 산꼭대기에 끝없는 녹색의 헝겊을 하늘로부터 땅 아래까지 내려뜨려 펼치고 있다고. 진화가 덜된 상태로 변화를 거부하고 태초의 조형을 간직하고 있는 날선 봉우리들이 거룩하기만 했다고.

금방 미닫이 정지 문을 삐걱 열고 빠끔히 수줍음 띈 얼굴을 밖으로 내미는 새댁 같은 금강송 군락은 골자기 분위기에 딱 맞는 단짝의 어울림이었다. 굽이굽이 골마다 이 전설 저 설화로 도배질한 듯, 한 많은 사연을 담고 있는 계곡물의 재잘거림이 이곳저곳에서 시끄럽게 들려오고 있었다. 우리네 표정처럼 천차만별의 성품을 간직하고 있었다. 때로는 올 곧은 듯, 정겨운 듯, 푸근한 듯, 화사한 듯, 거룩한 듯, 시원하게 내리 꽂은 저 흰 광목 깁 같은 폭포들이 예사롭게 보이지 않았다.

해금강은 어떠한가? 바다를 가슴에 품어 파도소리에 귀를 먹은 것일까? 환한 낮빛을 드러내고 끊임없이 하소연하는 해금강! 저 파도의 흰 물거품이 소한 절기에 내린 함박눈처럼 고왔다.

이제껏 숨죽이고 다소곳이 세월을 붙안고 나의 삶의 애환을 운명으로 끌어안고 살아왔던 삼일포! 적막 같은 고요와 평안으로 느긋하게 묶여 있었다. 이웃한 이 둘의 속 깊은 자태는 보는 이로 하여금 천년의 세월을 잊게 하였다.

금방 쏟아져 내릴 듯한 형용(形容)으로 내금강의 모든 식구들을 아우르는 비로봉! 끝없는 의지와 용기를 간직하고 있는 그 상상봉(上上峰)은 의연하기만 했다. 그리고 숨막히게 이어져가는 끝도 없는 벼랑과 골짜기는 짓누르는 듯, 감싸는 듯, 어린 듯, 한없이 아름다웠다. 내금강 계곡은 천사의 낙낙한 솔기처럼 속이 환하게 다 비치는 운무의 하늘거림이었다. 참으로 어느 것 하나 아름답지 않은 것이 없는 산이 금강산이 아니런가? 사진으로 내뱉는 금강의 진솔한 고백에 나는 숨이 멎어 버렸다.

금강산! 나는 가고 싶었다. 그리고 보고 싶었다. 그러나 갈 수 없는 곳이었다. 그렇기 때문에 사무치게 그리웠다. 그곳이 금강산이었다. 그런데 왜 나는 십 년의 세월 동안 금강산과 인연이 없었을까? 그것은 언제든지 가고 싶은 마음만 있으면 갈 수 있을 것이라는 막연한 기대감 때문이었다. 사실 그 즈음의 사람들은 금강산 관광을 평범한 국내 관광지쯤으로 여기고 있었다. 그렇게 금강여행은 순조롭게 모르는 사람들 일처럼 가고 오고를 거듭하고 있었던 것이다.

우리들이 대충 알고 있듯이 금강산 관광 처음에는 외국에서 임대한 대형 여객선으로 다녀왔었다. 유람선 '금강호'의 크기가 이 만 톤 정도였다니, 그것은 배가 아니고 떠다니는 섬이었다. 시간이 흐르면서 유람선의 수효는 점점 늘어났다. 겉보기에도 화려한 대형 유람선들이 여러 척으로 나뉘어 천하의 명산 금강산에 우리 민족의 순수한 혼을 쉼 없이 실어 날랐던 것이다.

그 당시 금강산에는 호텔이 없었다. 있다 해도 소규모여서 많은 관광객을 수용할 수 없었다. 따라서 유람선은 길이요, 교통수단이요, 호텔이요, 휴전선을 거치지 않고 공해를 통하여 들어 갈 수 있는 유일한 운송수단이었던 것이다. 금강산의 여러 곳 즉, 구룡연 코스, 만물상 코스, 삼일포 코스를 구경하고 다시 작은 배를 타고 본선인 유람선으로 돌아와 잠을 자야 했다. 전망이 좋아 금강의 경치가 보이는 곳은 더 비싸고, 바다만 보이면

금강, 금강산 만물상(전각)

덜 비싸고, 내부만 보이는 방은 값이 그만큼 저렴하였다고 한다. 요즈음의 유행어로 말하면 동해안 크루즈 여행이었던 것이다. 그렇지만 나는 금강산이 개방되기 전에는 그토록 가보고 싶었지만 막상 아무 때나 갈 수 있게 되니 마음이 바뀌었다. 다음 기회로 여행을 미루고 마음을 접고 있었던 것이다. 사실 금강산보다 해외의 서예 유적이 더 나에겐 중요하여 대만과 중국 쪽의 모든 서예 사적을 뒤져왔다. 작년 구체구 여행이 열여섯 번째 중국 여행이었으니 말이다.

이제는 언제든지 가볼 수 있는 금강산, 이 여행을 효과적으로 할 수 있는 방법은 없을까? 여행에 대한 상세한 자료도 많았고, 그 여행 중에 얽히고설킨 수많은 사연들도 많이 들어 알고 있었다. 그 실재의 예를 다 들 필요는 없겠지만 이 시대를 사는 한 사람으로서, 금강을 그토록 사무치게 그리워했던 한 사람으로서, 금강산 여행 계획에 대하여 한 번쯤 집고 넘어가고 싶었다.

한 때 나는 유람선을 타고 금강산

에 가고 싶을 때가 있었다. 초대형 유람선을 보지 못한 나는 동경의 대상이 있다. 꿈속의 여행쯤으로 여기고 있었다. 떠날 때 뱃고동을 길게 울리면서 유람선이 서서히 동해바다를 미끄러져가는 모습도 멋질 것이라 생각했었다. 또한 유람선의 높은 곳에서 멀리 동해항과 수평선을 낭만적인 눈빛으로 감상하는 것도 멋져 보이는 풍광이라 상상했었다. 특별히 바다에 떠 있는 유람선 갑판 위에서 평소에 느낄 수없는 일출과 일몰의 황홀한 광경이 펼쳐진다면 얼마나 멋이 있을까? 그래서 유람선 여행이 더 멋있어 보였고, 가고 싶었던 것이다.

내가 금강산 여행을 포기한 것은 아니지만 중국 쪽으로 시선을 돌리고 있을 때, 북측과 《주/현대아산》은 육로를 통한 금강산 관광을 기획하고 있었다. 얼마 되지 않아 둘은 뜻이 맞았고 그 일은 쉽게 성사 되었다. 그 결과 남측 고성군과 북측 고성군이 하나로 연결되는 육지도로를 임시로 만들고, 육로 금강산 관광시대를 열었던 것이다. 나는 눈이 번뜩였다. 휴전선을 넘어서, 곧 남측 남방한계선과 북측 북방한계선을 통과한다는 사실이 나에게 많은 관심을 끌기에 충분하였다. 아! 이제는 한 번 가보자. 시간이 흐를수록 나의 심경은 변하여 '나는 꼭 금강산에 가야겠어'라고 말하며 다짐까지 하게 되었다. 그래서 재작년 겨울 서울특별시 교육위원회에서 추진한 국어 및 사회과 교사들의 개골산 연수 여행을 다녀오게 되었다. 그리고 이번에는 아내와 함께 봄 금강의 아름다움을 느껴보려고 여행을 계획하게 되었던 것이다.

금강산 여행에서 가장 중요한 포인트는 금지의 규칙을 잘 알아야 한다는 점이다. 솔직하게 말해서 제일 잘한 여행은 무사히 돌아오는 것 아닌가? 편안한 여행을 위해서는 현지의 모든 규칙을 우선하여 지켜야 한다는 것은 두 말할 필요가 없을 것이다. 그렇다면 금강산 여행의 사정은 어떠한가? 실제로 금강산 여행은 금지 구역, 금지 행동, 금지 언어, 금지 표정 등 금지라는 말이 덕지덕지 붙어 있는 '금지 여행'이라 해도 과언은 아니었다. 규칙을 어긴 사람들의 입장을 두둔하고 싶지는 않다. 그렇다고 규칙을 만든 북측을 비판하고 싶지도 않다. 다만 남측의 여행객들이 무엇을 원하고 찾고 있는지를 알아주었으면 해서 언급하는 것이다. 어떻든지 여행지에서의 규칙과 금지사항은 반드시 잘 지켜야만 한다는 점을 다시 한 번 지적하지 않을 수 없다.

금강산 여행에서 금지사항을 지키지 않아 벌 받은 사람들의 사례는 너무나 많았다. 모든 사람들의 사연을 다 소개할 수도 없고, 하고 싶지도 않고, 그렇게 할 필요도 없다. 그렇지만 그런 지저분한 사연을 소개하는 까닭은 다시는 그런 일이 일어나지 않아야 한다는 생각 때문이다. 다시 말해 그 사연을 알림으로써 반면교사를 삼아 보자는 것이며, 타산지석을 삼아 우리들의 그릇된 행동을 바로잡고자 하는 의미가 담겨 있는 것이다.

부산에서 여행 온 동래복국집 아줌마가 계곡에서 무심코 손을 씻다가 적발되어 십만 원의 벌금을 낸 뒤, 한나절 반성문을 썼다는 이야기, 충청도 어떤 시골에서 오신 할아버지는 외동딸이 금강산을 보내 줬는데, 하도 계곡물이 맑아서 세수를 하고 손수건을 빨다가 북한 감시원에게 적발되어 벌금 십만 원과 반성문은 썼다는 이야기. 전라도 해남 땅끝 마을에서 올라온 한 젊은이가 계곡에서 발을 담그고 씻었다는 죄로 벌금 십만 원과 반성문을 썼다는 이야기 그리고 지정된 장소에서 담배를 피우지 않았다고 벌금 십만 원 낸 사람, 휴지를 계곡에 버리다가 적발 되어 벌금 낸 사람, 무단 방뇨하다 벌금 낸 사람 등 참으로 많은 사람들이 벌금을 물고 반성문을 쓰고, 험악한 꾸중을 들어야만 했다고 한다.

이외에도 물을 아무대서나 떠서 마시거나 담배꽁초를 살짝 버려도 어느 사이에 꼭 찾아내어 벌금을 어김없이 물렸다고 한다. 그중에서도 가장 가혹한 벌칙은 북측 안내원에게 쓸데없이 말을 걸거나 사상적 · 이념적 · 정치적인 발언을 하면 즉시 구속되어 제 날짜에 고향으로 돌아가지 못하게 했다는 점이었다.

한번은 이런 일이 있었다고 한다. 방송과 신문에 상세히 드러났지만, 한 아주머니가 북측 안내원에게 '왜 통일이 안 되느냐?', '왜 김일성은 남한을 침략했느냐?', '김정일은 왜 남한과 북한의 통일을 반대하느냐'면서 성토하듯 따지면서 물었다. 그 질문에 분개한 북측에서 벌금은 물론, 207일 동안 북측 수사기관에 억류되어 고향으로 돌아 갈 수가 없었다고 한다. 이유인 즉 북측에선 국가원수에 대한 모독은 가장 큰 범죄행위이기 때문에 남측으로 보낼 수 없다는 것이었다. 이것은 국가적인 망신이요, 민족적인 수치가 아닐 수 없다. 그러한 말을 물어보는 남측의 아줌마도 못 말리는 인생이지만, 그렇다고 속 좁게 구속하여 국제적인 문제로 발전시키는 북측의 돌쇠 같은 사나이들에게 더 큰 문제가 있는 것이 아닌가? 그렇지만 이것이 어찌 그들만의 잘못이며 그릇된 처사라 할 수 있겠는가? 모든 것은 통일이 되지 않은 우리 민족의 운명이 문제라면 문제가 될 것이다. 생각하면 할수록 안타깝고 씁쓸한 마음을 지울 수 없었다.

그러나 어쩌랴! 우리들이 이번 여행 처음부터 내내 염려했던 일이 드디어 벌어진 것이다. 우리 모두는 엄청나게 겁을 먹고 불안한 마음으로 걱정을 하면서 사건이 잘 해결되기만을 기다렸다. 약 한 시간 정도의 숨막히는 시간이 흐른 뒤에 뒤로부터 사건이 해결되었다는 연락이 왔다. 가이드는 행렬 맨앞 선두를 향해 나아가서 잘 풀렸다는 말과 함께 안도의 한숨을 토해냈다. 비교적 짧은 시간이었다. 나와 아내는 서로의 얼굴을 바라보며 씁쓸한 웃음을 웃지 않을 수 없었다. 우리들은 그때서야 걱정을 덜고 산 능선을 따라 삼일포로 내려갔다. 이렇게 빨리 끝난 건 분명 남북 해빙의 선물이었다. 그리고 앞으로 더욱 많은 개방과 화해를 위한 대화의 장이 연이어 이루어 질 것을 암시하는 행복한 손짓이었다.

삼일포(三日浦)가 보인다

조금 전의 소란을 모두 잊고 산 속 길을 따라 줄지어 올라갔다. 오솔길 언덕을 넘어서자 오른쪽 솔숲 사이로 삼일포의 찰랑거리는 은비늘 물결이 언뜻언뜻 보였다. 느슨한 경사길이 나타났다. 길 위엔 한낮의 고요만이 나른하게 늘어져 있고 왼쪽 산마루에는 울창한 송림이 그들의 기상을 한껏 뽐내고 있었다. 나는 솔숲이 뿜어내는 송진 향으로 막힌 코가 뻥 뚫리고, 기분이 엄청나게 상큼해졌다. 강경 젓갈 장터의 여러 해 곰삭은 유월 새우 젓 저린 내처럼 온몸에 솔 향으로 서서히 저려지고 있었다.

이리 구불 저리 구불 내려가노라니 삼일포 안내 푯말이 보이고, 수정 거울 같은 삼일포가 솔숲을 지나 그 본 모습을 드러내었다. 모든 사람들이 한순간에 탄성을 질렀다. 인적이 없는 호수 주변엔 우리 일행이 전부였다. 고요하고 여유로운 호수의 물빛이 처연하리만치 고왔다.

삼일포 인근 하늘을 우러러 보았다. 구름 한 점 없는 옥빛이었다. 동해 바다 파란 옷감을 유리거울에 비추면 온통 파랗게 보인다. 나는 그 파란 빛이 너무나 고와 보였다. 봄비 갠 후라서 손톱만큼도 구김살 없는 쾌청한 날씨였다. 한낮이어서 초여름 낮만큼 온도가 올라 있었다. 약 반 시간 쯤 걸어왔는데도 우리 모두는 땀으로 촉촉이 젖어 있었다.

삼일포 입구엔 삼 층 규모의 흰 건물이 호수 전체를 호령하듯 위풍당당하게 서 있었다. 《단풍관》이었다. 화보에서 보았던 그 정자였다. 이름도 예쁘고 건물도 아름답다는 생각이 들었다. 이 건물은 김일성 주석의 첫 아내였던 김정숙 여사가 이곳을 찾아온 것을 기념하여 짓고 직접 '단풍관(丹楓館)'이라는 이름을 붙였다고 한다. 건물 주위를 한 바퀴 돌아보았다. 구조가 특이했다. 희고 말쑥한 천년 학의 긴 깃을 편 채로 그 여유로운 날개짓이 호수와 너무나 잘 어울렸다. 흰 정자는 한 발은 뭍에 한 발은 물속에 담그고 있었다. 마치 학처럼 짝발을 하고선 힘지게 발을 딛고 서 있었다.

이 정자는 전체가 철근 콘크리트로 지어진 흰 색의 삼층 건물이었다. 관리실과 정자가 한 건물이지만 분리되어 운영하는 이중구조의 복합 건물이었다. 직선 구조의 평범한 건물인 관리실은 뭍에 있었고, 전망대 역할을 하는 정자는 원형으로 이층에 붙어있는데 물위에 떠 있었다. 본 건물에 이어 지은 전망대는 기둥을 호수 속에 튼실하게 박아두고 세워서인지 물위에 떠있는 것처럼 보였다. 삼일포 전체를 관망할 수 있는 제일 좋은 곳에 자리하고 있었다.

《단풍관》 이층 정자 위로 올라가기 위해선 일층을 들러서 올라가게 되어 있었다. 사람들은 필요한 물건을 가지고 이층으로 올라가서 먹기도 하였다. 위층엔 널찍한 원형의 유리 막으로 된 전망대였다. 삼일포 전체를 한눈에 볼 수 있는 전망대 겸 휴게소로 이용하고 있었다. 나와 아내는 정자 이층으로 올라가기 위해 아래층으로 들어갔다. 위층에서는 간단한 음료수와 과자류, 그러니까 커피, 조깝대기로 빚은 희뿌연한 막걸리, 파전, 감자전 등을 팔고 있었다. 간단한 먹거리이지만 깔끔하고 맛깔스러워 보였다.

북한에서도 술은 팔고 있었다. 처음 들어본 북한 술 조깝대기술은 어떤 맛일까? 우린 맛보기로 하였다. 누리끼리한 조깝대기술 한 통이 잔 두 개와 함께 금세 나왔다. 넘실넘실 흔들려 넘칠 듯이 보였다. 많이도 주었다. 나는 목도 마렵고 배도 출출하여 이내 한 잔을 따라서 쭉 들이켰다. 음료수 대신에 마셨다. 시원하고 걸쭉한 맛이 아주 독특했다. 남측의 장수막걸리와는 천양지판이었다. 내 어찌 이 한 잔으로 북녘 조깝대기술의 진미를

삼일포 단풍관

알 수 있으랴? 내리 두 잔을 마셨다. 나는 술을 잘 모르지만 이 술맛은 남측에서 소문난 맛 골 전주의 모주와 비슷하였다. 두 잔이기는 하지만 어찌 술을 마시고 나서 취기가 오지 않길 바라랴? 아내도 갈증을 풀기 위해 막걸리 한 잔을 마셨다. '맛이 그만이야'라고 말꼬리를 흐리는, 살짝 취한 모습이 귀여웠다. 우리는 출출한 배를 채우기 위해 감자를 갈아서 부친 감자전을 거듭 두 판을 시켜서 먹었다. 들기름을 넉넉히 둘러서일까 고소한 맛이 일품이었다. 집에서 먹던 부추전과 호박전이 떠올랐다. 한참을 먹었다. 이젠 속이 든든해졌다. 기분 또한 흔쾌해졌다. 양쪽 겨드랑이가 으쓱거림을 느꼈다.

이곳에서 좀 더 다양한 관광 상품을 팔았더라면 더 좋았을 터인데 너무나 단조롭고 초라하여 안타깝다는 생각이 들었다. 이들은 아직도 돈, 물질, 경제, 돈벌이, 상술 등에 대한 상식이 너무나 모자란다는 생각이 들었다. 남측은 지나칠 정도로 물불 가리지 않는 물질만능의 사회라고 말한다면 북측은 너무나 폐쇄된 사상중심의 물질무관심 사회라고 말할 수 있을 것이다. 이런 이질적인 현실이 우리 모두의 마음을 짓누르고 있었다. 남과 북이 중간 쯤 섞여 있었으면 얼마나 좋을까? 자문하는 나로서도 어쩔 수 없는 참으로 가슴이 막막한 일이 아닐 수 없었다.

삼일포 주변은 높고 험준한 금강준령이 뻗어 내려와서 이뤄진 금강 연봉의 한 자락이었다. 울근불근한 산봉우리는 빳빳하게 하늘로 향하여 고개를 쳐들고 호령하듯 떡 버티고 서 있었다. 웅건한 수십 길 벼랑은 짓푸른 솔빛을 바탕으로 군데군데 멋들어지게 색칠해 두고 그 흰 낯을 더욱 환하게 드러내고 있었다. 밋밋한 평지로 이뤄진 맞은 편 들판 쪽에는 긴 둑으로 이어져 있고, 아주 먼 옛날 얘기를 가슴에 품고 어렴풋이 떠올리고 있었다. 내 머리 바로 위로 눈부시게 파란 하늘이 나를 포근히 감싸 주었다.

저 멀리 남쪽으로 눈을 돌렸다. 저 멀리 산 너머에는 회색빛 들과 구름 능선이 묘한 대조를 이루며 둘 사이 정겨움을 나누고 있었다. 산과 들은 하나였다. 음과 양의 조화를 이루고 강함과 유함의 성격적 어우러짐이 금슬 좋은 내외 같아 보였다. 사이좋기로 소문난 시누이와 올케라 하더라도 이 보다 더 가까울 수는 없었다. 삼일포 호수 면을 사이에 두고 커다란 산봉우리와 긴 둑길, 즐번하게 펼쳐진 들녘 그리고 구름처럼 포개진 능선은 서로가 서로를 붙안고 정겹게 아우르고 있었다. 그들은 하늘이 맺어준 천생연분임이 분명했다.

푸르기만한 솔 빛은 말끔하게 차려 입은 젊은 신사였다. 흰 페인트로 붓질한 몽실한 바위의 밝은 빛이 나의 눈앞에 성큼 다가왔다. 눈이 부실 정도로 고왔다. 너른 수면의 투명한 거울 면이 미끄러질 듯 매끄러웠고, 쪽빛 바다 보다 더 아름답고 옥빛보다 더 파랗게 보였다. 그리고 흐릿하게 보이는 포근하기만 한 둑길의 올곧음이 삼자 서로 상보(相補), 상칭(相稱)하면서 으늑한 울을 이루고 있었다. 들리지도 보이지도 않지만 우렁우렁 소리치고, 소곤소곤 재잘거리고, 살랑살랑 훈훈한 정을 나누고 있었다.

원래 삼일포는 신라시대에 사선(四仙)으로 일컬어졌던 영랑(永郎), 남랑(南郎), 술랑(述郎), 안상(安祥)의 네 분 화랑들이 이곳 삼일포에서 삼일간 머물다 갔다 하여 생겨난 지명이다. 《해동고승전》에는 사선(四仙)에 대하여 이렇게 기록되어 있다.

『사선 곧, 네 분의 화랑은 금강산을 다녀오다 이곳 삼일포를 들르게 되었다. 호수와 주변 산세를 바라보니 너무나 경치가 아름답고 좋아서 그냥 갈 수가 없었다. 삼일을 더 머물러서 이곳 자연의 아름다움과 함께 수련과 도를 닦고 호연지기를 길렀다. 그리고 다른 곳으로 옮겼다.』

위의 기록이 아니더라도 삼일포는 명승(名勝)의 전설을 통해, 유서 깊은 역사적 명소임을 누구나 알 수 있는 곳이다.

삼일포는 고성에서 북쪽으로 28㎞쯤 떨어져 있고 온정리에서 12㎞쯤

삼일포 사선정

떨어져 있다. 호수 둘레 길이는 5.8km로 알려져 있고, 물의 깊이는 깊은
곳이 13m쯤 되는 꽤 깊은 호수로 알려지고 있다. 호수 주변에는 서른여섯
봉우리가 병풍처럼 둘러 있고, 호수 안에는 와우도(臥牛島)를 비롯하여 사
선대, 무선대 등 여러 개의 바위섬이 널려져 있다.

　삼일포는 금강산에서 흘러내려온 내천이 동해로 흘러오다가 육육봉(六
六峰) 곧, 국지봉(國志峰) 등 삼십육 봉을 만나 물길을 틀고 이내 바닷물을
만나 바닷물의 해안작용으로 생긴 석호(潟湖) 곧, '바다자리호수' 였다. 삼

일포는 원래 만이어서 포구로 사용되었던 것이 석호로 변하여 오늘에 이르고 있다.

백사장이 많은 동해안에는 석호(潟湖)가 많다. 통계상으로 동해안에는 57개의 석호가 있다고 한다. 유명한 석호로는 위로부터 함경북도 경흥의 동번포(東藩浦)와 서번포(西藩浦)를 비롯하여 함주군과 정평군 사이에 있는 광포(廣浦), 흡곡의 시중호(侍中湖), 통천의 소동정호(小洞庭湖), 천아포(天鵝浦), 강동포(江洞浦), 고성의 삼일포(三日浦)와 감호(鑑湖), 거진의 화진포(花津浦), 간성의 송지호(松池湖), 속초의 영랑호(永郎湖)와 청초호(靑草湖), 강릉의 경포호(鏡浦湖), 향호(香湖) 등이 있다. 서해안에도 석호가 있는데 충청남도 안면도에 있는 방포(方浦)의 석호가 가장 유명하다.

삼일포는 같은 석호로 생성과정은 동일하지만 다른 호수들과는 다르게 수심이 깊고, 바다로부터 꽤 멀리 떨어져 있으며 주변의 산봉우리가 병풍처럼 둘러싸고 있어 빼어나게 아름답다. 특별히 삼일포 주변은 그 역사만큼이나 유명한 명승지가 많이 있다. 《봉래대(蓬萊臺)》를 비롯하여 《단풍관(丹楓館)》, 《장군대(將軍臺)》, 《사선정(四仙亭)》, 《연화대(蓮花臺)》, 《무선대(舞仙臺)》, '허궁다리'라고도 부르는 출렁다리, 와우도(臥牛島), 단서(丹書)와 단서암(丹書岩), 매향비(埋香碑), 몽천(夢泉)과 《몽천사》, 그리고 국지봉(國枝峰)을 비롯한 주변의 서른여섯 봉우리 등이 삼일포 주위의 유명한 명승지로 알려지고 있다. 또한 이곳은 관동팔경 중 한 곳으로 화려한 절승의 면모를 자랑하고 있다. 유별나게 이곳을 다녀간 모든 사람들에게 영감을 주고 정신적인 평안과 넉넉함 그리고 뿌듯한 자신감을 가지게 하는 심신 수련의 도장과 같은 곳으로 알려지고 있다. 산이 있고, 물이 있고, 섬이 있고, 깎아지른 벼랑이 있고, 울창한 송림이 있어 모자람 없이 모든 것을 다 갖추고 있다. 오늘날 북측에서는 삼일포를 국가지정 명승지 제46호로 지정하여 관리하고 있다.

호수 오른쪽 그러니까 《단풍관》계단을 내려서자마자 좁은 호수 산책로가 이어졌다. 으늑하고 반듯하게 놓인 호수 길이었다. 호안을 따라 시멘트로 포장한 자연스럽게 구부러진 산책길이었다. 길 가장자리엔 네모난 키 작은 콘크리트 기둥에 쇠고랑을 엮어서 만든 난간이 좀 설핀 듯했지만 그래도 안전하다는 생각이 들었다. 호수 안쪽엔 군데군데 머리를 빠끔히 내민 밋밋한 바위들이 동물원 하마나 악어처럼 수면위로 이마를 내놓고 호수 물결 따라 머리를 흔들어 대고 있었다.

어떤 바위는 거북이 등처럼 널찍한데 머리 부분에 부착물이 붙어 있어 진짜 거북이 같이 보였다. 사람들은 그곳에 동전을 던져 거북바위 위로 떨어지면 행운이 찾아온다는 말을 믿고 마구 던지고 있었다. 잠깐 동안의 만족을 위해 동전을 던지는 그들의 모습에서 여행의 여유로움을 느낄 수가 있었다. 나에게 이런 관광객들의 행위는 색다른 광경으로 받아들여 졌다. 유별나게 복 받기 좋아하는 우리 민족이 아니던가? 행운과 복이 찾아온다는데 과연 남녘 사람들이 이 거북이 형상을 보고 그냥 지나치겠는가? 종교심이 남다른 사람들은 지나가면서 동전을 거북이 등위에 던져 거북이와 학과 같은 장수의 축복을 기원하며 지나갔다. 수복뿐이겠는가? 부유함과 귀함, 명예와 출세, 모든 병마로부터 자유로워지는 것까지 포함한, 그러니까 상서로운 모든 축복을 다 기원하며 지나갔다.

앞에서 잠깐 언급했지만 이곳 삼일포는 북측의 통치자였던 김일성 주석의 부인인 김정숙 여사의 방문과 함께 그의 명령에 따라 개발된 관광지로 알려지고 있다. 그렇기 때문에 여기저기에 김정숙 여사의 언행록을 비롯하여, 체제유지를 위한 선전, 선동, 격려, 주입, 의식고취, 자체약진을 위한 수많은 글귀가 온 산에 그득하게 널려 있었다. 큰 것은 글씨 한 자에 일 미터 가까운 마애서도 있고, 작게는 깨알처럼 촘촘히 박힌 작은 비석도 있었다. 너럭바위와 높직한 절벽에는 주서로 빼곡하게 시구나 선언적인 글을 새겨 놓은 것도 보였다. 이렇게 많은 격문을 새겨놓을 필요가 있을까? 가장 빼어난 절승의 암벽과 벼랑에 새겨져 있다는 것은 좋은 환경 유지를 위한 자연보호 측면과 북측의 체제 선전 목적 사이에 모순된 그들의 의식을 엿볼 수 있는 대목이었다. 한편으로는 자연보호를 목이 터지게 외쳐대면서 한쪽에서는 아름다운 자연을 무차별적으로 부숴버리는 지극히 모순된 행동을 하고 있는 듯 보였다. 꼬집어 말하자면 일반 종이를 버리는 것은 말할 것 없고 자연 보호하라는 글귀가 쓰인 종이마저도 휴지통에 버리지 않고 숲속이나 길가에 함부로 버리는 것과 무엇이 다를까?

매향비단(埋香碑壇)

호수 길 한적한 곳에 이르렀다. 나와 같이 갔던 늙수그레한 할아버지 한 분이 지나치면서 나에게 퉁명스럽게 물었다.

"젊은이 침향에 대하여 잘 아시는가?"

"저는 잘 모르겠습니다. 금시초문인데요."

"그러면 매향비에 대하여 아시는가?"

"매향비가 뭔데요?"

"바로 이곳 삼일포에 침향과 관련된 매향비(埋香碑)의 비단(碑壇)이 있어요."

"그래요?"

"내가 알고 있는 매향비에 얽힌 전설을 들어보실라오?"

이 어르신은 정통 한학에 조예가 깊은 분이셨다. 역사서에도, 한문학에도 그리고 지리학에도 널리 능하신 분이셨다. 그 어르신네가 핏대를 올려가면서 열변을 토했던 그 내용을 간단하게 간추려 보았다.

그러니까 고려 고종 18년(1231년) 8월 몽고병란 이후 고려는 원(元)나라의 지배 아래 들어가게 되었고 정치, 경제, 사회, 문화 모든 면에서 원나라의 간섭과 압제, 핍박과 수탈을 피할 수 없게 되었다.

그리고 13 · 14세기 고려 후기의 또 하나의 위협세력은 왜구였다. 강력한 조직을 갖추었던 왜구는 단순한 해적의 수준이 아니었다. 정규군과 맞먹을 정도로 무서운 군사력을 갖춘 음흉한 군사집단이었다. 그들은 소년 장수 아지발도(阿只拔都)를 앞세워 한반도 해안선을 가리지 않고 공격해 왔고 심지어 내륙 깊숙한 곳까지 진출하여 노략질과 약탈은 물론 인명살상까지도 닥치는 대로 자행하였다. 특히 영남 남해안 지역과 호남과 충청의 해안 지역은 그 피해가 막심하였다. 왜구의 발호는 고려의 국운을 쇠퇴기로 접어들게 하는 단초가 되었던 것이다.

불심이 깊었던 고려의 백성들은 현실의 질곡에서 벗어나려는 유일한 소망은 미륵부처의 환생이라 생각하였다. 그들은 당시의 매향 풍습을 미륵신앙과 접목시켜 그들의 염원을 신심(神心)으로 빌었던 것이다. 그런 매향의 의식은 집단적 종교행사의 하나로 불심의 나라인 고려 전역에서 이뤄졌다고 한다. 매향비는 고성군 삼일포를 비롯하여 예산군 봉산면 해변, 당진군 정미면 해안, 정주군 침향리 갯펄, 사천 곤양면 바닷가에 세워졌다고 한다. 그때 세워졌던 매향비들의 비문 내용은 다 다르지만, 그들이 비문을 통하여 염원했던 기원 내용은 대동소이한 걸로 알려지고 있다. 그때 삼일포에 세워졌던 비문 탑본은 오늘날까지 전해 내려오고 있다.

《고려사》의 기록에는 고성 삼일포 매향비의 제원에 대하여 자세하게 기록되어 있다.

『충선왕 1년(1309년)에 강릉도존무사(江陵道存撫使)였던 김천호(金天皓)를 비롯한 지방 관리들과 승려 지여(志如) 등이 삼일포에 향목 1500 조(條)를 묻고 매향비(埋香碑)를 세웠다. 이 비의 높이는 두 척으로 약 60cm이며, 너비는 두 척 반촌으로 75cm였다. 그리고 비문은 40행 369자가 새겨졌다. 글자의 크기는 2-3cm인데, 그 서체는 해서체로 되어 있다.』

이 비석이 처음 발견된 것은 1926년 일본인 등전량책(藤田亮策)이라는 사람이 소개하여 널리 알려지게 되었다. 그런데 어찌된 영문인지 그 사건

매향비단이 있는 삼일포

뒤로 이 비석은 흔적도 없이 사라졌고 오늘날 탑본만 전해오고 있다. 그래
서인지 세인들의 기억에서 점점 희미해져 갔고, TV드라마 전설의 고향에
나 나오는 먼먼 옛 이야기로 변하고 말았다. 일설에 의하면 미륵신앙의 하
나로 호수 깊은 물에 던졌다는 설과 그 일본인이 자기나라로 가져갔다는

설 등으로 압축할 수 있는데, 아직까지 오리무중이라서 정확한 사실은 알
수가 없다. 애타는 민중들은 이 일을 누구에게 하소연하란 말인가?

몽고 병란과 같은 어지러운 나라 형편과 포악한 왜구들의 발호는 내일
이 없는 고단한 고려 민중의 피할 수 없는 비애였다. 그러한 삶 속에서 매

향의 행사는 신앙적인 기원이었다. 인간의 힘으로 절대로 해결할 수 없는 현실의 암울한 상황과 타의에 의한 압박으로 인하여 도저히 헤어날 수 없는 질곡을 벗어나려면 누군가의 도움이 필요했던 것이다. 그런 상황에서 바랄 수 있는 유일한 염원은 바로 미륵 신앙이었던 것이다. 절망적인 현실에 처해 있는 고려인들에게 개펄 속에서 떠오른 침향목(沈香木)은 범상한 일이 아니었을 것이다. 누가, 언제, 왜, 어떻게 향목을 묻었는가를 모르는 그들은 침향이 미륵불 대신 나타난 부처로 그리고 문제 해결의 때로 굳건히 믿었던 것이다.

매향의 풍습은 고려 때 많이 행해졌던 하나의 잊혀진 풍속이지만 침향의 제조방법과 과정에서의 의미는 미륵사상과 관련이 많았다고 한다. 우리가 잘 알고 있듯이 불가에서는 미래의 부처인 미륵불의 도움을 믿는 사상을 '미륵신앙'이라고 말한다. 고려인들은 미륵불이 도탄에 빠진 자신들을 건져줄 것이라고 굳게 믿고 있었다. 그렇다면 당시 고려인들은 현실의 삶의 질곡을 어떤 방법으로 벗어나려 하였을까? 그 상황에서 착안해 낸 것이 매향 곧, 향목을 개펄에 묻는 독특한 침향의 방법이었던 것이다. 실재로 미륵 신앙과 침향의 믿음은 방법만 다르지 그 내용은 동일하다고 볼 수 있다.

미륵 신앙은 미래의 미륵부처를 믿음으로써 현세의 절망과 역경이 해소될 것을 믿는 것이다. 그리고 매향 곧, 침향 신앙은 어려운 현실을 벗어나기 위해 깊은 개펄에 향목을 묻어 두었다가 오랜 세월 후에 묻혀있던 침향이 솟아나오면 미륵불의 환생으로 믿고, 그 미륵불이 이생의 고통과 삶의 문제를 해결해 줄 것을 믿는 것이다. 둘 다 같은 미래의 기복 신앙이라고 말할 수 있다. 모든 믿음은 모든 것을 가능하게 만든다. 그것은 강한 기대감에서 믿음이 비롯되었기 때문이다. 여하튼 고려대(高麗代)의 침향 신앙은 예사롭지 않은 독특한 신앙의 한 방편이었다.

충청도, 전라도 서해안 일부 지역에서는 침향이 떠오르는 현상을 용이 나타났다고 여기고, 이때 침향을 제물로 바쳤다는 전설이 전해 내려오고 있다. 여하튼 매향의 풍속은 신비롭기도 하고, 특이하기도 하고, 예사롭지 않아 세인들의 관심을 불러일으키고 있는 것이 아닐까? 매향 곧, 침향은 범상한 현상이 아닌 것만은 확실하다고 생각했다.

내가 전해들은 침향의 제조방법은 이렇다. 매향목(埋香木)은 크고 오래된 향나무를 큰 기둥처럼 잘라서 반드시 민물과 바닷물이 만나는 개펄 속에 사람의 키 두세 길쯤 깊이 묻어 두는 일을 말한다. 묻힌 향나무는 소금기 많은 개펄 속, 흙속에 묻힌 채 썩지 않고 서서히 변하게 된다. 잃어버릴 만큼의 오랜 세월이 흐르고 나면 수면위로 묻었던 향목이 떠오르게 되는데, 이때 떠오른 향목을 '침향목(沈香木)' 이라고 부른다.

애절하고 간절한 마음으로 기다리고 사모했던 그들이 침향을 만들어 부처님께 봉양하고자 했던 간절한 불심이고 보면 갖은 고난과 살벌한 현실 속에서 도리어 비단결 같은 부드러운 '믿음의 마음' 이 오히려 거룩하지 않은가?

이런 설화를 우리들은 믿기지 않는 옛이야기라고 치부할 수 있다. 하지만 그 내면에는 현실의 고통을 견디다 못해 절망적인 나락으로 떨어질 수밖에 없었던 민초들의 현실 도피의 간절한 염원이 자리하고 있었던 것이다. 그런 상황을 해결해 줄 절대자를 기다리는 민간 신앙의 대상이 '미륵불' 이라고 여긴다면 위의 얘기는 쉽게 이해될 수 있지 않을까?

그 이후로 꼭 그런 역사적인 사건이 아니어도, 불가에서나 민간인들 신앙 속에서 침향은 일상적으로 많이 만들어졌고 널리 사용되었다. 요즈음은 종교적인 행사가 아니어도 개인들의 용도에 따라 침향을 만들어 널리 사용하고 있다. 침향을 목적에 따라 적절하게 사용하려면 미리 준비해 두어야 한다. 기둥만한 침향 목을 잘 드는 칼로 얇게 종잇장처럼 썬 뒤에, 잘 추려서 오동나무 상자에 가지런하게 포개어 넣어 두면 된다. 그리고 사용처가 있을 경우에는 쓸 만큼 꺼내어서 용도에 맞게 사용하면 되는 것이다.

예로부터 침향의 사용은 매우 특이하였고 예사롭지 않으며 유별났다.

첫째, 침향은 해마다 불상을 닦을 때 유용하게 사용하였다. 세불(洗佛)을 침향으로 하면 향을 피우지 않아도 되기 때문에 그을음이 없어 실내 공기를 맑게 해준다. 그리고 향기 그윽한 향목을 깎아서 불상을 닦기 때문에 곱게, 깨끗하게 그리고 정성스럽게 닦을 수 있다.

둘째, 침향은 중한 병을 고칠 때 매우 유용하게 사용하는 진귀한 한약재로 알려져 왔다. 우리나라를 비롯하여 중국 그리고 동남아시아 일대에서는 침향을 귀중한 한약재로 여기고 중증 환자의 치료를 위해 널리 사용하여 왔다. '침향은 심령의 평안을 구하고, 기혈을 소통시켜 정진을 배가할 수 있도록 힘을 주는 불가사의한 향이다. 그리고 오장육부를 따뜻하게 하는 한약 재료이다' 라는 한방의 기록을 보면 침향이 일상에서 얼마나 유용하게 사용되고 있는가를 알 수 있다. 침향의 효능과 효과에 대한 광고 문항을 보고 왈가왈부할 필요는 없지만 침향이 거의 만병통치약처럼 쓰이고 있는 것은 사실이다.

셋째, 불가에서는 금동사리함을 만들 때 옥합을 그 속에 넣어 두는데 그 위에 곧바로 사리를 놓지 않았다. 그 옥합 밑에 침향을 깔아 사리함이 직접 다른 물질에 닿지 않고 침향 위에 놓일 수 있도록 하였다. 그리하면 침향이 스며들어가 사리의 빛이 변하지 않아 언제나 고운 빛을 낸다고 믿었다.

넷째, 옛날에는 통목으로 된 침향을 구하여, 크고 작은 침향 불상을 많이 새겨 법당에 안치하였다고 한다. 그러면 은은하고 신비한 향으로 인하여, 일 년 내내 향불이 필요 없을 정도로 맑은 향이 방안에 항상 가득 머물러 있게 된다.

다섯째, 침향을 일반 향처럼 실내에서 피우면 다른 향과 다르게 향내음이 은근하고, 깊고, 맑아 정신을 깨끗하게 해주고 기운을 새롭게 해준다고 믿었다. 견디기 힘든 삶의 번민과 우수사려가 있을 경우 침향을 태워 그

향을 맡으면 마음에 평안이 온다고 믿었다.

　이 외에도 침향과 관련된 기록과 전설이 너무 많아 다 늘어놓을 수 없다. 하지만 침향에 대한 여러 가지 얘기를 듣노라니 그 신비함에 놀라지 않을 수 없었고, 내 마음마저 고요해지고, 정신이 말끔하게 쇄락해짐을 느낄 수 있었다.

　오늘날 삼일포 호숫가에 매향비는 없다. 다만 침향비 곧, 매향비의 비단만이 남아있을 뿐이다. 비석을 찾을 길도 막연한 것 같다. 믿기지 않는 전설을 막무가내로 믿고 매향 비석을 발굴하기도 어려운 것이 현실이고 보면 그저 안타까울 뿐이다. 망부석처럼 모든 사연을 호수에 묻고 침향비가 나타나기만을 기다리고 있을 밖에 다른 도리가 없지 않은가?

　세월의 흐름을 잊어버리고 침향이 떠오르기만을 기다리는 뭇 중생들의 마음도 지루할 뿐이다. 멀쩡했던 매향 비석을 까닭 없이 잃어버리고 기다려야하는 우리네 썩어 들어가는 속은 누가 풀어줄 것인가? 또 그토록 깊게 맺혀 있는 민초들의 한은 언제, 어떻게, 무엇으로 풀 것인가? 그 침향 이야기 속에도 한없이 나약한, 한(恨) 많은 우리겨레의 모습이 드러나 갑자기 내 마음마저 또 어두워지고 말았다.

연화대 (蓮花臺)

봄비로 씻긴 삼일포의 그림 같은 뫼와 물의 풍광은 말쑥한 숙녀의 고운 자태였다. 맑은 호수 거울 앞에서 온 산은 새롭게 단장하고 우리 앞에 빠끔히 나설 채비를 하고 있었다. 햇살 받은 솔빛이 유난히 푸르게 빛났다. 푸르다 못해 진한 옥빛마저 돌았다. 알맞게 우거진 솔숲 위로 흰 절벽이 병풍처럼 드리워 있고, 조각 처럼 기묘한 바위들이 섞여있는 낭떠러지엔 청록의 짙은 미인송 군락이 넓은 띠를 이루고 있었다. 언뜻언뜻 비치는 해맑은 벼랑이나 괴석 옆에는 멋진 정자와 누각이 그곳에 새워져 있었다. 누가 보아도 주변 경광을 고려해서 새운 것임을 금세 알 수 있었다.

우리 일행은 안내원들의 안내를 따라 《연화대》, 허궁다리, 《봉래대》, 《장군대》와 《충성각》을 거쳐 처음 지나갔던 금강송 솔숲 길로 돌아와 버스주차장으로 돌아간다고 가이드는 자상하게 설명해 주었다.

삼일포에서의 나른한 봄볕이 하도 좋아 나는 호수를 향하여 두 팔을 벌리고 맑은 바람을 가득 들이마셨다. 이른 봄 해맑은 신록의 잎사귀 나풀거리듯, 비겐 날 아침 창문 열어 제치 듯, 마음 활짝 벌려 심호흡을 여러 번 반복하였다. 이보다 더 좋을 순 없었다. 호숫가를 넘실거리는 잔물결은 한낮의 다사로운 봄 햇살을 받아 휘황하게 번쩍였다. 찬란한 금빛 물비늘은 보석 박힌 여자 가수 롱 드레스 치마 결처럼 흔들거렸다.

오른 쪽 길 밑으로 야트막한 언덕엔 마치 수양버들 모양으로 휘늘어진 오래 된 소나무들이 가로수와 같이 호수를 향해 비스듬하게 줄지어 누워 있었다. 우리 일행은 좁다란 물 윗길을 따라 유격훈련이나 산악 구보하는 병사가 되어 한 줄로 길게 늘어서서 느릿한 걸음으로 행군하고 있었다. 이리 구불 저리 구불 호젓한 호수길을 돌고 돌아 깊숙이 들어갔다. 안내원들의 갖은 제재에도 불구하고 간간이 '야호' 를 외치는 산울림이 새어나오기도 했다. 이것은 산울림이라느니 보다는 비명 소리에 가까운 외마디 소리였다. 하지만 이렇게 울부짖듯 외치는 산울림일지라도 듣고 나니 남과 북이 하나 된 듯하고, 통일이 그다지 멀지 않았다는 야릇한 느낌마저 들기도 하였다.

《연화대》는 높다랗게 자리하고 있었다. 오른편에 《봉래대》를 멀찍이 눈 속에 가둬두고 살피면서 호수를 굽어보고 있었다. 나는 숨을 고르면서 몰래 《연화대》를 훔쳐보았다. 갈 길이 바빠서 《연화대》를 들를 수는 없단다. 빼곡한 솔숲에 가려 용마루 회색 빛 기와 끄트머리만 살짝 숨는 듯 보였다. 그렇지만 깊은 산속의 절간처럼 침묵에 갇혀있는 것 같지는 않았다. 서로의 자리를 지키기 위해, 누구와의 은밀한 고백을 위해, 구별된 만남이 이뤄지고 있었다.

평화로운 광경이란 이를 두고 한 말이리라. 턱 밑엔 굴곡진 너럭바위가 맑은 호수에 몸을 담그고, 첨벙대듯 잔물결을 일으키고 있었다. 왼쪽 건너편 산세가 훤칠하게 높았다. 국지봉과 정겹게 어깨동무 하고 아우르는, 우의가 예사롭지 않은 서른여섯의 형제 봉우리들이었다. 산봉우리들도 형제우애를 하나보다. 나의 탄식은 여기서도 어김없이 드러나고 말았다. 그리고 큰 소리로 호수 아래를 향하여 나의 숨긴 고백을 외쳤다. '우린 한 형제다' 라고. 그런데 내 목소리가 모기 날개짓 소리만큼 작게 들렸다.

밋밋한 호수 길을 벗어나자 험준하고 구불구불한 산행길이 나타났다. 몇 아름은 됨직한 집채만 한 바위들이 그 자리가 저만의 자리인 양 차지하고 서있었다. 장승처럼 떡 버티고 우리의 앞길을 막고 서있다.

장군대에서 바라본 와우도

　우리들은 좁디좁은 외틀어진 틈새 길을 비집고 한 걸음씩, 한 걸음씩 힘
겹게 올라가고 있었다. 절벽이 아닐 뿐이지 급경사였다. 위를 바라보았다.
산길 끝이 아스라하게 높았다. 맨 앞에서 올라가는 사람들은 이미 내 눈에
서 사라진 지 오래 되었다. 아내는 무척 힘들어 했다. 아래 입술을 입안에

푹 집어넣고 깨물면서, 초점을 잃은 눈빛으로 가쁜 숨을 몰아쉬고 있었다. 나를 원망하는 듯한 눈빛이었다. 나는 아내의 펑퍼진 엉덩이를 떠받들며 위로 밀어 올렸다. 너무 무거워 내가 아래로 밀려날 뻔했다. 산행 길에서도 작용, 반작용의 물리적 법칙이 여지없이 적용되고 있었다. 나도 힘들어 헉헉 거릴 수밖에 없었다.

"도저히 못가겠네!"

"여보 조금만 더 힘내봐."

"당신이 그랬잖아, 금강산은 만물상 코스를 빼고는 걷는 것이 거의 없고 평탄한 길만 있다며."

"나도 해금강 코스와 삼일포 코스는 처음이야. 지난번에 가지 못했거든."

나는 아내를 끌어안고 부축하다시피 하면서 산정을 향하여 한 걸음씩 올라갔다. 나도 힘이 들었다. 올라온 길을 뒤돌아보았다. 호수 길이 아득하게 꺼져 있었다. 아니 푹 내려앉아 압축되어 보였다. 그 때 내 눈에 삼일포의 고요한 한낮의 여유로움이 수면 위로 조용히 다가왔다. 몇 가닥의 여린 산들바람이 살짝기 내 볼을 스치고 지나갔다. 뫼 아래와 물 위가 하나로 이어져 있었다. 호수는 서른여섯 뫼의 앞뜨락이었다. 누가 보아도 편하고 느긋한 비단결 호수였다. 잠깐이었지만 평안함이 숨죽이고 침묵처럼 흘렀다. 참된 마음의 평화는 이런 경우를 이르는 말이리라. 정적만이 고요한 삼일포 호수의 물위를 흐르는 넉넉한 한낮의 풍광이었다.

사람의 흔적이라곤 아예 없는
대자연만이 솔깃한 자연,
처처한 빛을 뿜으며
하늘을 우러러 하소연하는
거룩한 청순무구여!
사랑이여, 행복이여!

삼일포 주변 봉우리에는 역사적으로 기념할 만한 여러 누대와, 바위와, 비석과, 글씨와, 다리가 적재적소에 짜 맞추어져 있었다. 이건 하나의 퍼즐 게임이었다. 물가에 있는 《단풍각》을 비롯하여 호수 가운데 《사선정》과 와우도와 밤섬 등 모두가 모자람 없이 아름다운 모습으로 제 자리를 지키는 퍼즐이었다. 그 정답은 하나였다. 지금 이 상황이 정답이었다. 꼭 있어야할 곳에 꽂혀서 우리들을 맞이하고 있었다. 조금은 인간의 머리로 빚었다고 하지만 거의 모든 곳이 자연 그대로의 모습으로 되돌아가려는 완전한 천연의 동화가 이뤄지고 있었다.

봉래대(蓬萊臺)와 장군대(將軍臺)

《단풍관》 조금 비껴 올라서 굽어보는 삼일포는 참으로 아름다웠다. 삥 두르고 있는 높고 낮은 서른여섯의 봉우리들과 맑고 푸른 옥빛의 호수가 환상의 천연 화음을 이루고 있었다. 사람들이 다니기 힘들 정도로 빽빽하게 산자락을 휘감는 금강송 군락의 청청함은 말쑥하게 차려입은 점잖은 신사의 풍모 그대로였다. 흔하지도 않고, 모자라지도 않는, 와우도를 비롯한 몇몇 섬들, 자리와 수효와 크기가 알맞았다.

나는 너를, 너는 나를 서로 끌어안고 아우르는, 어디다 내놓아도 빠지거나 더하지 않는 관계였다. 옳거니 하고 무릎을 탁치며 고개를 끄덕이는 그야말로 내 맘에 딱 떨어지는 사이였다. 오로지 거스름이 전혀 없고 어울림만 있는, 그래서 보는 이로 하여금 넋과 얼을 완전히 빼내고야마는 홀림과 꾐의 진앙지였다. 이토록 다 갖춘 명승은 흔하지 않을 것이다. 더욱 그 위에 놓인 정자라니 가히 사람의 두뇌로써는 상상할 수 없는 신묘한 가경이 아니고 무엇이라는 말인가? 사람의 손끝으로 지은 것이 아닌, 다시 말해 인공으로 빚은 것이 아닌, 하늘의 신묘한 솜씨로 빚은 완벽한 창조 예술이었다. 꼭 있어야 할 그 곳에 자리 메김 하여 놓은 삼일포, 그곳은 천연의 아름다운 절대가경이요, 자연이 빚은 걸작이요, 신품 경지의 반열에 올려도 마땅할 최상의 예술작품이었다.

반도처럼 튀어나와서 길게 파인 호수 길은 고요한 산세를 은은하게 그

망야대에서 바라본 내금강 원경

린 한 폭의 산수화였다. 움푹 들어간 호변은 마치 스칸디나비아 반도 노르웨이의 리아스식 피요르드 해변과 같이 백여 미터 가까이 파여 있었다. 흰 바위를 적시며 물결은 가볍게 출렁거렸다. 출렁이는 푸른 물빛은 옥빛을 띠고 있어 그 깊이가 만만치 않음을 알 수 있었다. 좁은 내처럼 길게 파진 곳에 출렁다리가 훤칠하게 걸려 있었다. 삼일포의 허궁(虛穹)다리였다. 한 참을 돌아와야 하는 곳이지만 이 출렁다리로 인하여 호수 전경을 바라보면서 걸을 뿐만 아니라 출렁대면서 걷는 재미가 쏠쏠하였다. 두 손을 떡 벌리고 무서워 벌벌 떠는 사람들도 있었지만 대부분 밝은 표정으로 건너가고 있었다.

　삼일포를 찾는 사람들 대부분은 다 그런 분위기를 느끼고 있었다. 사람의 손맛이 전혀 가미되지 않은 순수함, 있는 그대로를 모습을 간직한 천연 덕스러움이 구석구석 널려져 있었다. 거리낄 것 없이 편안하게 맞아주는 순수정감, 우리는 삼일포의 이런 환영에 그저 탄복해야만 했고 흥분하지 않을 수 없었다. 호수는 고요한데 내 얼굴은 화끈거렸다. 물빛은 처연한데 내 마음은 너더분했다. 산 빛은 말쑥한데 나의 매무새는 호졸근했다. 물그림자는 반질대는데 나는 철벅대고 있었다. 정(正)과 반(反)의 뜻 모를 감성의 기복이 한참동안 내 머리를 어지럽게 만들었다.

　이 허궁(虛穹)다리는 '출렁다리' 라고도 부르는데, 그 길이가 56m로서 금강산 줄다리 중에서 가장 길다고 가이드는 소개했다. 그 줄다리를 건너자 《봉래대(蓬萊臺)》가 우리를 맞아 주었다. 거짓말같이 지척에 있었다. 허궁(虛穹)다리를 뜀박질하듯 건너고 나서 밋밋한 호수 길을 벗어나자 험준하고 구불구불한 산행길이 나타났다. 조금 지나서 나와 아내는 《봉래대》 밑에 이르렀다. 그곳은 경사면이 매우 가파르고 여기저기 움푹움푹 파여 있었다.

　《봉래대(蓬萊臺)》에도 사연이 얽혀 있었다. 누대(樓臺)의 이름에서 알 수 있듯이 봉래(蓬萊) 양사언(楊士彦) 선생의 행적이 담긴 이야기였다.

봉래(蓬萊) 선생은 함흥, 평창, 강릉, 회양, 안변, 철원 등 8개 고을의 수령을 지낸 인물이었다. 자연을 즐겨했던 선생은 회양군수로 있을 때 금강산에 자주 가서 경치를 감상하였고, 만폭동의 바위에 '봉래풍악 원화동천(蓬萊楓嶽 元化洞天)'이라고 써서 새길 정도로 금강을 사랑하였다. 뿐만 아니라 봉래(蓬萊) 선생은 삼일포 절경을 보면서 이곳《봉래대》에서 심신을 수련하고, 학문연구에 전심하였다 하여 '봉래대(蓬萊臺)'라는 이름이 붙여졌고, 오늘날까지 전해오고 있다. 선생이 무슨 학업의 정진을 이런 절경 속에서 했을까마는 마음을 다스리면서 수신과 학문연마의 두 마리 토끼를 잡으려는 선생의 깊은 속마음이 아니었을까?

　그토록 수양하면서 학문과 서업(書業)에 정진했던 봉래 선생은 안평대군(安平大君), 김구(金絿), 한호(韓濩)와 함께 조선을 대표할 수 있는 4대 문필가가 되었다. 선생은 해서와 초서에 능했는데 특별히 그의 초서와 대서(大書)는 독보적이었다. 그리고 선생은 시조, 가사, 한시, 한문 등 모든 분야에 걸쳐 능하였고, 작위적이지 않고, 표현이 자연스러우며, 낭만적인 상상력이 돋보이는 작품을 많이 남겼다. 빼어난 그의 문학 작품은 오늘날까지도 인구(人口)에 널리 회자(膾炙)되고 있다.

　이 구석 저 구석 참으로 사연도 많고 전설도 많았다. 여하튼 이 모든 것이 삼일포 경관이 우리에게 준 호혜(互惠)였다. 금강송 울울한 속에서 향연(香煙)처럼 피어나는 은은한 솔의 향기가 깔끔하고 맑았다. 쫑긋하게 날선 바위와 수더분한 벼랑, 그 위에 어우르는 서른여섯 목란 꽃 봉우리의 수려함이 숨어있었다. 숲의 정기가 산세 속에 그득그득 숨어 있었다. 해금강에서 금방 내달아 와 바닷물에 촉촉이 젖어 있는, 숨 막힐 듯이 맑은 청정의 공기가 내 머리를 맑게 씻어 주었다. 상서로운 기운이 신비스럽게 매일매일 새롭게 서리는 거울 같은 호수면, 그 고요 위로 정 듬뿍 담긴 봄빛이 정적으로 고요를 끌안고 흘렀다. 덩달아 푸른 물 아지랑이도 하늘거리며 군무를 추고 다녔다. 그리고 망망대해처럼 툭 터진 둑 너머 아스라하게 즐번한 들녘은 연무에 흐려 지친 으늑한 신비경이었다. 그 정기가 어디로 흘러갈까? 그 기운이 만물을 생성하게 하는 원기라고 한다면 그 정기 하나만으로도 걸출한 인물이 억지로라도 태어날 수 있지 않을까? 여기 삼일포가 곧 생명의 원천이요, 완비한 명당이요, 순수의 선경이었다.

이토록 힘들게 나와 아내는 출발한 지 거의 한 시간 반이 다 되어서야 《봉래대》 위에 오를 수 있었다. 땀이 온몸에 흥건하게 배어있었다. 거친 아내의 숨소리는 해냈다는 승전가로 들려왔다.

나와 아내는 가지고 간 약수를 연신 마셔가면서 땀을 식혔다. 한참을 쉬고 있노라니 '휴식 끝'이라는 안내원의 외마디 외침 소리가 위쪽 고개에서 들려왔다. 고요한 호수 면 위로 산울림은 쩌렁쩌렁하게 온 산을 깨우고 메아리가 되어 호수를 가득 메우고 흘렀다. 산울림은 거

백헌(白軒) 선생 시

선산의 미련 여생엔 없소, 느린 걸음으로 돌아보오.
계곡 물소리는 먼데,   정 듬뿍 흐르는 물.

듭하면서 점점 잔잔한 호수의 물결처럼 여려져 명주실처럼 가늘게 스러져가고 있었다.

우리는 다시 버스정류장이 있는 쪽을 향하여 난 길을 따라 발걸음을 재촉하였다. 약간의 오르막길을 오르노라면 삼일포 호수 전체가 보이는 남쪽 봉우리 정상에 오를 수 있었다. 이곳에 큰 정자가 서 있었다. 《장군대(將軍臺)》였다. 산마루에 있는 커다란 바위 위에 세워진 정자인데, 삼일포 호수의 전체가 다 보이는 최적의 자리에 있었다. 나와 아내는 곤한 몸을 비틀고 정자 아래 턱 바위에 서있었다. 소나무를 부여잡고 정자 위를 올려 보았다. 한참 거리 떨어진 누대 안에서는 먼저 도착한 관광객들이 노래도 부르고, 우스갯거리를 나누기도 하면서 어색한 관계를 부드럽게 삭이고 있었다. 어떤 사람은 육자배기의 흥겨운 노래 가락이 버무려진 민요 한 자락을 뽑기도 하였다. 심한 사람은 북측 안내원 아가씨에게 노래까지 시키는 사람도 있었다. 그래도 신통한 것은 그때마다 안내원 아가씨는 북측에서 요즈음 유행한다는 노래를 멋들어지게 불러댄다는 것이었다. 그러면서 우리 일행들이 다 오기만을 기다리고 있었다.

이렇듯 노닥거리며 흥청거리는 들뜬 노래 소리를 듣고 있노라니 한참의 시간이 금세 지났다. 이젠 땀도 많이 식었다. 마지막 오름이 기다리고 있었다. 정자에 오르는 길은 아까보다 더 힘들었다. 거의 수직에 가까운 경사가 위협적이었다. 지그재그로 오르기 때문에 시간이 많이 걸렸다. 나와 아내가 가장 늦게 도착하였다고 생각했는데 우리보다 더 늦게 올라오는 사람들도 많았다.

굽어 꺾인 틈새로 좁은 길이 나 있었다. 아까 등산로 입구에 널려 있던 바위들 보다 훨씬 커다랗고 널따란 집채 바위들이 줄지어 늘어서 있었다. 그러나 잘 생긴 바위에는 어김없이 김일성 주석의 유시(諭示)나 부인 김정숙 여사의 격려문이 빼곡하게 새겨져 있었다. 그 내용을 살펴보면 북측 혁명 사상과 관련된 선동, 선전의 문구들이 거의 대부분이었다. 처음부터 예술성과는 전혀 관련이 없어 보였다. 최근에 내가 본 북측 서예 작품들은 전통에 뿌리를 둔 것도 아니고, 실용성에 근거를 둔 것도 아니었다. 그렇다고 남측에서 여성들이 많이 쓰는 궁체 글꼴도 아니고, 역사적인 자료에 근거한 글꼴도 아니었다. 펜글씨의 필기체 비슷한 글꼴을 띄어쓰기를 하지 않고 이어서 써내려간 특이한 한글 서체라는 생각이 들었다. 나는 서예가로서 글씨의 예술성을 살펴보았다. 전혀 관련이 없었다. 그저 읽기 편하고 쓰기에 간편한 단조로운 글꼴로 새겨서인지 내가 보기에도 그다지 아름다운 편은 아니었다.

여기까지 올라오는 산길은 색다른 체험의 고행 길이었다. 짧은 거리였지만 거칠었다. 등산로를 가로막고 있는 커다란 바위들은 이제까지 올라올 때 느꼈던 분위기와는 전혀 달랐다. 구멍이 뚫린 바위를 고개 숙이고 지나가기도 했고, 사람이 겨우 비낄만한 좁은 틈새 길을 헤치면서 올라가기도 했다. 우린 이렇게 힘들여 이곳 《장군대》 위에 있는 산마루에 올라왔던 것이다.

나는 언제 다시 올 줄 모르는 삼일포의 정경을 샅샅이 머릿속에 다 외워두었다. 등산로에서 벗어난 돌출된 《장군대》에서 삼일포 전체를 심미안으로 면밀하게 살펴보았다. 그리고 필름처럼 줄줄이 엮어서 차례차례 모아 머릿속 유에쓰비(USB)에 담아 두었다. 이건 분명 탐스럽고 값진 추억이 될 것이다. 이 천혜의 절경 앞에서 나는 이미 먼 미래에 만날 추억을 위해 차곡차곡 쌓아두기로 마음먹었다.

단서(丹書)와 사선정(四仙亭)

낭떠러지 위에 《장군대》가 있지만 산꼭대기에 전망대에는 누각이 따로 있을 필요가 없었다. 이곳 바위 위에서 삼일포 전체를 볼 수 있기 때문이었다. 나만 그렇게 생각하고 있던 것은 아니었을 것이다. 십 수 미터가 넘는 놀면한 빛깔의 절벽이 삼일포를 감싸며 굽어보고 있었다. 주위 소나무 숲도 층진 벼랑들과 어깨를 나란히 하고 호수를 내려다보고 있었다. 호수 한 가운데에는 아까보다 더 작은 조그마한 여러 바위섬들이 점처럼 떠있었다. 그 위에 작은 원두막 같은 《사선정》이 앙증맞게 물 위에 떠 있었다. 어떻게 작은 정자를 호수 바위섬에 만들려는 생각을 했을까? 그 옛날 사선들이 삼일 간 마음껏 즐기고 떠난 곳, 경승과 아울러 운치를 돋울 수 있도록 배려의 마음을 가지고 정자를 세웠을 것이다.

나의 생각은 어느새 삼일포의 유래를 떠올리며 멀리 사선이 살았던 신라시대로 거슬러 올라갔다. 그리고 가상의 사연들을 현실처럼 연상해 보았다. 네 분의 화랑, 그러니까 영랑, 남랑, 술랑, 안상의 네 신선 곧, 사선께서 설악산과 속초의 영랑호를 거쳐 이곳 호수에 이르렀다. 아름다운 영랑호보다 훨씬 더 빼어난 호수가 삼일포라는 것을 알게 되었다. 사선들은 그 어디에서도 볼 수 없고 구성진 짜임새를 갖춘 이곳의 아름다움에 소스라치게 놀라지 않을 수 없었다. 그리고 차례차례 여러 곳을 둘러보기로 마음먹었다.

사선들은 이 곳 삼일포에 도착해서 맨 먼저 어떤 수도 과정부터 했을까? 나의 어줍지 않은 상상의 나래가 어김없이 다시 펼쳐졌다. 나의 연상으로는 아마 뱃놀이부터 하였을 것이다. 그리고 호수 섬에 올라 주변 산을 바라보았을 것이다. 그리고 넓적한 바위하나를 찾았고 그 곳에다 자기들의 유람 흔적을 후세에 남기기 위해 '사선정'이라는 글씨를 썼을 것이다.

선상 유람을 마친 사선들은 흡족한 마음을 안고 다시 뭍으로 올랐을 것이다. 호수 주변 숲과 알맞게 자리한 암벽들, 그리고 그 넘어 서른여섯 봉우리와의 천연의 어울림에 감탄하지 않을 수 없었을 것이다. 호숫가 솔숲 길을 완보하며 사색에 잠기기도 하였고, 천렵도 즐기고 사냥도 즐겼을 것이다. 그리고 곡차도 몇 순배 돌렸을 것이다. 취하면 흥취가 일어나는 법, 가둘 수 없는 흥에 겨워 요즈음 시쳇말로 한 곡조 뽑지 않을 수 없었을 것이다.

그리고 난 다음에는 산 정상에 올라 호수와 호수 섬을 바라보고 싶었을 것이고, 시 한 수씩 지어 서로 글 솜씨를 뽐내고 견주어 보고 싶었을 것이다. 온종일 둘러보았으나 이 좋은 곳에서 하루해는 너무 짧았다고 여겼을 것이다. 왜냐하면 주변 산봉우리의 빼어난 경관과 보석같이 맑고 푸른 호수의 아름다움에 반하지 않을 수 없었기 때문이었다. 삼 일쯤 여유를 가지고 유람하면서 마음껏 산천경계를 즐기면서 호연지기를 느끼고 싶었을 것이다. 드디어 네 신선은 이곳 삼일포 호숫가에서 삼 일간 더 머무르며 실컷 명승을 즐기고 난 뒤에 길을 떠나가기로 마음을 정했다. 고심 끝에 내린 결정이었다. 여기까지가 나의 상상이었다. 얄팍한 나의 낭만적인 생각은 여기서 멈추는 것이 좋을 것이라 생각했다. 내가 네 분과 같은 신선이었다면 위에서 잠깐 추측했던 것처럼 삼일포에서 달포쯤 유람했을 것이다.

단서에 대한 기록은 정송강의 《관동별곡》에도 나온다.

「단서(丹書)는 완연(宛然)하되 사선(四仙)은 어데 가니
선유담(仙遊潭) 영랑호(永郎湖) 거긔나 가 잇는가」

'여기서 이르는 단서는 붉게 쓴 '영랑도남석행(永郎徒南石行)'이라는 여섯 글자를 말한다. 사선이 삼일 동안 유람을 마친 뒤 길을 떠나기 전에 바위 위에 붉은 글씨로 여섯 글자를 써놓고 이곳 호수를 떠났다고 한다. 그 붉은 글씨가 새겨있는 바위를 우리는 '단서암(丹書岩)'이라고 부르고 있다.

사선들이 삼 일간 머물렀다 떠난 이후로 이곳 호수는 '삼일포'라고 부르게 되었고, 높직한 마애 위에 붉게 쓴 글씨는 '단서'가 되었으며, 호수 섬 와우도 바로 옆 넙적 바위 위에 세워진 정자는 《사선정》이 되었다.

호수 한가운데에는 커다란 암소가 누워있는 형상의 와우도(臥牛島)가 있다. 작은 돌섬에 불과하지만 작은 소나무들을 머리에 이고서 누워있는 자태가 누가 만들어 놓은 건지 황소 몸과 꼭 닮았다. 호수 물빛과 잘 어울려 아름다웠다. 밋밋한 호수를 가장 빛나게 하는 벽옥(碧玉) 덩어리였다. 이보다 더 멋있고 큰 벽옥은 없을 것이다. 빛나는 자리에 빛나는 벽옥이 누워서 광채를 발하고 있었다.

호수 한 가운데 있는 와우도는 크고 작은 몇 개의 바위가 뭉쳐진 작은 섬이었다. 섬은 섬인데 섬이라고 부를 수 없을 만큼 작은 바위섬에 불과했다. 작은 소나무를 심어놓은 분재라 할 만큼 깜찍한 섬이었다. 섬의 기준은 얼마만큼 커야 섬이라고 부를 수 있을까? 그 기준도 모호하겠지만 여하튼 와우도는 분명 섬이었다. 울룩불룩하게 생긴 크고 작은 바위들이 한 곳에 옹기종기 포개져서 커다란 수반 위에 잠긴 채로 몇 천 년을 견뎌온 바위들이었다.

호수섬 와우도 옆에는 비교적 작지만 그래도 웬 만큼은 큰 정자 하나가 물위에 떠있었다. 호수 분위기에 알맞은 누각이 고즈넉하게 세워져 있었

사선정

다. 그것은 《사선정》이었다. 옥빛 물속에 네 발을 깊게 담그고, 호수물 위에 함초롬히 떠있었다. 사선 그러니까 영랑, 남랑, 술랑, 안상의 네 신선들만이 다녀갔을 법한, 아무라도 손을 쭉 뻗으면 닿을 듯한 지근한 자리에 있지만, 어느 누구도 쉽게 범접하지 못할 자리에 서있었다. 구리거울에 비친 전설의 물빛을 받고 고색창연한 자태로 호기롭게 그리고 처연하게 서있었다.

언제나 푸른 솔빛을 머금은 와우도와 오랜 세월 말없이 암회(暗灰)의 빛

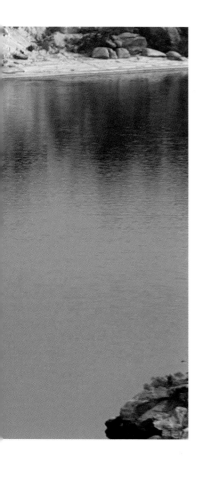

을 발하는 말끔한 지붕의 《사선정》은 송 (松)과 와(瓦) 곧, 록(綠)과 회(灰)의 묘한 대조를 이루고 있었다. 부조화의 어울림 이 더 조화롭게 보이는 경우라 할까? 여 하튼 삼일포 호수와 호수 섬, 삥 둘러 감 싸는 삼십육 봉과 그리고 툭 터진 둑길과 들판이 짜 맞춘 듯 환상의 궁합을 이루고 있었다.

헤아리기 힘들고 지루하리만치 많은 금강산의 바위들은 다양하게 주름지고, 신묘하게 갈라지고, 기괴한 형상을 이루 는 곳이 많고도 많았다. 그리고 가슴 벅 찰 정도로 모두가 아름다웠다. 하지만 이 곳 삼일포 호수의 몇 개의 호수 섬, 그 중 에서 《사선정》과 와우도는 섬이라기보다 는 한 덩어리 바위여서 더 정겹게 느껴졌 다. 있는 듯 만 듯해서 더 귀하고, 작고 평범한 무변화이어서 그 은은한 맛이 더 도드라져 보였다. 서로의 모순을 지닌 극 과 극의 대립일지라도 무던한 마음으로 수용하는 자연만이 이룩할 수 있는 진한 모순과 패러독스의 조화였다.

얼마 전 경상대학교 경남문화연구원에서 연구원으로 활약하는 이영숙 박사가 나에게 함께 번역한 역저 《금강산유람록》 7권을 남편 돌빛 최석찬 형을 통해 전해 주었다. 이 책에 수록된 홍여하(洪汝河)가 쓴 《유삼일포기 (遊三日浦記)》에 있는 오언시를 읽고 나는 많은 느낌을 받았다.

석문삼일포 (昔聞三日浦) 옛날 삼일포에 대해 듣고,

금상사선정 (今上四仙亭) 이제야 사선정에 올랐네.
수박백은반 (水拍白銀盤) 물은 하얀 은쟁반처럼 일렁이고,
산위창옥병 (山圍蒼玉屛) 산은 푸른 옥병풍처럼 둘러 있네.
천공채운습 (天空綵雲濕) 텅빈 하늘에는 채색구름 젖었고
석자추광청 (石者秋光淸) 해묵은 바위 가에는 가을빛이 맑네.
선인거이원 (仙人去已遠) 신인이 떠난 지 이미 멀어지고,
고정금무영 (古亭今無楹) 오래 된 정자엔 이제 기둥도 없네.
천재복오인 (千載復吾人) 천 년 만에 우리들 다시 오니,
육자간유명 (六字看猶明) 여섯 글자는 선명하게 보이네.
당시유희처 (當時遊嬉處) 당시에 즐겁게 놀던 곳에서는
운외생소성 (雲外笙簫聲) 구름 밖까지 퉁소 소리 들리네.
풍고영랑호 (風高永郎湖) 영랑호에는 바람이 높고,
월상안상정 (月上安祥亭) 안상정에는 달이 떠오르네.
고준박주처 (孤樽泊舟處) 배 댄 곳에서 홀로 술잔 기울이니
차고운봉영 (此固云蓬瀛) 여기가 진실로 봉래산·영주산이로다.

〈윤호진, 이상필, 강정화, 이영숙, 강동욱, 문정우 공동 번역〉

  햇빛 쏟아지는 한낮의 나른함이 더없이 좋았다. 아무런 할 일이 없어서 더욱 좋았다. 모두 내팽개치고 무념으로 살고 싶은 맘뿐이었다. 평화롭고 여유로우며, 넉넉하고 고요하며, 한가롭고 평안한 삼일포에서의 봄 나들이였고 봄 구경이었다. 이를테면 금강에서 즐기는 봄 놀이였다. 삼일포의 그 파란 물빛은 정오의 폭포수 같은 햇살과 함께 노긋노긋한 우리들의 마음을 한껏 부추기고 있었다. 이 봄에 맘껏 느껴보는 상춘(賞春)도 이만하면 호사가 아니고 무엇일까?
  정말 이곳을 찾은 사람들은 일정과 관계없이 흐트러진 마음을 가지런하

게 다스리고, 헐거워진 몸의 기운을 추스르고 돌아간다고 한다. 삼일포에서의 유람을 심신연마의 수련과정으로 여기고 들렀다가 원기 충전을 하고 다녀간 사람들처럼 나도 그러한 느낌을 받고 가야겠다고 다짐했다. 호수를 향하여 두 손을 가슴에 대고 꾸욱 누르면서 심호흡을 여러 번 해보았다. 물론 아내도 나를 따라 여러 번 심호흡을 반복하였다. 원래 건강에 좋다면 양잿물 몇 그릇이라도 먹을 사람이 내 아내였다. 따라 하는 아내의 모습을 보고 혼자 고개를 숙이고 몰래 속웃음을 씩 웃었다.

옥류판(玉流館) 평양 랭면

　그렇게 시간은 우여곡절 끝에 정오를 지나 오후 1시로 넘어가고 있었다. 시장도 했지만 점심을 먹는 시간이 정해져 있어 우리는 서둘러서 《온정각(溫井閣)》을 향하여 내려갔다. 약간의 허전거림을 느끼면서 나와 아내는 어제와 달리 《목란각》이 아닌 평양랭면 전용관으로 알려진 《옥류관》으로 향했다. 온정리로 오는 도중에 차창 밖을 바라보니 바닷가에 지어진 집들이 헐겁게 보였고, 그 곳에서 사는 어부들의 동네가 한적하기 이를 데 없었다.

　금강산 근처의 밭과 논을 일구면서 살아가는 농부들이 점심을 먹으려고 집으로 내려오는 모습도 보였다. 모자가 없는 사람들이 대부분이었고 있다 하여도 볼품없는 허름한 것뿐이었다. 일 하다 말고 와서인지 입고 있는 옷가지도 빛바랜 상태였고 후줄근한 모습들이었다. 이곳 북측 사람들은 집단농장에서 살면서 매일 일할 논과 밭으로 나아가고, 다 같이 모여서 일하며, 때가 되면 함께 마치고 집으로 돌아와 저녁식사를 하는 것이 늘 반복되는 일과라고 한다.

　다 그런 것은 아니겠지만 우리 남측에도 어려운 사람들이 많이 있다. 이곳 북측 사람들의 형편과 흡사한 경우도 나는 많이 보았다. 그렇지만 먹는 것만큼은 부족함 없이 잘 먹고 잘 살고 있다. 옛날 임금님 부럽지 않은 식생활을 즐기고 있는 것이다. 간혹 노숙자들이 있어 끼니를 해결하지 못하고, 길거리에서나 지하철 역사 부근에서 잠자는 사람들을 더러 보았다. 그 래도 여러 종교나 사회단체에서 매일 밤마다 밤이 새도록 라면을 끓이거 나 밥을 지어서 먹이기 때문에 하루하루의 생활을 계속할 수 있다고 한다.

멀리 활처럼 휜 장전항 부둣가는 평화롭게 물 위에 떠 있었다. 허여멀겋 고 좁다란 스카프같이 흰 금강산 해수욕장의 백사장이 먼 나라의 풍경 같 이 아름다웠다. 그 밑을 굽어보고 있는 수정봉의 또렷하게 흔들리는 산 그 림자, 사진도 사진이려니와 그 조화가 탁락(卓犖)했다. 우리들이 어제 밤 에 잠잤던 호텔 곧, 선상호텔인 《해금강호텔》도 한낮에 바라보니 배가 아 닌 큰 건물이었다. 6층까지 있는 바다 위에 떠있는 호텔이어서인지 왠지 잠자리가 무척 행복했다는 생각이 들었다. 만약에 이 유람선이 영해 상에 떠있었다면 파도에 흔들거려 배 멀미가 났을 것이다. 그러나 우리가 묵었 던 호텔 유람선은 단단하게 묶여 정박된 상태였기 때문에 그렇게 염려할 필요는 없었다.

온정리에 도착했을 때 시계를 보았다. 정오가 조금 지났다. 나와 아내는 점심으로 《옥류관》에서 평양랭면을 먹기로 했다. 그리고 난 뒤 사우나하 기로 마음을 정했다. 시간이 별로 없었기 때문에 오후 세 시까지 온정각의 지정장소에 모이라는 기별이 왔다. 나와 아내는 《옥류관》 식당으로 얼른 발길을 옮겼다. 정문 옆에는 파란색 철조망이 쳐있고, 한 사람이 지나갈 정도의 좁은 쪽문이 나있었다. 그 쪽문 바로 곁에 무장한 북측 군인 둘이 군모를 뒤로 확 젖혀 쓰고 장승처럼 서 있었다. 웃는 것도 아니고 화난 것 도 아닌 이상야릇하고 묘한 표정을 짓고 있었다. 말을 걸어도 안 되지만 걸고 싶지도 않고, 설사 말을 건다 하여도 대답은커녕 대꾸 조차하지 않을 것 같아 보였다.

정문에서 건물까지는 스무 걸음 정도 떨어져 있었다. 좌우로 잔디밭이 파랗게 깔려있고 곧게 줄 세운 진입로 길섶이 말끔했다. 나는 식당 주위의 산세를 캠코더 촬영하듯 뼁 돌려가면서 돌아보았다. 야트막한 작은 산봉우리들이 겹겹이 포개져 보이고, 그 너머엔 웅건한 구름을 머금은 운봉들이 신선들과 함께 살고 있는 선경으로 다가왔다. 비록 웅장하지는 않지만 굳건하고 씩씩한 땅딸이 암벽들이 시원하게 산봉우리 아래를 하얗게 덮고 있었다. 여기저기 솔빛으로 덧칠해 놓아, 지척이건만 보기에 얼마나 아름다운지 모르겠다. 한편으로는 정겹기도 하고 또 한 편으로는 범접하지 못하게 막는 듯하고, 그 예사롭지 않은 자태에 나는 은근히 놀라고 있었다.

식당 문을 열고 안으로 들어섰다. 천장이 높다랗다. 넓고 높은 벽에는 금강산 전경을 산수화로 그린 초대형 그림이 그려져 있었다. 나와 아내는 압도되고 말았다. 금강산 그림이 우리 모두를 짓누르면서 위엄을 띠고 우리를 맞이하고 있었다. 이건 우리를 위축시키려는 의도로 보였다. 식당 내부도 훤칠하게 높았다. 산사의 법당처럼 높직했다. 환풍을 위해 돌아가는 선풍기의 날개 짓이 느긋하고 여유로웠다.

우리가 앉은 식탁 맞은편에는 대형무대가 있는데 가끔 북측 가수들이 나와서 그들의 유행가를 군가처럼 씩씩하게 불러준다고 안내원 아가씨가 알려 주었다. 우리는 그들의 노래 공연을 볼 수 없었다. 하지만 그들이 어떻게 노래하고 어떻게 무대에서 연기를 펼치는지 나는 잘 알고 있다. 삼년 전에 캄보디아 씨엠립에 있는 《앙코르와트》를 다녀왔었다. 그 곳 북한 식당 《옥류관》에서 종업원들이 안내와 접대 가요와 무용의 1인 4역을 다 해내는 것을 보았다. 그래서 이곳도 그곳에서처럼 일하는 여종업원들이 음식을 나르다가 멈추고, 급하게 무대에 올라가서 노래하고, 춤추고, 안내 말씀을 전하는 일인 다역의 연기를 펼칠 것이 분명할 것이기 때문에 나는 보지 않아도 다 알 수 있었던 것이다.

식당 안은 비교적 깨끗했다. 분위기가 시끄러워서 그렇지 북측 사람들은 변함없이 친절했다. 언제나 상냥했다. 그 삽삽하고 서글서글한 말씨가 매우 인상적이었다. 길손 맞는 자세는 그만이었다. 다만 그 깊은 속내를 보이지 않고 있지만 겉으로 보기에는 정말 다사롭게 맞아주었다.

메뉴판을 살펴보고 평양랭면 두 그릇을 시켰다. 두 해 전에도 나는 동료 교사들과 함께 이곳 《옥류관》에서 평양랭면을 시켜 먹은 일이 있었다. 아내는 평양랭면의 맛에 대하여 전혀 알지 못했다. 서울에서도, 그 어느 곳에서도, 이북식 냉면은 먹어 본 적이 없었다고 말했다. 무척 기대하는 눈치였다. 그래 얼마나 만족을 느낄 수 있을까? 철부지처럼 궁금해졌다.

나와 아내는 서울에서 함흥냉면 집에 자주 가서 냉면을 시켜 먹곤 했다. 식당에 들어가 자리를 정하면 으레껏 먼저 따끈하고 짭쪼롬하고, 감칠맛 나는 육수를 내오고, 그 다음 냉면 김치나 무생채 그리고 간단한 밑반찬을 얹혀서 내놓았다. 이것이 일반적인 길손 맞는 서울의 함흥냉면 밑반찬 차림새였다. 그리고 난 다음 한 십 분 쯤 지나면 주 메뉴인 맛깔스런 냉면이 나왔다. 우리들은 이러한 남측의 냉면 먹는 방식에 익숙해진 때문일까 그 손톱만큼의 차이로 어색함을 느끼고 있었다.

금강산 온정리 《옥류관》에서의 냉면 내오는 방식은 남측하고 사뭇 달랐다. 이곳에서는 먼저 친절하게 방실방실 웃는 북측 안내원 아가씨들의 살랑거리는 인사말과 함께 차림표가 건네졌다. 차림표를 보았다. 크게 평양랭면과 평양 쟁반랭면 그리고 메밀 부침개로 나누어져 있었다. 옆에 앉은 손님의 밥상을 훔쳐보았다. 먼저 평양랭면은 큼직하고 누릿한 놋쇠 대접에 모자라지 않고 넉넉하게 면발이 담겨 있었다. 그 위에 오래 달인 곰국 곧, 육수를 붓고 여러 가지의 양념과 웃기를 얹혀서 내왔다. 보기에도 푸짐하게 보였다. 먹음직스러워 침이 꿀꺽 넘어갈 정도로 맛있게 보였다. 그 다음 평양 쟁반랭면은 더 거창하게 보였다. 가운데 등잔 밭침같이 솟아나온 커다란 놋쇠 쟁반에 상추, 깻잎, 무채, 고춧가루와 파, 마늘, 조선간장, 그리고 고소한 참깨와 들깨가 섞인 깨소금이 곱게 치장하듯 버무려서 내왔다. 고소한 참기름 냄새가 코끝을 사정없이 훔치고 지나갔다. 순간 군침이 확 돌았다. 행복하다는 생각이 와락 들었다.

손님들은 저마다의 식성에 따라 평양랭면을 시키든지 아니면 평양 쟁반랭면을 시키면 되었다. 술을 곁들이고 싶으면 옥수수 막걸리나 소주, 아니면 들쭉술을 시키면 되었다.

　오래 걸리지 않아 우리 상에도 반찬이 성큼 놓였다. 냉면이 나오기 전에 반찬이 먼저 나오는 것은 남측과 북측이 같았다. 따뜻한 찻물과 함께 겉절이 김치와 냉면김치 한 접시, 그리고 맛보기로 잘 갈아 부드럽고 누런 감자 부침개 한 접시가 에피타이저로 나왔다. 시장한 나와 아내는 허겁지겁 마파람에 게눈 감추듯이 메밀 부침개 한 장을 해치웠다. 시장해서 그랬을까? 그 맛이 꿀맛이었다.

　이어서 누렇고 커다란 놋그릇에 담긴 평양면랭이 나왔다. 그릇은 옛날 궁중에서 사용했을 법한 고급 한정식 집에서나 볼 수 있는 누런 빛 번쩍이는 방짜유기 곧, 놋쇠 대접이었다. 곱게 감아 말아 세운 허연 메밀 빛깔의 면발이 오뚝했다. 그 위에 얇게 썬 얼룩진 수육이 널찍하게 놓였고, 선홍빛 양념과 계란말이를 썬 노란 웃기가 수육을 살짝 가리고, 보름달처럼 환한 반쪽의 달걀이 뒤뚱대듯 올려 있었다. 칡즙 빛을 띤 육수는 놋그릇에 그득 부어선지 푸짐하게 보였다. 면을 풍덩하게 잠기게 하여 보기만 해도 넉넉함이 넘쳐났다. 식욕을 돋우는 먹음직스런 평양면랭이었다. 입안에선 군침이 살살 돌았다.

　조금 후에 친절한 북측 여자 봉사원이 우리 식탁에 다가왔다. 그녀는 '겨자는 젓가락으로 면을 들어 올린 뒤 육수에 풀고 식초는 면을 들어 올린 뒤에 면발에 고르게 뿌리고 잘 섞은 다음 육수와 양념을 잘 버무려야 합니다. 그렇게 해야만 면발도 탱글탱글하고, 냉면을 다 먹을 때까지 맛있게 먹을 수 있습니다'라고 자세히 설명하면서 직접 겨자와 식초 넣는 법을 시범으로 보여 주었다.

　나와 아내는 그 안내원 동무가 알려준 방식을 따라서 먼저 매콤한 겨자와 시큼한 식초를 넉넉히 두르고 나서 젓가락을 양손으로 세워 들었다 놓았다 여러 번 반복하여 면발과 육수와 양념을 섞어 나갔다.

옥류관

　오늘로 두 번째 맛보는 《옥류관》에서의 평양면랭, 오늘의 냉면 맛은 또 어떨까? 궁금한 생각도 잠깐, 나는 급하게 냉면 면발을 빨아들이기 시작했다. 처음에는 육수와 면의 맛이 슴슴하고 싱거워 다소 밍밍한 맛이었다. 인공조미료를 전혀 쓰지 않았기 때문에 맛이 모자란듯했지만 먹을수록 깊고 오묘한 맛과 개운하고 감치는 맛을 느낄 수 있었다. 정말 꿀맛이었다.

　평양면랭은 탱글탱글하고 쫀득쫀득한 함흥냉면의 면발보다 메밀이 많이 들어가 부드러운 것이 특징이다. 미끄럽게 잘리는 면발의 촉촉한 감촉이 입안을 그득하게 감쳤다. 달지도 않고, 시지도 않고, 맵지도 않은 아주 적당하게 어우러진 깊고 그윽한 감칠맛이 일품이었다. 뭔가 부족하여 밍

밍한 느낌이 없는 것은 아니지만, 처음 그대로의 순수한 냉면 맛 그 자체였다.

메밀 특유의 편하고 순한 내음을 가득 담고 연하게 씹히는 면발, 그리고 새콤하고 매콤한 갖은 양념이 뒤범벅이 된 그 휘감기는 맛이 유별했다. 상큼하고 싱싱한 야채의 와삭와삭 씹히는 식감과 가늘게 가신 계란말이 웃기의 촉촉하고 구수한 맛의 어울림이야말로 맛의 참된 조화가 아니고 무엇일까?

소고기 편육은 한우 특유의 담백하면서도 고소한 맛을 마음껏 뿜어내고 있었다. 씹으면 씹을수록 쫄깃쫄깃했다. 엉기는 듯 감기면서 터지는 육즙, 그 구수한 감칠맛이 입 안 가득 이곳저곳을 후비고 다녔다. 진한 맛이 그득 배어 있어도 전혀 느끼하지 않았다. 잡내 잡는 식자재를 전혀 쓰지 않았는데도 누린내가 전혀 나지 않아 물리지 않았고 그 깔끔한 맛을 넘쳐나게 했다.

'냉면' 하면 물냉면이 제일이다. 비빔냉면도 있고, 쟁반냉면도 있고, 회냉면도 있지만 그 원조는 물냉면이다. 여러 가지의 바탕 식재료 그러니까 다시멸치, 다시마, 명태머리, 꿩 고기와 돼지나 소 뼈 등을 오랜 시간 달여서 우려낸 육수는 냉면의 맛을 결정하는 가장 중요한 요건이다. 놋대접에 넉넉하게 담겨 깊은 맛을 품고 있는 육수는 온갖 맛을 더해서인지 냉면 식사의 끝마무리를 잘 할 수 있도록 돕고 있었다. 육수 국물을 조금도 남길 수가 없었다. 모두 다 마시고 난 뒤에야 식사를 마칠 수 있었다. 내 마음은 너무나 흡족하고 행복했다.

나는 허겁지겁 좌우를 살필 겨를도 없이 냉면 한 그릇을 순식간에 비우고 말았다. 하지만 아내는 평소에 느리게 식사하는 습관이 있어서 아직 다 비우지 못했다. 반찬이 모자란 모양이었다. 아내는 곧바로 안내원 아가씨를 불러 추가로 반찬을 부탁했다. 뚱하지 않고 날씬한 안내원 아가씨들의 시원스러운 대답과 함께 아까보다 많은 수북하게 담긴 반찬이 덩실거리며 나왔다. 반찬이 모두 살아 춤추고 있었다. 안내원의 쟁반 위에 얹혔던 반찬은 식탁 위에 퉁명스러운 소리를 내며 놓였다. 아내의 표정을 볼 때 평양랭면이 그다지 맛있다는 표정이 아니었다. 아마 그것은 남측 함흥냉면에 익숙해서일 것이다. 아니 남측 냉면의 자극적인 양념 맛에 길들여져서일 것이다. 여하튼 오늘 《옥류관》에서의 평양랭면 점심식사는 평생 잊지 못할 흡족하고 흔쾌한 음식체험이었다.

식당 안은 우리네 해질 녘 동네 재래시장처럼 시끌벅적했다. 큰소리로 말하면서 쩝쩝거리며 먹는 나이 드신 어르신들, 멀고 먼 고향 섬에서 여럿이 떼 뭉쳐 온 사람들, 아이들과 함께 와서 이리저리 아이들을 찾고 다니는 떠들썩한 젊은 아줌마들, 우리 내외처럼 조용히 수군거리며 점잖게 먹는 사람들, 참으로 다양한 식습관이 드러나고 있었다. 그 중에 아주 거북스럽고 부끄러운 모습은 북한 들쭉술을 한두 잔 마시고 기분이 습습하여 고함치듯 외쳐대는 시골에서 온 아저씨들이었다. 먹는 것 하나만 보아도 많은 식성의 품계를 나눌 수 있을 것 같았다.

온정리 《옥류관》의 평양랭면 맛은 어제의 《목란각》의 냉면보다 훨씬 맛이 좋았다. 일단은 담담하면서도 맛깔스러웠다. 양념을 비교적 적게 한 순수한 냉면 바로 그 맛이었다. 면발도 적당히 연하면서 쫄깃쫄깃했고 육수도 담백하며 깊고 은은했다. 한 조각의 수육은 부드러우면서 감칠맛이 넘쳤고, 씹히는 면발과 잘 엉기어, 냉면의 맛과 향이 오래토록 입안에서 맴돌게 하였다. 옥류관 평양랭면의 고객 만족도를 점수로 매긴다면 만점을 줄 수 있겠다. 이건 나의 냉정한 평가였다. 어제 《목란관》에서의 냉면 맛과는 차원이 달랐다.

남측 음식점에서 많이 쓰는 말 가운데 '원조'라는 말이 있다. 이 말은 어떤 음식을 맨 처음 개발하여 크게 성공했거나, 전통의 음식 맛에 가장 가깝고, 그 맛을 아주 감칠맛 나게 만들어 파는 소문난 음식점을 이르는 최근의 신조어라고 알려져 있다. 장충동 원조 할머니족발을 시작으로 태

릉 원조 돼지갈비, 전주 남부시장 원조 이맛 전주 콩나물국밥, 서초동 원
조 보쌈김치, 포천 이동 원조 암소숯불갈비, 명일동 유일한 원조 아구찜
등 간판 앞에 붙이면 다 원조였다. 아무나 원조가 될 수 있는 현실이 되었
다. 그러니 어느 누가 원조가 되고 싶지 않겠나? 이제는 원조를 구별할 수
도 없고 구별할 필요가 없어지고 말았다.

예전의 원조 식당은 나이가 많이 든 할머니가 주인인 경우가 대부분이
었다. 내가 알기로는 거의 다였다. 하지만 그러한 음식에 대한 자부심도
추잡한 상술로 더럽혀져 원조 식당이 많게는 수천 군데가 있다 하니, 우리
와 같은 순진한 식도락가들은 헷갈리지 않을 수 없는 것이다. 맛에 대한
책임감이 전혀 없는 무책임하고 저속한 상술이 아닐 수 없다.

이 곳 금강산에서 먹어 본 평양랭면이야말로 진짜 평양식 냉면이요, 그
누가 뭐라 해도 냉면의 원조임에 틀림없었다. 원조라는 선전 문구를 붙이
기에 전혀 손색이 없는 진정으로 맛있는 원조 냉면이었다. 부드러운 듯하
며 알맞게 쫄깃쫄깃한 평양랭면의 이 맛을 나는 오래토록 잊기 어려울 것
이다.

온정리 온천

평양랭면으로 기분 좋은 점심 식사를 마친 나와 아내는 곧바로 온정리 금강산온천으로 올라갔다. 어제는 금강산온천 사우나에서 목욕을 한 시간 반 정도로 비교적 길게 했다. 하지만 오늘은 피로만 간단히 풀기로 다짐하고 가벼운 마음으로 싸우나 안으로 들어갔다. 어제도, 두 해 전에도 느꼈던 것처럼 금강산 온정리 온천의 물은 깨끗하기도 하지만 몸에 닿을 때 느끼는 감촉이 다른 온천수와는 차원이 달랐다. 미끈미끈한 물의 점성이 온 몸에서 고르게 느끼는 것도 좋지만 각종의 미네랄이 많이 함유되어 있다는 점이 가장 큰 장점이었다. 분출되는 물의 온도가 높아서 끓이지 않아도 된다는 점 등을 포함하여 모든 면에서 고르게 좋은 최고의 웰빙 온천이었다.

그런데 이상한 일이 벌어졌다. 어제까지는 남탕이었는데 오늘은 여탕이 되어 있었다. 남탕과 여탕이 바뀌어 있었다. 들어갈 때 확인하지 않고 들어간 나와 아내는 어안이 벙벙할 수밖에 없었다. 생각하기에 따라 다르겠지만 재미있기도 하고, 웃기는 일일 수도 있었다. 지난번 금강산 여행 때에는 그런 일이 없었는데 깜짝 놀랄 일이 벌어진 것이다. 남탕과 여탕을 일정한 기간 동안 사용하다 바꾼다는 것이었다. 이 사실을 처음 들었을 때에는 무척 당황하고 놀랐다.

온천탕을 나와서 안내원에게 물어본 뒤에 알게 되었는데 그 내용은 이

금강산 계곡의 수풀

렇다. 금강산은 원래 여자의 기가 강해서 한 번 남탕이 결정되면 그 기를 모두 여자에게 빼앗기게 되어 남자들의 건강을 해칠 수가 있다는 것이었다. 그리고 남탕과 여탕이 고정되면 온천탕의 기운이 고정되어, 남자는 여자의 기운을, 여자는 남자의 기운을 얻을 수 없게 된다는 것이었다. 그래서 이 문제를 해결하기 위한 가장 좋은 방법으로 온천의 남탕과 여탕을 보름마다 바꾼다는 것이었다. 참으로 어처구니가 없는 일이 아닐 수 없었다. 기가 막혀서 할 말을 잊고 말았다. 그렇지만 참 재미있는 발상이라는 생각이 들었다. 희한한 일이지마는 일리가 있다는 생각도 들었다.

재작년에 왔을 때에도 성혁 형, 창일 형, 범산과 함께 사우나를 했었다.

금강산 온천을 개발한 지 벌써 십 년이나 되었다며 그 온천물이 좋다고 자랑이 대단했었다. 그 때 지나가는 소리로 보름에 한 번씩 남탕과 여탕이 바뀐다는 사실을 스치는 말로 들어서인지, 말 타고 지나가다 들어서인지 통 기억이 나지를 않았다. 오늘 직접 당해서인지는 몰라도 참으로 특이하면서도, 주술적이고, 미신적인 느낌이 불쑥 들었다. 이건 숨길 수 없는 나의 심정이었다. 이처럼 재미있고 우스운 사건은 다신 없겠지만...

원래 온정리(溫井里)는 온천이 우물처럼 솟아난다는 뜻이지만 그 유래에 대하여 전해오는 이야기가 많이 있다. 그 전설이야 어떠하든 금강산 온정리 온천의 물은 소문이 온 나라에 퍼질 정도로 유명하였다. 멀리는 고려시대의 귀족들로부터 조선의 왕들에 이르기까지 이 곳 온정리의 온천수로 온갖 질병을 고치려 하였던 것이다. 건강에 좋은 정도가 아니었다. 질병 치료에 더 효험이 있다고 입에서 입으로 입소문을 타고 전해졌던 것이다. 내가 직접 체험한 바로는 그것은 모두 사실이었고 소문 그대로였다. 전혀 끓이지 않는 천연 온천수로써 온몸을 확 녹일 정도로 뜨겁고 고운 진흙탕 물처럼 미끈거려 기분부터 좋았다. 왠지 몸에 이로울 듯한 느낌이 듬뿍 들었다. 그리고 그 깔끔한 분위기 또한 그만이었다.

금강산 온천 사우나의 내부 장식은 특이했다. 출입문을 열고 욕탕 안으로 들어서면 널찍한 온탕 물은 속이 훤히 보이는 맑은 연주담 물처럼 잔물결이 일었다. 해금강 바다가의 옥빛 물결처럼 잘랑잘랑 어른거렸다. 영롱한 물빛이 녹수정 같이 맑디맑았다. 남쪽 창문을 통해 안쪽을 뚫어지게 바라보는 햇살을 받아 내 눈은 부셨다. 환한 탕 안은 온천 욕탕이라는 느낌보다 볕을 가득 받고 있는 우리네 시골 초가집 툇마루였고 평상이었다.

창문은 통틀 유리로 되어 있어 금강산의 모든 봉우리들을 온천탕 속으로 끌어들이고 있었다. 처음 설계할 때부터 답답한 벽들로 담을 쳐서 가둬놓지 않고, 시원하고 널찍한 느낌이 들 수 있도록 탁 트이게 설계하였다고 한다. 그 발상이 기발하다는 생각이 들었다.

창문 밖엔 온천물의 뜨거운 증기를 머금고 살아가는 나긋나긋한 검은 대나무가 묵죽(墨竹)의 한 획을 치고 서있었다. 까만 오죽(烏竹) 가지들이 하늘을 향해 곧추세우고 탕 안을 상냥한 낮빛으로 물끄러미 굽어보고 있었다. 훅훅 올라오는 구름 빛 하얀 김이 밥 짓는 아궁이처럼 요란했다. 그 것은 검은 솥뚜껑을 힘차게 밀치고 피어오르는 끓는 밥의 뻗치는 김이었다. 연약한 몸매로 떨고 있는 대밭을 송두리째 들쑤시고 그리고 흔들어대고 있었다.

많은 사람들이 들어갈 한 가운데 온수탕은 널따랗게 파진 원형으로 되어 있었다. 그 온탕을 중심으로 창문 쪽에는 김이 안 나면서 뜨거운 열탕, 더운 몸을 순식간에 식히는 차가운 냉탕, 거품이 불길처럼 솟구치는 시원한 샤워 안마탕, 작은 알갱이의 기포가 끊임없이 보글보글 피어오르는 수중 안마탕이 차례로 이어서 자리하고 있었다. 그리고 개인이 거울을 보며 씻을 수 있는 수도꼭지가 달린 좌식 세면대가 서른 개 정도 줄지어 있었다.

출입문 바로 옆에 있는 흰 벽을 향해 눈을 돌렸다. 식수대 위에 써놓은 글귀가 보였다. 알림 글 치고는 꽤 길었다. '이 물은 금강산에서 직접 뽑아 올린 금강약수입니다. 마음껏 드십시오. 건강에 아주 좋습니다.' 약수가 몸에 좋고 안 좋고를 떠나 참 재치 있다는 생각이 들었다. 이 글구에는 힘이 잔뜩 들어 있었다. 금강약수의 분명한 효능을 단도직입적으로 말해 주고 있었다. '자부심이 강하면 그럴 수 있겠지'라고 생각했지만 약수 설명을 빼고는 남측의 온천탕과 크게 다를 것이 없었다.

욕탕 안쪽에 있는 문을 열고 나가면 금강산 노천 온천탕으로 이어졌다. 여탕과 구분짓는 담장을 따라 빛깔 좋은 자연석을 층층으로 울을 지어 쌓아 놓았다. 바위 틈 사이사이로 어리고 작은 솔을 심어 언덕 같은 분위기를 자아내고 있었다. 냇물처럼 온천수가 커다란 웅덩이로 흘러들어가 쌀쌀한 한데에서도 온천욕을 오래토록 즐길 수 있도록 만들어 놓았다. 한데에 있어서인지 탕의 물이 그렇게 뜨겁게 느껴지지 않았다.

여기서 금강산 온천의 각종 설치물을 자랑해서 무얼 얻겠는가? 다만 이곳 분단의 절승 앞에서 느껴보는 특이한 점 몇 가지를 말하고 싶었다. 노천 온천의 시설은 그렇다 치고, 사람의 마음을 휘둘러 놓는 것은 앞에서 열거한 시설물이 아니었다. 감촉이 끝내주게 부드러운 온천수도 아니었다. 각종 미네랄이 풍부하게 함유된 온천 약수의 수질은 더욱 아니었다. 그것은 다름 아닌 알몸으로 탕 속에서 드러누워 바라보는 금강산 일만 이천 봉의 웅자였다. 저 멀리 비로봉의 흐릿한 꼭대기가 아스라하게 멀어 보였다. 집선봉은 모든 금강의 정기를 한데 모아 하늘을 향하여 따지듯이, 쭈뼛쭈뼛하게 날 세운 봉우리들로 빈 하늘을 찔러대고 있었다.

정면으로 눈을 돌렸다. 지척에 있는 대자봉이 다가왔다. 그윽하고 정겨운 눈빛으로 감싸 듯 다정한 눈길을 던져 주고 있었다. 꿈속의 몽롱한 빛으로 거듭거듭 포개져 보이는 흐릿한 내금강 연봉들, 줄 서서 정교한 나만의 자태를 한사코 드러내고 있는 외금강 묏부리들, 이 곳 봉우리들은 닮은 것이 하나도 없었다. 다 제 각각이었다. 그토록도 화려한 내·외금강의 모든 모습이 한 눈에 들어왔다. 속이 뒤집힐 것만 같았다. 앓는 소리를 지르며 몸을 곧추세웠다. 숨이 턱턱 막혀왔다. 숨고르기를 몇 번 하고 나서야 제 정신으로 돌아왔다. 가까우면 가까운 대로, 멀면 먼 대로, 오뚝하면 오뚝한 대로, 밋밋하면 밋밋한 대로, 날이 섰으면 날 선 대로, 그야말로 어느 것 하나 흠잡을 것이 전혀 없는 비경의 연속이었다.

금강산 온천 주변 소나무들은 언제나 의젓했다. 곧게 뻗은 그들은 세찬 바람에도 흔들림이 전혀 없었다. 언제나 우뚝하게 자리를 지켰다. 뒤에는 금강의 연봉들이 원근법을 설명이라도 하듯이 줄지어 끝없이 포개져서 멀어지고 있었다. 오갈 데 없는 조각구름들이 가쁜 숨을 헐떡거리며 넘어가는 그 고개 바로 위로 희뿌연 온천 수증기는 저녁 하늘 위로 흩어져 오르기에 바빴다. 밖은 봄비 온 뒤라 쌀쌀한데 온천탕 안은 더운 기운으로 가득했다. 나의 사지는 축 늘어지고 말았다. 내 맘도 나른해졌다. 온몸이 땅

꺼지듯 축축 처졌다. 나는 무심코 욕탕안의 시계를 바라보았다. 아내와 약속한 시간이 다 되었다. 기다릴 게 뻔한 아내를 생각하여 서둘러 밖으로 뛰어 나왔다.

나와 같이 아내도 평소에 사우나하기를 좋아했는데 특히 겨울철에는 더욱 좋아했다. 뜨거운 한증막 속에 들어가서 땀을 쭉 빼고, 차가운 냉탕이나 온탕에 번갈아 들어가면 기분은 그만이었다. 그 시원하고 개운한 맛을 어디에 비교할 수 있을까? 짧은 시간 중 기분전환하기에는 사우나 온천욕만한 것이 없었다. 여기 온정리 금강산 온천은 남측《주/현대아산》에서 현대식으로 지어서인지 이국적 느낌은 전혀 없었다. 불편할 줄 알았는데 서울 우리 동네 사우나 보다 더 현대적이고 편안해서 좋았다.

어제 아내와 함께 온천에 들었을 때, 티켓을 이틀 것 두 장을 사두었었다. 약간 할인해 준다는 사탕발림에 아내는 이익이라며 따지지도 않고 단박에 사버렸다. 평소에 아내는 이런 저런 조건을 가려서 가장 좋다고 생각 되는 것을 사는 편이다. 그러나 그 날은 그렇지 않았다. 물론 조금이라도 이익이 있다면 그것을 선택할 수는 있다. 하지만 아무런 비판 없이 어떤 일을 성급하게 결정한다면 잘못을 저지를 수도 있을 것이다. 나보고 어떤 결정을 빨리 하지 말라며 다그치기를 일삼는 아내, 이때는 어떤 마음이었을까? '자과(自過)는 부지(不知)' 라는 말 곧, '제 잘못을 제 스스로 모른다' 라는 한자 성어가 떠올랐다.

온천욕을 마치고 만나기로 했던 로비에 나와 보니 아내가 보이지 않았다. 조금 일찍 나왔다 생각한 나는 아내를 기다리기가 지루해서 온천 로비를 이곳 저곳 두리번거리면서 허둥대고 있었다. 어제처럼 전시중인 남측 사진작가 이정수 선생의 《금강산 사진전》을 다시 보면서 시간을 보내기로 했다. 어제는 저녁이 늦어서 대충 봤지만, 오늘은 꼼꼼히 그리고 제대로 샅샅이 눈여겨서 훑어보리라 마음먹었다. 선생은 대단한 사진작가였다. 남측은 물론 북측에서도 인정하는 풍경 사진의 대가였다. 여러 해

동안 금강산의 아름다운 사계절을 모두 담으려고 노력한 흔적이 역력했다. 사람들의 발길이 닿지 않는 후미진 곳을 어떻게 이렇게 샅샅이, 이 잡듯이 뒤져서 계절에 맞게, 우리 겨레의 성정에 맞게, 예술성을 살려서 촬영할 수 있을까? 선생의 열성이 놀랍고 그 탁락한 안목이 대단하다는 생각이 들었다.

봄을 담아낸 사진 속에는 움츠려졌던 겨울의 음습함을 떨치고 금강산의 소생하는 힘과 불끈하는 기운이 가득 담겨져 있었다. 꽃처럼 예쁘고 여린 새 순과 부드럽고 뽀송뽀송한 갓 틔운 솜털 이파리, 산기슭을 가득 메운 새봄의 정기가 금강의 봄을 봄 되게 하고 있었다. 봄의 기운은 회생의 능력이 있는 가장 강력한 힘을 지녔다. 어떤 피조물이라도 그 속에 생명이 있다면 움을 틔우고, 이파리가 드러나고, 꽃잎을 피우고, 스스로 자라나게 하고, 숨 쉬는 생기를 뿜어내게 하는 것이다. 그래서 봄을 담은 사진 속에는 생생한 기운이 넘쳐나 보였다.

여름을 붙잡은 사진 속에는 봉래산의 가둘 수 없는 강렬하고 싱싱한 생동감이 이곳 저곳에서 그득그득 넘쳐나고 있었다. 모든 골짜기마다의 물이 합세하여 폭포로, 운무로, 저녁 안개로 넘쳐나고 있었다. 뭉클뭉클 무리 진 청청한 녹색의 구름 향연이 산 중턱에서 웅장한 군무로 너울너울 춤추며 피어나고 있었다. 욱일승천(旭日昇天)의 기개로 하늘을 향해 뿜어대는 그 장대한 기상은 온 누리를 삼킬 듯이 달려들고 있었다. 짙푸른 골짜기마다 폭포수로 넘쳐나고 거친 물살이 되어 커다란 바위를 휘젓고 흘러내려가고 있었다. 이 골 물 저 골 물은 제 흥에 겨워 새롭고 기쁜 노래를 재잘거리며 멋들어진 가락으로 서로 화답하고 있었다.

가을을 담아 놓은 사진 속 풍악은 눈이 휘둥그레질 정도로 화려한 만추의 화원이었다. 호화롭고 찬란한 형형색색의 물감을 흩뿌린 자국들뿐이었다. 그 눈부시고 휘황한 칠색 염료는 서로 엉기고 뒤범벅이 되어서 창문을 와장창 부수려는 듯 토해내고 있었다. 이곳저곳에 선혈이 낭자한 붉

구름 낀 만물상

은 핏자국이 너무도 선명했다. 빨간 단풍은 불의 혀처럼 온 산을 불 지르고 있었다. 희고 날선 바위, 빨갛게 충혈 된 참 단풍, 온 산을 감쌀 듯 기세가 등등한 금강 소나무 그리고 말갛게 숨죽이고 흐르는 저 푸른 하늘, 모두가 하나처럼 보는 사람들의 속을 뒤집어 놓고도 남았다. 이토록 흐드러지게 핀 붉은 가을 꽃잎이 흔들어댄다면 어느 누가 마음을 가둘 수 있겠는가?

겨울을 움켜쥔 사진 속에는 설봉산의 거룩하고 포근하며, 여유롭고 넉넉한 기운이 그득 담고 있었다. 금강산의 겨울은 눈이 많이 내린다. 그래서 금강의 이름을 '개골산' 이라고 부르는 사람보다 '설봉산' 이라고 부르는 사람이 더 많다고 한다. 선경의 설경 속에는 호흡마저 멎어버릴 듯한 기세로 모든 물상을 침잠시키고 있었다. 그 위에 뻗어 오르는 기암괴석을 담묵의 갈필로 처리해서인지 잘 어울리는 한 폭의 수묵 산수화였다. 폭설로 온통 설국으로 변해버린 설봉산의 모습은 실경의 설경산수와 구분할 수 없었다. 완전한 수묵화 그 자체였다. 먹빛과 흰 지면만의 완벽한 조화였다. 잡색이 전혀 없는 흑백뿐인데도 흰 눈꽃으로 온 산이 말끔한 솜이불을 펴놓은 듯 화사했다. 온 몸이 포근하게 감기고 온통으로 휩싸여 잠길 듯 푹신거렸다.

《금강산 사진전》을 관람하고 나서 금강산을 바라보니, 금강산은 두 얼굴을 가진 점잖은 신사였다. 처음 볼 때는 어느 지역에나 있을 법한 평범하고 예사로운 높은 멧부리 정도로 보였다. 하지만 조금만 골짜기나 산기슭 쪽으로 눈길을 돌리면 완전히 딴판으로 바뀌었다. 아기자기한 얼굴은 금방 사라져 버리고 갑자기 깎아지른 험준한 벼랑들이 눈을 부라리고 서 있었다. 금방이라도 삼킬 듯한 기세로 말이다.

만물상도 신묘하고 천선대도, 망양대도 기기묘묘했다. 어느 곳이나 기상천외한 괴석이 온통으로 산자락에 널려있었다. 흔하디흔한 막돌들이 아무렇게 널브러져 있는 것이 아니었다. 꼭 그렇게 생겨야할 그 꼴로, 꼭 있어야할 그 자리에, 완벽한 제 터를 차지하고 전후좌우의 이웃들과 완전하게 어우러져 있었다. 모든 골짜기와 산등성이, 낭떠러지와 날선 선돌들, 물과, 돌과, 하늘과, 숲과, 바람, 풀들이 제 역할을 분담하고 있었다. 이름 모를 작은 돌은 돌 대로, 높은 암벽은 암벽 대로, 덩치가 집채 만 한 바위는 그 바위 크기 대로, 계곡과 계곡물은 계곡물 대로 제 구실을 다하고 있었다. 하늘 끝에서 호령하는 금강의 험산준령들과 뫼 날맹이, 파인 골짜기에 터 잡고 살아가는 한해살이풀들, 금강산 구석구석을 수놓고 있는 흰 절벽들, 그곳에서 살아 숨 쉬는 작은 소나무 한 그루에 이르기까지 어느 것 하나 제 역할을 소홀히 하는 것은 전혀 없었다. 무생물이라 할지라도 금강산에 들어오면 생명이 있는 존재로 바뀌었다.

풍악의 추경을 사진으로 밖에 볼 수 없음이 안타까울 뿐이었다. 금강의 아름다움은 계절에 따라 다 아름답지만 가을빛으로 가득 물들인 단풍의 풍악이 절경 중의 절경일 것이다. 밝은 물감만을 칠한 그림이 아니었다. 어느 누가 밝은 등황색과 홍매색의 동양화 물감을 눈감고 쏟아 부은 것이 분명하리라. 조물주가 자홍색 선혈을 난자하게 드러내려고 현란한 물감을 단풍잎 위에 거듭해서 칠하고, 거침없이 들어부어 혼합한 완벽에 가까운 빛의 조화요, 극치였다. 붉은 단풍 사이로 조심스럽게 녹청의 물감을 흩뿌려 붉음을 더 붉게 하고, 솔빛을 더 푸르게 하여 서로가 두드러지게 표현하고 있었다. 금강송의 검푸른 빛 사이로 여러 작은 나무들은 조심스럽고 사뿐한 터치로 붓질한 흔적이 여러 곳에 드러나 있었다.

봉래산은 신선들이 사는 산이다. 여름 봉래에는 운무가 많이 일어난다. '운무가 없으면 신선은 다른 산으로 옮겨 간다' 는 말도 있지 않은가? 그래서 봉래산 신선들은 여름에만 사는가 보다. 봉래의 여름은 무성한 산 수풀이 꽉 찬 모습으로 적도의 밀림 사진의 한 자락 같아 보였다. 금강산은 봄·여름·가을·겨울의 모습이 모두 달랐다. 그렇기 때문에 계절에 따라 네 번 이상 와봐야 한다는 것이 나의 오래된 그리고 일관된 주장인 것이다.

지금 내가 감상하고 있는 봄 금강산의 사진은 오늘 내가 보고 있는 금강산의 실재 경치였다. 시방 내가 느끼는 정감과 동일한 산세였다. 여리고 고운 신록의 잎사귀가 싱싱하고 젊어 보였다. 잠에서 아직 덜 깬 꿈속의 여인같이 어여쁘고 고왔다. 모든 것을 베일 속에 숨겨 둔 새색시처럼 한 꺼풀씩 벗기면서 알아차리도록 일러 주고 있었다. 이제 갓 피어난 여린 싹 꽃은 번뜩이는 보석이었다. 봄 산 전체가 녹 보석, 바로 푸른 비취 덩어리였다.

이렇게 사진만 보아도 아름다운데 실경을 관망하면 얼마나 아름다울까? 상상의 품은 끝없이 넓었다. 대단한 전시를 보았다. 몇 폭 사고 싶다. 한 폭의 가격이 얼마인지는 모르지만 값이 문제가 되는 것은 아니었다. 하지만 가져가서 어떻게 관리할까 생각했다. 크기도 크기이지만 삶으로 찌든 속세 속에 함부로 놓아 둘 순 없었다. 나의 탁한 삶과 순진무구의 환상적인 선계와의 부조화가 나는 싫었다. 나는 곧 사진 구하기를 포기하고 말았다.

이별의 슬픔

온정리 너른 마당은 버스를 기다리는 사람들로 북새통이었다. 이른 봄날 화사한 햇살을 듬뿍 받으면서 떠나는 사람들에게서 이별의 슬픈 표정은 찾아볼 수 없었다. 모두 안도의 평안한 낯빛들이었다. 아름다운 금강산을 별 탈 없이 구경 잘 하고 간다는 기쁨과 내 집으로 돌아간다는 편해진 마음이 겹쳐서 나타나는 심리적 안정 상태라고 생각되었다. 그저 《주/현대아산》 측에 금강산 페키지 관광을 신청하면 그들이 주는 여행 스케줄대로 줄서서 따라만 다닌 여행이었다. 내 생각이 전혀 개입되지 않은 터라, 뭐라 말하기 어려운 탐방이었다. 진정으로 멋진 여행이라고 볼 수도 없고, 그렇다고 얻은 것이 전혀 없었다고 주장할 수도 없는, 이상야릇한 두 번째 '금강유람'이었다.

실제로 참된 여행은 잠잘 곳을 한곳에 정해두고, 오래 머물면서 다양한 체험을 해야 참맛을 느낄 수 있다. 정처 없이 여기저기 돌아다니면서 시골 동네 고샅 훑듯이 돌아봐야 진정한 여행이 될 수 있지 않을까? 이번 여행은 말을 타고 달리듯이 스쳐지나가면서 돌아본 숨가쁜 여행이었다. 헐떡이며, 숨을 몰아쉬며, 쫓기 듯 훔쳐본 여행이었다. 어떻게 1박2일의 짧은 시간에 그 너른 금강산 구석구석을 다 살펴볼 수 있겠는가? 여하튼 나는 무슨 큰일을 해낸 것처럼, 개선장군처럼 의기양양해져 있었다. 이제 마음을 졸일 필요도 없었다. 한참만 기다리면 내 살던 편안한 집, 서울로 돌아

금강산 가을

갈 테니까.

어리둥절하게 우유의 브라운 운동을 했던 온정리는 삽시간에 모두 정리가 되었다. 모든 사람들이 버스에 올랐기 때문이었다. 그 너른 광장은 텅비어 있었다. 휭한 공허감이 고요와 함께 찾아온 급한 침묵이 흐르고 있었다. 마당 계단 위에는 《주/현대아산》 직원들이 한 줄로, 일정한 간격으로 늘어서서 우리 일행을 배웅하고 있었다. 밝은 웃음을 머금고 이별의 아쉬움보다는 건강한 앞날의 삶을 염원하는 마음으로 헤어짐의 시간을 기다리고 있었다. 그런 친절함에 고맙다는 생각이 드는 한편, 이별의 서운함도 함께 느낄 수 있었다. 여하튼 여러 가지 마음이 서로 뒤섞여 나의 연해진 가슴에 야릇한 심경의 변화를 일으키고 있었다. 이별의 마음을 담아 양손을 크게 휘저으며, 우리들의 장도를 축복하는 거룩한 손짓이요, 몸짓이었다. 나도 힘차게 양손을 흔들어 답례를 올렸다.

나와 아내는 6호차에 올랐다. 제1호 버스부터 서서히 북측 출입국관리사무소를 향해 미끄러지듯 움직이고 있었다. 나는 온정리 주변을 꼼꼼히 돌아보았다. 언제 또 다시 올까? 과연 올 수는 있을까? 이렇게라도 올 수 있었다는 것이 천만다행한 일은 아닐까? 통일이 오면 이런 걱정도 다 부질없는 일이 되고 말텐데 쓸데없는 걱정이 앞섰다.

나는 몽롱하게 어린 상태로 꿈꾸듯 머릿속 하늘을 날아다니고 있었다. 운무가 흐르는 몽환의 세계가 파노라마처럼 펼쳐지고 있었다. 휴전선을 넘어올 때의 감격도, 온정리에 내려서 느꼈던 탄복도, 그칠 줄 모르고 내렸던 이른 봄 봄비의 야속함도, 바다 위에 떠 있는 해금강 호텔의 일렁이는 낭만도, 고성항 수면위에 드리운 대자봉의 출렁거리는 물그림자도, 현란한 자태로 우리를 까무러치게 했던 해금강의 유혹도, 우리를 심연의 호수로 몰아넣었던 삼일포의 평안함도 모두 함께 뒤섞여 내 가슴 속 구석구석을 휘젓고 돌아다니고 있었다. 이제 모든 것을 내려두고 가야만 했다. 앞날을 기약할 수도 없는 형편이었다. 대책 없는 이별만이 기다리고 있었다. 이 역사의 운명 앞에 말한 마디도 남길 수 없다는 현실이 참으로 야속했다. 노란 철망의 울타리 가운데로 한 줄로 늘어선 버스들은 아쉬워하는 마음으로 느릿한 걸음을 조심스럽게 내딛고 있었다.

　분단의 현실 앞에 우리 '한 겨레'는 무슨 일을 하든지 맨 마지막 남은 한 마디 말이 있다면 '통일'이라는 말일 것이다. 분단의 현실을 그냥 놔두고 우리 겨레는 절대로 앞으로 한 걸음도 나아갈 수 없다. 통일만이 이 겨레가 살아갈 수 있는 오직 한 길이리라. 우리 겨레는 통일 없인 아무것도 할 수 없다. 그렇기 때문에 반드시 통일을 이루어야 하는 것이다. 하루라도 빨리 이뤄야 한다. 그 까닭은 한 핏줄로 이어온 배달겨레이기 때문이다. 헤어졌으면 속히 만나면 되고, 만났으면 함께 껴안고 살아가면 된다. 피 한 방울 흘리지 않고, 총 한 방 쏘지 않고, 우리 겨레의 힘만으로 통일을 이뤄내야만 한다. 외방 나라 모두는 지켜만 보아라. 이제껏 해왔듯이 서서 바라만 보아라. 다른 어떤 도움도 받지 않으리. 진정 그렇게 해야만 한다. 반드시 우리 겨레에게만 기회를 주어야 한다. 우리는 처음부터 이런 나눔을 원하지 않았다. 한민족은 원래 약한 민족이 아니었다. 어설프게 간섭하지 말라. 이 겨레의 준엄한 명령이다. 우리 배달겨레의 가장 큰 슬픔이 무엇인 줄 너희들은 모른 채 무관심으로 살지 않았던가?

　우리 한민족도 정복에 눈을 돌린 적이 있었다. 5세기 초반 고구려 정복왕이었던 제18대 광개토대왕(374-412)은 동북아시아의 주변국을 차례로 정복하고, 동북방의 패권국으로 변모시킨 한겨레 최강의 정복 왕이었다. 대왕의 공식 이름은 《국강상광개토경평안호태왕(國岡上廣開土境平安好太王)》인데, 약칭으로 '광개토대왕(廣開土大王)', 또는 '호태왕(好太王)'이라 부르고 있다. 그는 '영락(永樂)'이라는 연호를 사용한 강력한 정복국가 고구려의 황제였다. 그 시대의 동북아시아는 모두 우리 한겨레의 영토였다. 걸리적거리는 것 하나 없이 모두를 평정한 시대였다.

　하지만 고구려가 평양으로 남하하여 한반도에 정착한 이후로 이 겨레는 한 번도 남의 나라를 넘본 일 없는 평화와 자유와 사랑의 겨레가 되었다. 우리가 누구를 두려워하며 무엇을 겁낸단 말인가? 주저할 것 없다. 우리 한겨레는 기회가 없어 큰 일을 할 수 없었을 뿐이다. 그 숱한 제약과 역경, 모함과 방해, 시기와 질투, 막힘과 억눌림, 이 모두를 극복하고 이렇게 우뚝 깃발처럼 서있지 않은가? 오늘이 그 사실을 증명하고 있는 것이다.

우리는 처음부터 이웃을 돕고 살아온 겨레였다. 나누면서 보살피고, 돕고 배려하며 살아온 배달겨레였다. 내가 비록 손해를 볼지언정 남을 우선 보살피는 이타(利他) 정신이 강한 배달겨레가 아니었던가? 이 겨레는 지금 세계의 모든 민족 위에 자랑처럼 높직하게 서있다. 진정 통일의 때가 다다랐음을 우리 모두는 다 알고 있다. 변수로 인하여 더디 오지 않기를 바랄 뿐이다. 우리가 하나 되어 온 누리의 등불이 될 때, 비록 '동방의 작은 등불' 일지라도 그 환한 빛을 발하여 웅대한 세계를 위한 호혜(互惠)의 책무를 다하게 될 것이다.

인도의 시성(詩聖) 라빈드라나트 타고르(1861~1941)가 생각났다. 그가 1929년 2월 27일 일본에 와 있을 때, 《동아일보》 동경 특파원이었던 이태로 씨가 그를 만나서 방한 요청을 하였다. 타고르는 여행 일정에 맞지 않고 신변에 문제가 있어 그 요청에 응하지 못함을 미안하게 여겨, 영문으로 간단한 메시지 몇 자를 그 기자에게 적어 주었다. 그리고 그 메시지를 《동아일보》를 통하여 조선 민족에게 전달해 달라고 부탁하였다. 그 메시지는 동아일보 1929년 4월 2일자에 《빛나든 아세아(亞細亞) 등촉(燈燭) 켜지는 날엔 동방(東方)의 빗》

라빈드라나트 타고르

이라는 제목으로 게재되었다. 이 메시지는 시성 타고르가 당시 우리 조선 사람들에게 희망을 주기 위해 보내준 두 편의 시·글 가운데 하나인데, 그는 이 메시지에서 우리나라 사람들을 위해 이렇게 적었다. 신문에 게재한 원문과 영어 원문 메시지를 비교할 수 있도록 옮겨 적어 보았다. 그 내면에 담긴 의미를 생각하며, 이 메시지를 다시 읽어보자.

l. 당시 동아일보 기사 원문

「빗나든 亞細亞 燈燭
  켜지는 날엔 東方의 빗」

일즉이 亞細亞의 黃金時期에
빗나든 燈燭의 하나인 朝鮮
그 燈불 한번 다시 켜지는 날에
너는 東方의 밝은 비치 되리라

  一九二九. 三. 二八 라빈드라낫 타고아
〈동아일보 1929년 4월 2일 게재〉

2. 1929년 3월 28일 시성 타고르가 적어 준 6행의 영문 메시지

In the golden age of Asia
Korea was one of its lamp-bearers,
and that lamp is waiting.
to be lighted once again
for the illumination

in the East.

Rabindranath Tagore
28th. March, 1929
〈동아일보 1929년 4월 3일 게재〉

그의 앞날을 바라보는 예지가 놀라울 따름이다. 그의 예언처럼 우리나라 대한민국은 당당히 그렇게 되었다. 그의 시 내용처럼 우리 한겨레는 세계의 민족 위에 우뚝 서서 어두움을 밝히는 등불이 될 것이다. 통일은 아직 이루지 못했지만 멀지 않은 앞날에 반드시 이뤄낼 것이다.

요즈음 나라 형편을 살펴보면 가슴 답답해서 견딜 수 없다. 지금 나라 경제 돌아가는 상황이 좋은 방향으로 흘러가고 있는 것이 분명 아니라는 생각이 든다. 그러나 위기 뒤엔 반드시 기회가 오는 법, 그 기회를 놓치지 말아야 다시 또 한 번 도약할 수 있을 것이다. 절대로 좌절하거나 포기해서는 안 된다. 이루기 어려운 목표라 하더라도 겁내거나 주저하지 말아야 한다. 반드시 우리 겨레의 뜻대로 문제도 해결되고, 경제도 회복되고, 평화 통일의 날도 도래하고야 말 것이다. 모든 정치, 외교, 경제, 국방, 사회, 문화적인 문제도 다 해결되어 또 다시 세계를 향하여 큰일을 할 날이 꼭 올 것을 나는 확신하고 있다. 그렇게 믿는 까닭은 오늘도 역사의 흐름이 그렇게 우리민족을 위해 흐르고 있다는 것을 느낄 수 있기 때문이다. 나는 우리민족 앞에 자랑스럽고 영광스런 앞날이 올 것을 확실히 믿고 있는 사람이다.

우리 겨레의 가장 큰 소망, 하나뿐인 바람, 가장 급한 희망이 있다면, 그것은 평화 통일일 것이다. 우리 모두는 꼭 그렇게 그리고 확신 속에서 편안하게 통일을 향해 나아가야만 한다. 하나님만이 아실 일이지만 우리들도 북측을 돕고, 서로 소통하고, 자주 왕래하고, 다정한 대화를 나누다 보

동해선도로남북출입사무소

면, 서로를 이해하게 될 날이 오고야 말 것이다. 진정으로 우리 서로를 위하는 것이 무엇인지 알게 될 것이다. 통일은 우리가 계획한 대로 점차적으로 이뤄지지 않을 수도 있다. 우연히, 갑자기, 상상할 수 없는 순간에 감격적으로 이루어질 지도 모르는 일이다. 하지만 마음만은 미리 준비해 두는 것이 좋을 것이다. 그 길만이 통일의 후유증을 줄이고 새로운 통일조국이 순탄한 항해를 할 수 있을 것이기 때문이다. '우리의 소원은 통일'이라는 노래를 부른다고 통일이 쉽게 앞당겨 지는 것도 아니다. '퍼주기다', '이용당한다,'라고 말하며 불평한다고 해서 통일이 우리 곁에서 멀어지는 것도 아니다. 진정으로 평화롭게 통일이 되려면 서로의 어려움을 이용하지 말고, 내 피붙이로 인식하면서 감싸 안으며 살아가겠다는 의지가 먼저 앞설 때 통일은 쉽게 우리 곁으로 다가 올 것이다.

　이런 저런 생각에 시간이 훌쩍 지났다. 어느새 북측 출입국사무소에 당도했다. 들어갈 때와 나갈 때의 분위기가 너무 달랐다. 북측으로 들어올 때 들려주던 '반갑습니다. 반갑습니다.' 라는 노래는 온 데 간 데 없고 '형제여 언제 다시 만날까', '안녕히 다시 만나요 '라는 이별의 구슬픈 곡조가 검열 지역에 울려 퍼지고 있었다. 그리고 바로 곁에 있는 낙타봉 밑, 감호(鑑湖)의 거울 수면 위를 서글프게 흐르고 있었다. 나도 울고, 감호도 읍(泣)하고, 낙타봉도 흐느끼고 있었다. 이름 모를 바위들마다 이별의 아쉬움에 젖어 있었다. 서러운 가락이어선지 구슬프게 들려왔다. 재작년에 왔을 때 불렀던 그 노래였다. 이것은 두 번째 맛보는 생이별의 아픔이었다. 이 노래 가사처럼 모든 일이 연자새 실 풀리듯이 잘 해결된다면 얼마나 좋을까?

다시 만나요

백두에서 한라로 우린 하나의 겨레,
헤어져서 얼마나 눈물 또한 얼마였던가?
잘 있어라 다시 만나요 잘 가시라 다시 만나요.
목메어 소리칩니다. 안녕히 다시 만나요.

부모형제 애타게 서로 찾고 부르며,
통일아 오너라 불러 또한 몇 해였던가?
잘 있어라 다시 만나요 잘 가시라 다시 만나요.
목메어 소리칩니다. 안녕히 다시 만나요.

꿈과 같이 만났다 우린 헤어져 가도,

해와 별이 찬란한 통일의 날 다시 만나자.

잘 있어라 다시 만나요 잘 가시라 다시 만나요.

목메어 소리칩니다. 안녕히 다시 만나요.

휴전선 넘어 올 때의 낙타봉은 우리를 환영하는 것처럼 보였으나 떠날 때는 서글픈 눈빛으로 축 처져 있었다. 떠나가는 것을 서러워하는 가슴이었다. 속으로 읍하고 있는 듯, 서러움을 삭이고 있는 듯, 맑은 눈물을 흘리면서 우리 일행을 배웅하고 있었다. 그것은 마치 딸을 시집으로 떠나보내는 친정어머니의 서럽고 여린 곡조처럼 들렸다. 그리고 나의 눈시울을 따갑게 자극하고 있었다. 한숨이 다시 나왔다. 땅이 꺼질 듯한 한숨이었다. 한 맺힌 가슴 깊숙한 곳엔 갑갑한 마음뿐이었다. 언제 이 지긋지긋한 이별의 굴레를 확 벗어 던질 수 있을까? 그런 날이 다시 올 수는 있는 것인가?

지구상의 오직 하나 남은 분단국가, 그것은 엄청난 희생과 미움으로 점철된 불행한 과거였다. 쓰라린 과거를 간직한 우리 한민족, 희생도, 좌절도, 증오심도, 이제는 저 흘러가는 구름 속으로 붕붕 띄어 날려 보내자. 그리고 새로운 차원의 미래를 기약하며 살아가자.

이젠 집으로

통일은 남과 북, 곧 《대한민국》과 《조선민주주의인민공화국》 두 나라가 하나로 합쳐 한 국가가 되는 것이다. 반만 년 함께 살아온 우리 배달겨레가 하나만 된다면 얻는 것도 많을 것이다. 온 누리에 이 민족이 정치적, 경제적, 문화적으로 강한 면모를 보일 수도 있다. 특별히 경제적으로도 엄청난 씨너지 효과가 있을 것이다. 이산가족의 문제도 한 순간에 해결될 것이다. 유라시아 대륙을 향한 빗장이 확 풀리면, 두 대륙 간의 관광과 유통이 봇물 터치 듯 뻥 뚫릴 것이다. 그 중에서도 원한의 휴전선이 주는 선물 또한 값질 것이다. 그것은 분단 칠십 년이 억지로 준 단 하나의 값진 선물일 것이다. 이토록 아름답고 멋진 지상 최고의 생태공원이 원한과, 한숨과, 분쟁과, 질시로 만들어 졌다는 것, 이것이야말로 대단한 역설이었다. 널따란 십리 폭에, 장장 155 마일(248㎞)의 길이로 늘어진, 광대한 자연 생태공원이 전 세계의 이목을 집중시킬 것이다. 그리고 70년간 정전의 회담장이었던 판문점과 여러 개의 남침 땅굴, 폐허의 철원노동당 당사, 육해(陸海)의 NLL〔북방한계선〕의 살벌하고 을씨년스러운 철책선들은 관광 상품이 되어 전 세계의 관광객들을 불러 올 것이다. 오늘날까지 그토록 버거웠던 무기는 무용지물이 되고 말 것이다. 총과 대포를 녹여 다리를 놓고 쟁기와 낫과 보습과 괭이와 호미를 만들 날도 멀지 않았다.

통일의 감상적 기쁨에 앞서 먼저 해결해야 할 일도 적지 않다. 어쩌면 가장 어려운 일이 이 문제일지도 모른다. 칠십 년을 전혀 다른 상황에서 살아온 남과 북, 두 집단의 정신적 사상적 간극을 어떻게 좁히고 풀어 갈 것인가? 그 상처와 정신적인 이질감을 없애기 위해서는 시간과 물질과 정신적인 희생을 감수해야 할 것이다. 무엇보다도 서로를 위한 이해와 관용, 배려와 도움, 보살핌과 나눔, 얼싸안음과 다독거림이 반드시 필요할 것이다. 이런 저런 생각을 하면서 잠깐이지만 통일의 감격에 젖어보았다.

집으로 되돌아오는 길은 금강산으로 갈 때보다 훨씬 기분이 가벼웠다. 그리고 빠르게 지나쳤다. 예상했던 시간보다 빠르게 동해선도로 남북출입사무소로 넘어왔다. 간단한 검열을 마치고 일렬로 줄을 서서《통일전망대》쪽으로 가는 버스에 올랐다. 모두가 지쳐 있었다. 피곤한 빛들이 역력했다. 그것도 그럴 것이 여러 날 걸려서 돌아봐야 할 여행길을 일박이일의 짧은 시간에 구경한다는 것이 무리였던 것이다.

십여 분이 지나서 금강산 휴게소에 도착했다. 승용차를 휴게소 주차장에 맡겨 두어서 내심 걱정이 됐지만 떠날 때 그대로 얌전히 서 있었다. 차위엔 먼지도 거의 없고 말끔했다. 청정지역이어서 내려앉을 먼지도 없었나 보다. 우린 그냥 차에 올라타고 휴게소를 가벼운 마음으로 빠져 나왔다. 그래도 마음은 바빴다. 조금 전까지도 느끼지 못했던 심경의 변화였다. 아내와 나는 서둘러 귀경길을 재촉했다.

빨리 집으로 가야겠다는 조급한 마음 한편에는 즐기면서 가려는 느긋한 마음도 자리하고 있었다. 그래서인지 내 눈에 비친 외경은 너무나 좋았다. 봄비에 흠뻑 젖은 말끔한 산들이었다. 엊그제보다 산세는 더 푸르고 더 또렷해졌다. 그리고 훨씬 산뜻해졌다. 산색의 변화는 내 마음을 움직였다. 어쩐지 잔치 집에서 한상 받은 듯한 푸짐한 상차림이었다. 곳간에 양식을 가득 채운 농부처럼 넉넉해 보인다고나 할까? 아니면 대학 입학시험에서 원하는 대학에 입학한 학생처럼 느긋해 보인다고나 할까? 이리 보아도 좋고, 저리 보아도 좋고, 어떻게 보아도 좋기만 했다.

해질녘 설악산 울산바위

　나와 아내는 갈림길에 서있었다. 어떤 재를 넘어서 집으로 갈까? 한계령으로 돌아서 갈까? 미시령으로 그냥 넘어갈까? 아니면 진부령 긴 고갯길 봄 경치를 완상하며 갈까? 나는 상춘(賞春)의 푸짐한 잔치 자리에서 즐

거운 고민에 빠져버렸다. 이런 번민은 할수록 좋은 것이 아닌가?

옛날부터 서울에서 설악산과 속초와 고성을 오가는 길은 세 개의 길이
있었다. 반드시 세 길 중에서 한 길을 가려서 오가야 했다. 먼저 용대리 갈

림길에서 백담사 쪽을 바라보고 오르는 길이 있다. 이 길은 구절양장의 오르막이 심한 한계령을 넘어가는 길이다. 재를 넘어 고개 마루에 서면 거친 말 갈퀴처럼 쭈뼛거리는 날선 능선이 보였다. 한참을 휘둥그레 둘러보다가 멀리 바라보면 저 아스라이 떨어진 희미한 동해가 선발로 반기며 다가왔다. 다시 오색약수를 휘돌고 내려가면 물길 번듯한 양양에 금세 이르게 된다. 이 고갯길은 뫼 구경, 골 구경, 숲 구경, 바위 구경 실컷 하면서 여유롭게 오르내릴 수 있어 찾는 사람들이 많은 편이다.

다음은 용대리를 살짝 왼편으로 비켜 지나 진부령을 넘어서 간성읍을 거쳐 고성으로 넘어가는 길이 있다. 이 길은 산세는 덜 험하지만 길이 좁고 가늘며 구불구불한 산 비탈길이 많아 찾는 이가 그다지 많지 않았다. 조급한 마음으로 서두르거나 여유롭지 못한 사람은 이 길을 택할 수 없었다. 좀 더 산에서 머무르고 싶거나, 산만이 가진 매력을 찾아 나서거나, 산을 위해 무언가 도울 일거리를 찾거나, 산이 그냥 좋아 무작정 집을 나선 사람들이 단골로 무턱대고 고집스레 고르는 길이었다. 오르다보면 진부령 고갯마루라는 푯말과 함께 조그만 쉼터에 이르게 된다. 숨을 고르고, 잠시 땀을 식히고 나서 주변을 휘휘 돌아보면 간성고을이 바로 눈 밑으로 내려다 보였다.

이도저도 아니면 미시령을 거쳐 오른쪽에 웅건하게 서있는 울산바위를 훔쳐보면서 속초 쪽으로 돌아서 넘어가는 길이 있다. 이 길은 가장 산세가 험하지만 수려한 계곡을 구경하며 계곡물 소리를 따라 오를 수 있어, 많은 사람들이 위험을 무릅쓰고 올라가는 길이었다. 얼마 전에 미시령터널을 뚫어 쉽게 속초나 설악산 쪽으로 접근할 수 있게 되었다. 남한 최고의 절승 울산바위를 지근에서 어루만지듯 바라보고 느낄 수 있다는 점이 가장 큰 특전이라면 특전일 것이다.

어느 고갯길을 타고 오르든지 힘든 것은 마찬가지다. 나와 아내는 한 번도 가보지 못한 진부령 고갯길을 넘어가기로 마음을 정했다. 그리고 순간 머릿속으로 생각해 보았다. 그 길에는 아마 봄맛이 그득하겠지? 후미진 산길이어서 고요하고 포근하여 상춘을 위해선 이만한 곳도 없겠지? 봄 산을 가득 채운 봄빛에 우리는 거나하게 취하겠지? 여린 푸르름을 잠깐 간직한 봄, 그 낯은 어떨까? 좋기만 하겠지? 기대가 크면 실망도 큰 법, 편하게 맘먹고 진부령 재넘이 길을 향해 동해 곁길을 내달렸다.

자연산 회로 유명한 아야진을 지나 간성 팔경으로 유명한 《천학정(天鶴亭)》을 스치고 지나자 범상치 않은 누대가 하나 나타났다. 그곳은 다름 아닌 관동팔경 중의 하나인 간성의 《청간정(淸澗亭)》이었다. 좁은 물길 옆 높더란 암벽의 언덕 위에 동명을 박차고, 유유하게 서있는 폼이 위풍당당한 개선장군만 같았다. 언제 보아도 거룩하고 듬직하게 보였다. 《청간정(淸澗亭)》 현판은 우리나라 초대 대통령이었던 우남(雩南) 이승만 박사가 썼는데 과연 명필의 필세가 돋아보였다.

모내기를 앞둔 물댄 논배미가 거울처럼 밝았다. 조각조각 네모난 물거울이 눈이 부실 지경으로 빛났다. 내 고향의 너른 만경벌이 불현듯 떠올랐다. 즐번한 솜리 들녘의 광활함이 아른거렸다. 탁 트인 들녘의 환영(幻影)은 내 마음을 개운하게 닦아주었다. 여기는 그만 못해도 꽤 넓은 들판이었다. 흥건하고 즐번한 물댄 동산이었다. 물기를 잔뜩 머금은 논둑길이 가지런했다. 새벽 달빛 품은 서녘 하늘처럼 차분하고 고왔다. 이른 봄 개구리 울음 소리가 향기처럼 피어나서, 멀고 먼 하늘 가운데까지 휘도는 넉넉하기 만한 들녘이었다. 그건 온 들판의 모내기를 재우치는 알림으로 들렸다. 개구리 울음, 그건 분명 허풍 가득한 흰소리였다.

저녁 햇살이 멀리 떠있는 설악산 울산바위 끝에 걸려있고, 길게 펼친 이불 빨래처럼 주름져 드리우고 있었다. 금강산 여행을 마치고 돌아가는 길, 그 동해안의 일렁이는 흰 파도가 내 가슴을 붙잡았다. 흰 물거품이 황소 이빨처럼 밝게 보였다. 여러 대의 관광버스들이 고성 화진포를 거쳐서, 송지호를 돌아서 달려가고 있었다. 경동대학교 캠퍼스를 오른 쪽에 끼고 미시령 터널을 향하여 잽싸게 나아가고 있었다. 먼 산의 그림자가 아련했다. 하루해가 다 지나서일까? 여행길 막바지여서일까? 여수(旅愁)에 휩싸인 나그네가 처량한 객창감에 휩싸여서일까? 내 마음도 모르게 깊은 한숨이 나왔다. 야릇한 정감이 나를 깊은 사색의 늪으로 빠져들게 하였다.

아직도 싹을 다 틔우지 못한 산 나무들은 서로를 시새우며 그들만의 소생을 재촉하고 있었다. 산 벚꽃이 휘영청 밝았다. 산골 초가집 등불처럼 환했다. 산 오얏나무도 덩달아서 후줄근하게 웃어주고 있었다. 겨우내 높바람에 울어 지쳤던 솔가지가 어두운 낯으로 풀죽어 있었다. 응달진 설악산을 비껴 선 울산바위의 흰 바위주름이 또렷했다. 굵은 주름이 뭉클뭉클 감겨 있었다. 한 바위로만 볼 때 그 웅장한 자태는 금강보다 더 좋아 보였다.

이정표는 미시령과 속초 방향은 직진으로, 진부령과 간성 방향은 우회전으로 표시되어 있었다. 진부령 입구 푯말을 확인하고 나서, 우리는 밋밋한 산길로 접어들었다. 부드럽게 오르는 고갯길이 미끄러웠다. 골짜기 너머로 울룩불룩하게 두드러진 산 나무 새잎 순이 무더기로 몽글거리며, 온통으로 봄빛을 호올로 가두고 있었다. 내 가슴은 벅차오르는 감격으로 견딜 수 없었다. 파랑이 넘실대는 산골짜기에 연록의 새순은 가릴 것 없이 고왔다. 그건 분명 새파랗게 젊은 희망의 빛깔이었다. 어린 듯 취한 듯 먼 산자락을 올려다보면서 고갯마루를 향하여 더듬거리면서 올라갔다. 굽어 돌면 새로운 비색이 돋고, 곧은 길 나서면 멀리 으늑한 산마을의 고즈넉함이 맘 편하게 나타났다. 키 큰 소나무들은 웅크리고 계곡 비탈에 버티고 서있었다. 몇 백 년을 훨씬 지났을 통 큰 나무들이었다. 동량이 되고 남을 만한 한 아름 넘는 우러러 봐야 할 나무들이었다. 이런 소나무들은 겨레의 빛난 넋을 가둘 누대나 전각의 대들보가 될 수 있을 것이다.

이웃 숲으로 눈을 돌렸다. 떡갈잎 빳빳이 곧추세우고 녹색 층을 이룬 활엽수들의 기교가 전혀 예사롭게 보이지 않았다. 멀리 보면 온통 푸른빛으로 도배한 듯도 하지만 자세히 눈을 씻고 굽어다보면 확실히 알아차릴 수

간성 팔경의 하나인 천학정

있었다. 그 속에는 헤아릴 수 없을 만큼의 수많은 푸른빛이 서로 다른 단층으로 나누어져 있었다. 그 속엔 담록이 있고, 청록이 있고, 연록이 있고, 백록이 있고, 흑록이 있고, 연두 빛이 있고, 녹두 빛이 있었다. 참으로 다다른 푸르름이요, 푸르름의 모듬 잔칫상이었다. 이건 신록의 계절에서만 나타나고, 그래서 맛볼 수 있는 상록(賞祿)의 달콤한 쾌감이 아닐까?

마지막 산굽이를 감아 돌았다. 막힌 시야가 한꺼번에 툭 터졌다. 이제 더 이상 오를 것이 없나 보다. 눈앞엔 아무 것도 없었다. 무애(無礙)의 봉두(峰頭)뿐이었다. 진부령 고갯마루에 다다른 것이다. 안도의 긴 한숨을 뱉으면서 차에서 내렸다. 승용차도 가쁜 한숨을 몰아쉬며 시동을 슬슬 멈추었다. 모두가 쉬고 싶은 시간이었나 보다.

오른쪽 산 능선은 지는 해를 등으로 받아 암청으로 변해 있었다. 그늘
진 흑록(黑綠)의 산 주름이 길게 계곡을 향해 줄지어 늘어서 있고, 골 파인
산굽이는 출렁대는 헝겊이 되어 부드럽게 물결지어 일렁이고 있었다. 쏟
아질 듯 드러누워 있는 나무들이 대견하게 보였다. 걱정 없이 자란 나무들
이어서인지 올곧고, 그 기세가 당당해 보였다. 기죽지 않고 한결같은 마음
으로 오늘도 그 자리에 서있었다. 우리가 서있는 발아래로 계곡 물이 정담
을 속삭이며 흘러내려 가고, 아리랑 한 자락을 구성지게 읊조리며 하릴없
이 흐르고 있었다. 진부령 고갯마루와 연인이라도 되는지, 속 깊은 얘기를
나누면서 까닭 모를 동행을 계속하고 있었다.

왼 편 산언덕엔 조금 남은 햇살이 지는 것이 아쉬워 아직도 마지막 볼그
족족한 빛을 쏟아 붓고 있었다. 이른 봄 연한 푸른 산 빛이 너무도 예뻐 보
였다. 느긋한 마음이 고요히 산 밑으로 넘쳐서 흐뭇하게 흘러 내려갔다.
내 몸도 따라 미끄러져 내려갔다. 주체할 수 없고, 가둘 수 없는 이 산 빛
이 나는 언제나 좋았다. 건넌 산 영마루 위를 훔치듯 바라보았다. 한참을
올려다보아야만 수직으로 서있는 산 끝 한 자락을 볼 수 있었다. 푸른 잎
사귀의 젊은 기운이 산 밑을 향해 쏟아지고 있었다. 얼굴 크기만 한 무른
이파리가 넘실거리며 내 눈을 가렸다. 신춘의 녹음이 파랑으로 저려서 한
껏 흐드러지게 그리고 흥건하게 넘쳐나고 있었다. 흐뭇하기만 한 푸른 계
절이었다. 이런 봄이 나는 너무나 좋았다. 내려가기가 싫었다. 여기서 살
면 어떨까? 우리 배달겨레의 노랫가락 가운데 가장 빛나는 노래, 고려가
요 《청산별곡(靑山別曲)》이 떠올랐다. 새로이 단장한 푸른 봄 산, 그 멋들
어진 산 봄빛을 감치는 노래가 절로 흘러 나왔다.

살어리 살어리랏다
이 청산에 살어리

산 나무 들꽃들이랑 어우러져
이 청산에 살어리

어얼씨구 저절씨구
어절씨구 좋아라!

살어리 살어리랏다
저 청산에 살어리
산새랑 풀이파리랑 붙안고
저 청산에 살어리

어얼씨구 저절씨구
어절씨구 좋아라!

　이것은 내가 지어 부른 21세기 《속청산별곡(續靑山別曲)》이었다. 아니 유사 청산별곡이라 해도 좋다. 푸른 산이 좋아서 부른다는데 어쩌란 말인가? 청산이 좋아 산에 산다는 어느 산사나이의 넋두리가 떠올랐다. 그만의, 그를 위한, 자족하며 살아가는 그 삶이 나는 부러웠다. 인간 세상 어디에 만족할 만한 삶이 있겠는가? 그건 현실에 없는 마음의 고향일 뿐이다. 우리 인생은 그 무엇인가를 늘 그리워하며 살아간다. 그토록 그리워했던 그 그리움이 사라지면 또 다른 그리움이 일어난다. 그리고 다시 그것을 애타게 그리워하며 부여잡고, 또 그렇게 살아간다. 보일 듯 보이지 않고, 잡힐 듯 잡히지 않는 줄 알면서 말이다. 끝없이 되풀이 되는 반복의 삶을 살아간다. 이것이 인생인 것이다. 물론 내가 볼 때 그렇다는 것이다. 다른 사

람들은 그렇지 않겠지만,

　서산마루에 걸린 저녁 해도 이제 얼마 남지 않았다. 산안개에 등 떠밀려 내몰리고 있었다. 아득하게 먼 곳에 연두빛 들 논이 펑퍼짐하게 널브러져 있었다. 사람들이 사는 마을이기 때문일까? 정겨운 기운이 담뿍 담겨 있었다. 어서어서 서둘러 내려가야 어두워지기 전에 서울 집에 도착할 수 있을 것이다. 나는 어린 듯, 취한 듯 몽롱한 꿈결에서 깨어났다. 파란 하늘이 점점 흐리게 물들고 있었다. 산 빛은 어두운 녹색으로 변해가고 있었다. 이제 조금 있으면 슬피 우는 산짐승들의 울음소리가 들릴 것이다. 일찍이 보금자리에 깃든 산새들의 잠자는 숨소리도 들릴 것이다. 그리고 초저녁 산 접동새의 애절한 호소도 들릴 것이다. 빨리 이곳을 벗어나야만 하는 이유가 여기에 있다. 그들을 깨워서는 안 된다. 이렇듯 멍한 생각을 계속하면서 비탈진 진부령 고갯길을 서둘러서 내려왔다.

　호젓한 산길 가장자리엔 봄 남새로 그득했다. 지는 해가 아쉬운가 보다. 신작로 양쪽 길가에서 다정한 그들의 마음을 전하고 있었다. 여리지만 정겹게 손짓하여 주었다. 봄물로 흥건한 논배미가 내 차를 당기면서 잽싸게 뒤로 흘려보냈다. 내 눈에는 벌써 우리 집 둥지가 눈 속으로 비집고 들어왔다. 내 옆을 슬며시 돌아보았다. 곁에는 밝은 웃음을 짓는 아내가 앉아 있었다. 마음은 아무 생각 없이 내리는 봄눈처럼 여유로웠다. 모두가 차분해졌다. 한참을 지난 다음 나는 거울을 보았다. 거울 속의 나는 나흘 전의 나였다. 제 자리로 되돌아 온 나를 깨달을 수 있었다.

　나는 지금 이 여행은 끝자락에 서 있다. 내일부터 벌어질 보푸라기 같은 일들이 어수선하게 떠올랐다. 무엇부터 해야 하나? 일단 옛 삶터로 돌아가서 생각하자. 한동안 내 모습 그대로 예전처럼 살아가자. 그곳에서 온몸으로 체감했던 이 금강의 휘황했던 광채를 가슴에 깊이깊이 가두고 살아가자. 그리고 그리워질 땐 솔래솔래 조금씩, 시나브로 꺼내어 보고, 웃음 지며 매만지면서 살아가자. 가슴 벅찼던 그날의 놀라움은 또 다른 나를 새롭게 다짐하게 만들 것이다. 올곧게 세워주고, 힘지게 돋우어 주고, 굳세게 나아갈 용기를 보태 줄 것이다. 삶이 비록 나의 생각과 다르더라도 가슴으로는 아파하지 말자. 순수의, 정화의, 고갱이의 얼굴인 금강산, 수없이 많은 여러 빛깔의 금강 비단 자락을 떠올리면서 삭혀버리자. 그러다가 또 다시 그리워지면 철을 따지지 말고 나서자. 내 마음의 고향 길 같은 이 금강산을 찾아서.

어둠을 깔고 흐르는 홍천강이 어렴풋이 숨었다가 나타났다. 고개 숙인 가로등 불빛도 하나 둘씩 희미한 그 낯빛을 슬그머니 드러내고 있었다. 멀리 양평 시내의 밝은 도심이 점점 크로즈업 되어, 눈에 가득 차게 들어 왔다. 넓게 펼쳐 흐르는 홍천 가람의 풍덩한 옷자락이 저녁 안개에 감싸인 채 고요히 그들만의 어두운 흐름을 계속하고 있었다.

판권소유

금강에 살으리랏다

- 봄날, 금강산에 살으리 -

초판발행일 2019년 7월 1일

저 자 김기동
주 소 서울특별시 강동구 고덕로131, 105동 1401호(강동롯데캐슬퍼스트아파트)
T E L **010-7315-2005 (구입문의)**
E-mail nonginart76@naver.com

발행처 ❄ ㈜이화문화출판사
발행인 이홍연 · 이선화
　등록 제300-2004-67호
　주소 서울시 종로구 인사동길12 대일빌딩 310호
T E L **02-732-7091~3 (구입문의)**
F A X **02-725-5153**
홈페이지 www.makebook.net

인쇄처 이화문화사
　주소 서울시 종로구 인사동길 23, 305호(인사동, 동일빌딩)
T E L **02-722-7418 (구입문의)**

I S B N 979-11-5547-398-6 (03810)

값 25,000원